Le beau ténébreux ①

(8988)

---

②

celui qui ne voulait pas être Duc

(9102)

---

③

Jeux de l'amour Jeux du destin

(9124)

Liz
CARLYLE

SECRETS DÉVOILÉS - 1
Le beau ténébreux

ROMAN

*Traduit de l'américain
par Catherine Berthet*

Titre original
NEVER LIE TO A LADY

Éditeur original
Pocket Books, a division of Simon & Schuster, Inc., New York

© Susan Woodhouse, 2007

Pour la traduction française
© Éditions J'ai lu, 2009

Prologue

Un rendez-vous à Crescent Mews

Hiver 1828

Un profond silence régnait dans la bibliothèque. Les tentures de velours étaient tirées depuis longtemps, occultant la lumière tremblotante des becs de gaz dans la rue. Les épais tapis persans étouffaient les bruits de pas, et la seule lueur provenait du feu brûlant dans l'âtre.

Lord Nash avait de nombreux défauts, mais il était loin d'être naïf. Tout ceci était une mise en scène. Il demeura le dos au feu, les yeux fixés sur la porte dont on distinguait à peine les contours dans l'ombre.

Le battant s'ouvrit aussi silencieusement que lorsqu'il était entré. La comtesse de Montignac s'avança vers lui en tendant ses mains fines devant elle, comme si elle retrouvait un ami très cher. Elle portait une robe d'intérieur de soie rouge, qui aurait été plus indiquée dans l'intimité d'un boudoir que pour recevoir un visiteur. Ses longues boucles dorées lui effleuraient les reins.

— *Bonsoir, monsieur*, roucoula-t-elle en français. J'ai enfin le plaisir de vous rencontrer.

La soie rouge scintillait à la lueur des flammes. Il ne prit pas ses mains tendues et, décontenancée, elle se résigna à baisser les bras.

— Je ne vous rends pas visite pour le plaisir, dit-il sèchement. Montrez-moi ce pour quoi vous m'avez fait venir.

Le sourire de la comtesse s'éclaira d'une lueur malicieuse.

— J'aime les hommes qui savent ce qu'ils veulent.

D'un geste souple, elle fit glisser le peignoir de soie sur ses épaules. Le vêtement resta une seconde suspendu au bout de ses doigts, avant de tomber sur le sol.

Nash maudit la petite flèche de désir qui le transperça. Par Dieu, cette femme avait un corps superbe, et le fin négligé qu'elle portait en dévoilait tous les attraits. Ses seins se soulevèrent quand elle poussa un soupir et posa les doigts sur un mamelon dressé.

— Beaucoup d'hommes ont payé pour ça, expliqua-t-elle d'une voix rauque. Mais pour vous, Nash... une femme se donne bien volontiers.

Nash tendit la main vers son sein gauche et le serra... pas assez fort pour lui faire mal. Toutefois, un étrange mélange de peur et de désir s'imprima sur ses traits.

— Les papiers, gronda-t-il. Allez les chercher. Ne jouez pas avec moi.

Elle recula et lui lança un regard de côté tout en s'enfonçant dans les ombres de la bibliothèque. Il entendit un tiroir coulisser, puis se refermer. Elle revint avec une épaisse liasse de papiers. Nash les prit, les déplia et les parcourut rapidement à la lueur des flammes.

— Combien ? demanda-t-il d'un ton froid.

— Dix mille.

Il eut une hésitation. La comtesse s'approcha, et il perçut le parfum de jasmin qui s'échappait de ses cheveux.

— Cette affaire n'a pas été facile à conclure, monsieur. J'ai dû déployer tous mes talents afin d'obtenir ce que vous vouliez.

— Vos talents sont connus, se moqua le marquis.

La remarque ne la fit pas rougir. Imperturbable, elle poursuivit en faisant glisser une main sensuelle sur le bras de Nash.

— Et je n'ai pas besoin de préciser quelles conséquences politiques cela pourrait avoir. Dix mille, et le plaisir de profiter de mon corps toute la soirée. Cela vous convient ?

Nash fit un effort pour détourner les yeux de la poitrine de la jeune femme.

— Je ne pense pas que votre mari apprécierait d'être cocufié sous son propre toit, madame.

Elle sourit, se pressant contre lui.

— Pierre est très compréhensif, mon cher. Et j'ai des… besoins particuliers. Je serai ravie de vous en faire une démonstration, si vous acceptez de partager mon lit.

— Je ne peux pas.

Elle retira sa main, et il crut qu'elle renonçait. Mais ses doigts se posèrent fermement sur un point plus intime de sa personne. Il réagit malgré lui.

— En êtes-vous sûr ? Je vais finir par me demander, Nash, si votre réputation n'est pas usurpée.

Il mit les documents de côté.

— Vous jouez un jeu dangereux, madame.

— Je mène une vie dangereuse, répliqua-t-elle.

Mais, esquissant l'ombre d'un sourire, elle laissa retomber sa main et s'écarta.

Il l'observa en silence, méfiant comme face à une vipère.

— Mon Dieu, ne prenez pas cet air moralisateur, Nash ! Nous sommes pareils, vous et moi. Nous n'appartenons pas à cette société anglaise, tyrannique et vieux jeu. Allons, pourquoi ne pas apprendre à nous donner du plaisir mutuellement ?

Nash se pencha pour ramasser le peignoir de soie rouge.

— Remettez-le, madame. Je ne pense pas qu'on puisse apprendre quoi que ce soit à une femme de votre expérience.

Le sourire aguicheur réapparut sur les lèvres de la comtesse.

— *Oui, c'est vrai*, admit-elle en français.

La transaction fut conclue rapidement, sans que la comtesse fasse d'autres avances. Nash fut soulagé de se retrouver dans les rues humides et silencieuses de Belgravia. La brume s'était épaissie et s'étendait de part et d'autre de la Tamise, répandant un air glacé en ce mois de janvier. Nash remonta le col de son manteau et s'engagea dans Upper Belgrave Street. Derrière lui, la nouvelle cloche de St. Peter sonna deux fois.

À cette heure de la nuit, en cette saison, le quartier était désert. Personne ne vit Nash avancer dans le dédale de ruelles de Crescent Mews.

Il avisa de loin la lampe de cuivre qui projetait une faible lumière sur les marches d'un petit établissement. Alors qu'il approchait de l'entrée, un homme vêtu d'un uniforme de la garde royale émergea en titubant d'un massif d'arbustes et remonta son pantalon d'un coup sec. Ils se saluèrent poliment, et Nash hâta le pas. Il était au bas des marches quand il entendit des rires rauques s'échapper de la maison. Il se posta sous un arbre, à l'extérieur de la flaque de lumière répandue par la lampe, alluma un cigare et se prépara à une longue attente. Il avait appris à être patient.

De temps à autre, un militaire ou un gentleman sortait, descendait l'étroit escalier et disparaissait dans une des venelles. Finalement un homme mince et vif apparut, dont la démarche sûre trahissait la sobriété.

— Bonsoir, monsieur.

— Bonsoir, répondit Nash. Tous les soldats ivres se sont donné rendez-vous ici ce soir ?

Le petit homme esquissa un sourire.

— C'est ce qu'on dirait, monsieur. Swann m'a dit que vous aviez besoin de mes services ?

Nash sortit une bourse de sa poche.

— Connaissez-vous la femme qui vit dans la troisième maison de Chester Street, de ce côté ?

— La comtesse de Montignac ? Qui ne la connaît pas ?

— En effet. C'est son vrai nom ?

— C'est peu probable, reconnut le petit homme en souriant. Mais elle a des amis bien placés, et son mari est attaché à l'ambassade de France. Que désirez-vous, monsieur ?

— Je veux trois hommes pour surveiller la maison nuit et jour, expliqua Nash. Le nom de tous ceux qui y pénètrent, depuis le ramoneur jusqu'aux invités. Si elle quitte la maison, je veux savoir où elle se rend, avec qui, et pour combien de temps. Faites un rapport à Swann chaque semaine. Je n'entrerai plus en contact avec vous.

L'homme s'inclina.

— Vos ordres seront exécutés.

Il eut une légère hésitation et ajouta :

— Puis-je vous parler franchement, monsieur ?

Nash haussa légèrement les sourcils.

— Je vous en prie.

— Soyez prudent. Le corps diplomatique est un nid de vipères... au cœur duquel s'agite la comtesse de Montignac. Cette femme trahirait sa propre mère pour de l'argent.

Le marquis eut une moue amère.

— J'en suis parfaitement conscient.

1

Un bal à Hanover Street

Printemps 1828

Mlle Xanthia Neville envisageait d'avoir une *aventure*. Elle y pensait même très sérieusement en contemplant les beaux gentlemen, élégamment vêtus, qui guidaient leur partenaire sur la piste de danse. Les volants aux couleurs diaphanes virevoltaient et scintillaient sous les lustres, au rythme d'une valse enivrante. Les coupes de champagne tintaient, l'ambiance était gaie. Personne n'était seul.

Enfin, ce n'était pas tout à fait exact. Car *elle* était seule. Ayant presque atteint l'âge critique de trente ans, Xanthia était une célibataire endurcie. Néanmoins, ce soir, elle avait décidé de porter du rouge. Un velours bordeaux très audacieux dont on ne verrait sûrement pas l'équivalent dans tout Pall Mall. Comme si elle envoyait de cette façon un signal subtil dans l'atmosphère raffinée de la salle de bal de lord Sharpe.

Mais peut-être se faisait-elle des illusions. Peut-être avait-elle bu trop de champagne. Dans ce pays, les femmes qui n'étaient pas mariées n'avaient pas de liaisons amoureuses. Même son frère, avec tout son cynisme, n'admettrait pas de scandale. En outre Xanthia, qui était pourtant une fine négociatrice, ignorait comment se traitait ce genre d'affaire. Elle pouvait convaincre le plus dur des agents des douanes, manier trois langues pour expédier sa marchandise ou repérer un commissaire de bord malhonnête à cinquante mètres. Mais concernant sa vie personnelle... c'était une autre histoire.

Donc, cette aventure sentimentale resterait hors d'atteinte.

Se sentait-elle vraiment seule ? Elle n'aurait pu l'affirmer. Tout ce qu'elle savait, c'était qu'elle avait dû faire des choix difficiles. La salle de bal de lord Sharpe était pleine de ravissantes débutantes vêtues de blanc. Et non de rouge. La vie s'offrait à elles, pleine de possibilités. Xanthia les enviait, et cependant elle n'aurait pas échangé sa place avec la plus belle d'entre elles.

Elle tourna le dos à cet océan d'hommes élégants et de jolies jeunes filles, et se dirigea vers la terrasse dans l'espoir d'y trouver un peu de solitude. Les talons de ses mules claquèrent sur les dalles de pierre, puis les accords de l'orchestre faiblirent, le murmure des voix disparut. Personne ne s'était aventuré aussi loin dans l'ombre, pas même les couples d'amoureux clandestins. Elle n'aurait sans doute pas dû venir jusqu'ici... mais le silence l'attirait.

Parvenue au bout de la terrasse, Xanthia s'arrêta et s'adossa au mur de brique qui retenait encore un peu de chaleur, car la journée avait connu un ensoleillement inhabituel pour la saison. La tête rejetée en arrière, elle ferma les yeux, savourant la fugitive sensation de chaleur, et avala sa dernière gorgée de champagne.

— Ah, si seulement j'étais la cause de cette expression, murmura une voix grave et triste. J'ai rarement vu une femme avec un tel air transporté... sauf dans un lit, bien entendu.

Étouffant une exclamation, Xanthia ouvrit les yeux.

Un homme grand et de belle prestance se dressait devant elle. Malgré l'obscurité, elle sentit le regard brûlant qu'il dardait sur elle. Elle le reconnut vaguement, car elle l'avait remarqué un peu plus tôt, nonchalamment renversé dans un fauteuil de la salle de jeu. Elle avait aussi remarqué les regards féminins qui suivaient ses mouvements. C'était le genre d'homme qui attirait l'attention des femmes.

Xanthia leva crânement le menton.

— Il y a une telle foule ce soir chez lord Sharpe, dit-elle avec froideur. Je pensais que personne ne m'avait vue m'éclipser.

— C'est peut-être vrai. Je ne saurais le dire. Cela fait un bon quart d'heure que je me trouve ici.

Il fit un pas en avant et se trouva éclairé par un rayon de lune argenté. Ses yeux se posèrent sur la coupe vide de Xanthia.

— Sharpe sait choisir son champagne, n'est-ce pas ? chuchota-t-il. Mais je crois qu'il serait plus sage pour vous de retourner dans la salle.

Xanthia n'entendit pas le sous-entendu que sa suggestion contenait, car elle était trop occupée à l'observer. Non, il n'était pas beau. Avec son nez busqué, ses mâchoires dures et ses yeux extraordinaires, légèrement allongés, il avait quelque chose d'impitoyable. Ses cheveux sombres étaient plus longs que ne l'exigeait la mode du moment. Mais le plus troublant, c'était la vague impression de danger qui émanait de lui.

— Non, dit-elle avec aplomb. Non, je pense que je vais rester ici.

Il haussa une épaule avec désinvolture.

— Comme il vous plaira, ma chère. Vous me faites penser à un chat cherchant le soleil. Vous avez froid ?

Xanthia ferma brièvement les yeux en songeant au soleil de la Barbade.

— J'ai toujours froid, dit-elle. Il y a une éternité que je n'ai pas eu chaud.

— C'est dommage.

Il se pencha en lui tendant la main.

— Je ne pense pas avoir eu le plaisir de vous être présenté, madame. En fait, je suis sûr que vous venez d'arriver en ville.

Elle regarda sa main, mais ne la serra pas.

— Vous connaissez donc tout le monde ?

— C'est mon métier.

— Vraiment ? fit Xanthia en posant son verre vide sur la balustrade. Et dans quelles sortes d'affaires êtes-vous ?

— La connaissance des gens.

— Ah, vous êtes un homme de mystères. Et à qui cherchez-vous à échapper, ici ? À un mari en colère ? À une femme offensée ? Ou bien à ce petit cercle de mamans qui cherchent un mari pour leurs filles et vous couvent d'un œil gourmand ?

Il eut un sourire contraint et légèrement triste.

— Vous avez remarqué ? C'est diablement gênant. Elles ont l'air d'espérer que je vais... Mais n'en parlons plus.

Elle le scruta d'un regard perçant.

— Les espérances, murmura-t-elle. Oui, c'est ça le problème. Les gens ont tellement de mal à y renoncer, n'est-ce pas ? Ils s'attendent à ce que nous fassions certains choix... et quand nous ne les faisons pas, ils nous reprochent d'être entêtés. Ou excentriques. Ou encore pire, d'être *difficiles*. Je me demande pourquoi.

— En effet, pourquoi ? répliqua l'homme en soutenant son regard. Êtes-vous le genre de femme à faire ce qu'on n'attend pas ? Vous me faites l'effet d'être... différente de ces gens qui s'agitent dans la salle de bal.

Ces gens...

En prononçant ces deux petits mots, il semblait tirer un trait entre eux et le reste du monde. Lui non plus n'était pas comme eux. Elle le devinait aisément. Soudain, un frisson lui parcourut le dos. L'espace d'un court instant, elle eut l'impression qu'il voyait au fond de son âme. Son regard était à la fois pénétrant et compréhensif.

Mais que faisait-elle ici, dans l'obscurité, avec cet inconnu ?

Celui-ci haussa légèrement les sourcils.

— Vous êtes bien silencieuse tout à coup, ma chère.

— Je crains de n'avoir rien d'intéressant à dire, fit Xanthia en s'adossant de nouveau au mur de brique. Je mène une vie plutôt austère, et en règle générale je ne sors pas en société.

— Moi non plus, avoua-t-il à voix basse. Et cependant… nous sommes là.

Il était si proche qu'elle perçut les effluves de son eau de Cologne, un mélange curieux d'agrumes et de tabac. Elle croisa son regard et eut l'impression que le sol se dérobait sous ses pieds. Les yeux de l'inconnu semblaient luire dans l'obscurité.

— Je vous demande pardon, balbutia-t-elle, mais… n'est-ce pas de l'essence d'ambre que vous portez ?

Il acquiesça d'un signe de tête.

— Entre autres choses, oui.

— Et de l'essence de néroli. Mais l'ambre est… une senteur rare.

— Je suis étonné que vous la connaissiez.

— Je m'intéresse aux parfums.

— Réellement ? Mon parfumeur de St. James fait venir l'essence d'ambre spécialement pour moi. Cela vous plaît ?

— Je n'en suis pas sûre, admit-elle avec franchise.

— Dans ce cas, je n'en mettrai pas demain.

— Demain ?

— Quand je vous rendrai visite. Au fait, ma chère, voulez-vous me dire votre nom ? Celui de votre mari suffira. Cela me permettra de me renseigner sur les horaires de son club, de façon à savoir quelles sont ses heures de sortie.

— Je ne connais pas votre nom, fit-elle remarquer avec hauteur. Mais je vois que vous êtes très audacieux.

— Eh bien, la timidité ne mène nulle part, n'est-ce pas ?

— En effet, admit-elle avec un petit rire d'amertume. Je l'ai appris à mes dépens.

Il l'observa un instant.

— Non, vous n'avez pas l'air timide... Dites-moi, ma chère, êtes-vous aussi audacieuse que cette superbe robe rouge pourrait le laisser supposer ?

— Parfois, oui, affirma-t-elle. Quand on veut vraiment obtenir quelque chose, on est parfois obligé d'être audacieux.

Brusquement, il prit Xanthia par le coude, et elle eut la sensation d'avoir soudain très chaud.

— Vous êtes une femme très intéressante, ma chère. Et il y a longtemps que je n'ai pas été... *intéressé* par une femme.

— Je crois le comprendre, dit Xanthia comme malgré elle. J'aimerais que nous puissions... Oh, ne faites pas attention à ce que je dis, c'est idiot. Je devrais sans doute m'en aller.

Mais il la retint, posant une main sur son bras.

— Que vouliez-vous dire ? J'aurai grand plaisir à satisfaire votre désir, si c'est en mon pouvoir.

— Non, ce n'était rien, fit-elle en frissonnant. Votre charme est dangereux, monsieur. Je ne devrais pas m'attarder ici.

— Attendez, protesta-t-il en l'attirant vers lui. Faisons un marché, ma chère. Je vous dis mon nom... et à quoi ont trait mes affaires. En échange, vous...

Il marqua une pause, laissant son regard s'attarder sur elle de façon déconcertante.

— En échange, vous me donnerez un baiser, ajouta-t-il. Et pas un baiser fraternel sur la joue, par Dieu !

Xanthia écarquilla les yeux, mais il avait réussi à éveiller sa curiosité. Après tout, c'était elle qui avait commencé à jouer au chat et à la souris avec lui. Mais ce qui était complètement fou, c'était qu'elle avait envie de l'embrasser. De sentir ces lèvres fermes sur les siennes, et...

Sans attendre sa permission, il lui agrippa les épaules, la plaqua contre lui et captura ses lèvres. Oubliant toute retenue, il prit avidement possession de sa bouche.

Xanthia s'offrit à son étreinte sensuelle. Elle se sentait soudain vivante, et pourtant alanguie entre ses bras, comme privée de volonté. Le désir de cet homme était le sien, sa ferveur faisait écho à la sienne. Il y avait si longtemps que personne ne l'avait embrassée... et jamais elle n'avait été embrassée de cette façon. Elle noua les bras sur la nuque de l'inconnu, laissa ses mains viriles explorer son corps et enflammer sa peau. Ses lèvres chaudes avaient le goût du champagne. L'odeur de son eau de toilette devint entêtante. Xanthia se laissa emporter dans le tourbillon, pressant son corps contre le sien, accordant toutes les libertés à ses lèvres et à ses mains.

— Mon Dieu, c'est de la folie, s'entendit-elle murmurer.

Mais sa propre voix lui parut distante, comme désincarnée.

— Oui, une merveilleuse folie, répondit-il.

Il caressait sa hanche à travers le velours de la robe. Il glissa plus bas et la serra étroitement contre lui, lui faisant éprouver la force de son désir. Xanthia se haussa sur la pointe des pieds, se pressant contre lui.

Il parvint à remonter le tissu de sa jupe et à insinuer une main sous les pans de velours pour la caresser. Puis, sans interrompre son baiser, il la repoussa vers le mur de brique, glissant une main entre eux.

Xanthia parvint à dégager ses lèvres.

— Attendez, je...

— Nous sommes seuls, ma chère, dit-il en déposant de petits baisers sur ses joues. J'en suis sûr. Faites-moi confiance.

Sa voix était douce comme du velours. Elle céda. Le désir était plus fort que tout ce qu'elle avait connu jusqu'ici. Avec un gémissement résigné, elle lui offrit ses lèvres. Le temps semblait suspendu, et elle avait l'impression que cet homme n'était pas un étranger pour elle. Il la connaissait, il savait précisément où la toucher. Elle percevait la chaleur de sa main, à travers l'étoffe de ses jupons. Sans détacher les lèvres des siennes, il poussa un grognement rauque et la caressa au plus secret de sa féminité. Elle sentit ses jambes se dérober, mais ne chercha pas à lui échapper. Le désir s'amplifiait et une douleur sourde prenait naissance au centre de son corps.

La réalité fuyait, l'obscurité se refermait sur eux. Et soudain, elle eut peur. Bonté divine, avait-elle perdu la tête ?

Il taquina de ses lèvres le lobe de son oreille.

— Ma chère... vous ne pouvez imaginer comme vous êtes belle.

— Je... je crois que... je vous en prie... il faut arrêter.

Il émit un grognement de protestation, mais sa main s'immobilisa.

— Arrêtez, répéta-t-elle avec fermeté.

— Le faut-il vraiment ? demanda-t-il en posant doucement le front contre celui de Xanthia. Venez avec moi. Passez la nuit dans mon lit. Je vous promets de vous donner du plaisir jusqu'au matin...

Elle secoua la tête, et ses cheveux s'accrochèrent à la muraille rugueuse.

— Non, dit-elle. Je ne sais pas ce qui m'est arrivé. Vous devez me prendre pour une femme de petite vertu.

Il avait laissé retomber sa jupe et en lissait les pans avec délicatesse.

— Je pense que vous êtes une femme sensuelle, avec une foule de désirs inassouvis, corrigea-t-il en lui embrassant la joue. Et que vous devriez me laisser remédier à cette regrettable situation.

Elle eut un rire bref.

— Mon Dieu, je dois être folle ! J'étais presque sur le point de le faire... et je ne sais même pas qui vous êtes !

Les yeux brûlants de désir, il recula d'un pas et s'inclina de façon très formelle.

— Mon nom est Nash, dit-il à voix basse. Joueur et sybarite professionnel, pour vous servir, madame.

Sybarite professionnel ?

Xanthia prenait peu à peu conscience de l'imprudence de sa conduite. En plein désarroi, elle ouvrit la bouche pour parler, mais aucun son ne franchit ses lèvres. Et tout à coup, elle fit la chose la plus stupide et la plus ridicule qu'elle pouvait faire : elle pivota et prit ses jambes à son cou.

En proie à une vraie panique, elle traversa la terrasse comme une flèche. Mais elle n'entendit rien derrière elle. Pas de bruits de pas, pas de cris. À quelques mètres s'étalait la lumière provenant de la salle de bal. Arrivée presque devant la porte, elle eut la présence d'esprit de remettre de l'ordre dans sa coiffure et ses vêtements. Grâce à Dieu, l'homme ne l'avait pas suivie.

Où avait-elle donc la tête ? Encore haletante, les jambes en coton, elle posa la main sur le chambranle de la porte-fenêtre et tenta de se ressaisir. Eh bien. Elle avait eu envie de faire quelque chose d'un peu scandaleux... et elle avait réussi. Elle avait laissé un inconnu l'embrasser, et même beaucoup plus. Maintenant, privée de la chaleur de ce corps viril, elle se sentait glacée et bouleversée.

Furieuse contre elle-même, Xanthia redressa les épaules, plaqua un sourire sur son visage et entra dans la salle où se pressaient les invités. Bonté divine, quelle idiote ! Boire un peu trop de champagne et se laisser aller à des rêveries insipides, passe encore. Mais s'abandonner à un élan de passion dans les bras d'un inconnu... c'était autre chose.

Pour l'instant, tout ce qu'elle pouvait faire, c'était prier le Ciel pour que Nash soit un vrai gentleman. Xanthia ne craignait pas les ragots, mais elle devait penser à son frère Kieran. Celui-ci pouvait encore espérer faire un bon mariage. Et il y avait aussi sa nièce, Martinique. Lord et lady Sharpe, des cousins qu'elle adorait. Et leur fille Louisa, qui faisait ce soir ses premiers pas dans la société. La conduite de Xanthia pouvait avoir pour eux des conséquences désagréables.

Elle fendit la foule, saluant au passage les quelques personnes qu'elle connaissait. Elle se demanda si elle avait l'allure d'une femme facile qui venait de céder à son amant, mais personne ne la dévisagea ou ne haussa un sourcil en la voyant. Sa panique commençait de s'effacer, pourtant le souvenir des caresses de Nash était toujours aussi brûlant. Dieu du Ciel, il fallait absolument qu'elle trouve son frère et lui demande de la ramener à la maison, avant de faire quelque irréparable sottise... par exemple, chercher M. Nash pour lui offrir une de ses jarretelles.

D'une main tremblotante, elle arrêta un valet au passage pour lui demander s'il avait vu Kieran. L'homme était resplendissant dans sa livrée de satin bleu foncé.

— Lord Rothewell se trouve dans la salle de jeu, madame.

— Veuillez lui dire que j'aimerais rentrer tout de suite.

Elle ne voulait pas empêcher son frère de jouer, mais si elle restait ici, elle risquait de croiser M. Nash. Soudain, malgré la confusion de son esprit, une idée la frappa. *M. Nash ignorait son nom.* Elle s'était enfuie sans le lui dire, et il ne l'avait pas suivie. Comme s'il avait brusquement cessé de s'intéresser à elle.

C'était peut-être le cas. Peut-être n'embrassait-elle pas aussi bien qu'elle le croyait ? Cette pensée était démoralisante. Mais c'était mieux ainsi. M. Nash ne connaissait pas son nom. Ils ne se reverraient pas, car elle sortait rarement. De fait, elle n'en avait guère le temps.

Un sentiment de soulagement la submergea, l'aidant à recouvrer son sang-froid.

Dans le hall d'entrée, lady Sharpe disait au revoir à sa belle-sœur, Mme Ambrose. Celle-ci embrassa affectueusement Xanthia sur les joues.

— Xanthia, ma chère, il faut vraiment que vous sortiez davantage. Vous êtes beaucoup trop pâle.

— Je vous remercie de vous inquiéter de ma santé, répondit poliment Xanthia. C'est très charitable de votre part. Au fait, avez-vous vu Kieran ?

Mme Ambrose eut un sourire âpre.

— Il est dans la salle de jeu. Il semblait de mauvaise humeur.

Dès que sa belle-sœur eut tourné le dos, lady Sharpe laissa fuser un rire amusé.

— C'est une chipie, Zee ! chuchota-t-elle en embrassant Xanthia. Je suis flattée que mes cousins qui mènent une vie si solitaire aient daigné assister à ma petite réception.

— Oh, Pamela, je n'aurais manqué pour rien au monde le bal de Louisa.

Xanthia se pencha pour embrasser sa cousine, mais à ce moment lady Sharpe vacilla et s'appuya légèrement sur elle.

Désarçonnée, Xanthia la soutint gauchement.

— Pamela ? Donnez-nous une chaise, ordonna-t-elle en se tournant vers un valet. Et appelez la femme de chambre. Sur-le-champ.

Une chaise fut avancée, et lady Sharpe s'y laissa tomber avec reconnaissance.

— C'est à cause de la foule, et de l'excitation de la soirée, expliqua-t-elle tandis que Xanthia s'agenouillait devant elle en ouvrant son éventail. Oh, merci. Un peu d'air me fera du bien. Je pense que je me suis épuisée à tout préparer. Oh, mais je vous en prie, pas un mot à Sharpe.

À cet instant, le frère de Xanthia apparut.

— Pamela ? Vous n'avez pas l'air bien.

— C'est la chaleur, répliqua lady Sharpe en rougissant. Et c'est peut-être une question *d'âge*, Kieran. S'il vous plaît, ne me posez plus de questions. Je serais capable d'y répondre et de vous mettre dans l'embarras.

Le visage enflammé, Kieran partit faire appeler la voiture. La femme de chambre arriva, et Xanthia se releva.

— Je vous trouve le teint blême, Pamela, déclarat-elle, répugnant à quitter sa cousine. Mais je ne veux pas que vous me traitiez de chipie, comme Mme Ambrose.

— Je suis désolée de vous avoir effrayée, dit lady Sharpe d'un air contrit.

Xanthia lui prit gentiment la main.

— Et comme vous m'avez fait une belle frayeur, vous me reverrez dès demain. Disons vers trois heures ?

2

Une dispute à Wapping

Quand l'aube apparut, la tiédeur inhabituelle de cette soirée printanière avait laissé place à un orage. La journée commença sous un torrent de pluie grise et froide qui promettait de durer. Vêtu d'une robe de chambre de soie sauvage ivoire, la mine sombre, Nash se campa derrière la fenêtre de sa chambre pour observer Park Lane tout en sirotant son café.

Après avoir quitté la demeure de lord et lady Sharpe, la tête pleine de questions, il avait passé une partie de la nuit à lancer les dés chez White. Le jeu n'était pourtant pas un de ses vices prédominants. Puis il s'était rendu dans la maisonnette que sa maîtresse occupait, sur Henrietta Street. Il était ressorti de chez White, comme de chez Lisette, avec un vague sentiment d'insatisfaction. Certes il avait soutiré cinq cents livres à sir Henry Dunnan, mais par hasard, sans même y prendre garde. Quant à Lisette, elle était resplendissante dans son négligé de soie transparente... mais cette vision de rêve avait été gâchée par le souvenir de ce que lui avait coûté le luxueux déshabillé. En outre, Lisette avait pris dernièrement l'habitude de bouder quand il ne lui accordait pas tout son temps.

De fait, elle avait boudé la nuit dernière. Et il ne pouvait guère le lui reprocher, car il ne s'était pas montré sous son meilleur jour. Leur petit intermède s'était mal terminé, dans les larmes et le verre brisé. Il regarda sa main et en fit bouger les articulations. Bon, la blessure avait l'air de s'être refermée, il avait échappé à l'aiguille du chirurgien pour cette fois. Mais il était peut-être temps de donner congé à Lisette. Il avait l'esprit ailleurs, bien qu'il ait lui-même du mal à l'admettre.

Maintenant que les vapeurs de champagne et de sensualité s'étaient dissipées, Nash se rendait bien compte qu'il s'était comporté de façon complètement idiote la nuit dernière. Combien de temps lui aurait-il fallu pour découvrir le nom et la situation sociale de la femme en rouge ? Trente minutes tout au plus, si seulement il avait voulu se donner cette peine. Mais il ne l'avait pas fait, et à présent il était furieux... contre lui-même, mais aussi contre elle.

Quoi qu'il en soit, il ne parvenait pas à chasser le souvenir de ce qu'ils avaient fait sur la terrasse. Qu'avait-elle de spécial pour le troubler à ce point ? Il se départait rarement de sa réserve. Mais quand il l'avait tenue dans ses bras, cette femme avait semblé incarner toute la passion du monde.

Cependant, à peine avait-elle quitté ses bras qu'elle avait eu l'allure d'une écolière en proie à la panique. Avec le recul, il comprenait que c'était ce contraste qui l'avait si profondément troublé.

Son valet pénétra dans la chambre d'un air affairé.

— Bonjour, monsieur, dit Gibbons en se dirigeant tout droit vers le dressing. J'ai mis votre chemise à tremper dans de l'eau froide. Je pense que la tache de sang partira. Quels vêtements dois-je préparer pour vous ce matin ?

— Si la pluie cesse, je sortirai à cheval. J'ai une affaire urgente à régler.

— Urgente et peu agréable, j'imagine, commenta Gibbons qui ne se privait jamais de donner son avis. Oserai-je espérer que vous allez donner congé à Mlle Lyle ?

Nash eut un pâle sourire.

— On finit par se lasser des tempéraments artistiques, murmura-t-il. Avez-vous une idée de ce que cette femme m'a coûté, Gibbons ?

— La rançon d'un roi, à en croire M. Swann.

— Ah, M. Swann !

Nash s'interrompit et fit tourner le café dans le fond de sa tasse.

— Dites-moi, Gibbons, est-ce que tous les domestiques jasent sur ma vie personnelle ? Ou bien cela se limite-t-il à Swann et vous ?

— Nous le faisons tous, grommela Gibbons.

Perché sur une échelle, il examina la plus haute étagère du dressing.

— Nous menons de petites vies étriquées, monsieur. Nous voyons chez vous quelque chose d'un peu excitant.

— Parfois, je me dis que j'aimerais avoir une vie étriquée, dit Nash d'un air pensif. Ou peut-être une vie moyenne. La vie de mon demi-frère, par exemple ? Suffisamment d'argent pour bien vivre sans que ma fortune représente un fardeau, et une carrière au service de la nation. Qu'en dites-vous ?

— Je ne saurais dire, monsieur.

Avec un grognement sourd, il souleva un énorme carton à chapeaux.

— Mais si vous avez l'intention d'échanger votre place avec la sienne, monsieur, ayez la bonté de nous donner quinze jours de préavis.

— Pourquoi ? Vous n'avez pas envie d'être au service d'un membre important de la Chambre des communes ?

— Vous n'auriez plus les moyens de vous payer mes services, monsieur.

C'était exact. Nash disposait de tous les luxes de la vie. De fait, ses désirs étaient toujours anticipés par quelqu'un, depuis le jeune garçon qui cirait ses bottes jusqu'à Swann, son homme d'affaires, en passant par le chef français qui dirigeait ses cuisines. Et tous, bien entendu, recevaient des gages.

Ensuite il y avait son banquier, son maître d'hôtel, son bottier, son négociant en vins. Le chemisier, le marchand de quatre-saisons. Il ajouta mentalement à cette liste sa belle-mère et ses deux sœurs. Puis les domestiques de toutes ses propriétés. Son demi-frère Tony. Ses deux grand-tantes du Cumberland. Les mineurs de cette mine de charbon de Cornouailles, qu'il avait gagnée en jouant au vingt-et-un avec le vieux Talbot. Le système était d'une simplicité quasiment médiévale. Il avait une responsabilité envers chaque nom, car tel était l'empire du marquis de Nash. C'était un satané carcan ! Et il se demandait si le poids de cette charge allait encore s'alourdir.

— Je pense qu'en fin de compte vous prendrez la voiture aujourd'hui, monsieur.

Gibbons contempla l'épaisse couche de brouillard sous laquelle Hyde Park était complètement enseveli.

— Il n'est pas question que vous attrapiez une pneumonie.

— Très bien, dit Nash tristement.

Il voulait absolument rattacher un nom au désir qui lui dévorait le corps depuis la nuit dernière. Ce n'était pas en parcourant les rues de Londres dans un carrosse portant ses armoiries qu'il protégerait son anonymat. Mais il ne pourrait sans doute pas échapper à la voiture... Cela faisait partie des nombreux privilèges qui accompagnaient son titre.

C'était presque risible, vraiment. Il n'était pas né pour cela. Il n'était que le deuxième fils d'un deuxième fils, et pendant longtemps il n'avait eu pour toute perspective d'avenir qu'une sinistre carrière militaire.

C'était pour ce destin qu'il avait été préparé, comme le lui avait toujours dit sa mère. Et bizarrement, il n'avait pas souhaité autre chose. Enfant, il avait mené une vie aventureuse, ballotté d'un bout à l'autre de l'Europe. Il ne s'était pas rendu compte alors qu'ils passaient de poudrière en poudrière, jusqu'à ce que la folie de Napoléon ait embrasé tout le Continent.

Et c'était au moment précis où son frère Petar, promis au service du tsar Alexandre Ier, était sur le point de partir dans l'armée, gagnant de ce fait l'envie et l'admiration de son cadet, que l'ahurissante nouvelle était arrivée à Saint-Pétersbourg. Leurs cousins du Hampshire, Dieu ait leur âme, n'auraient pu choisir meilleur moment pour mourir.

Hélas, la Faucheuse n'avait pas fini son travail. Les années suivantes avaient été dures. Et quand toutes les batailles sanglantes furent terminées, quand tous les chants funèbres se furent tus, il était devenu Nash… Ce qu'il n'avait jamais cru, ni souhaité, devenir un jour.

La porte s'ouvrit en grinçant sur ses gonds, le ramenant brusquement au présent. Il se retourna et vit son frère jeter un coup d'œil dans la pièce.

— Ah, tu es là, Stefan. Aurais-tu une tasse de café à m'offrir ? Je suis trempé jusqu'aux os.

Nash fit un signe à Gibbons, mais celui-ci apportait déjà la tasse demandée.

— Il fait un temps épouvantable. Qu'est-ce qui t'amène ?

L'honorable Anthony Hayden-Worth sourit chaleureusement et prit place dans un fauteuil.

— Est-ce qu'on ne peut pas rendre visite à son frère simplement pour prendre de ses nouvelles ?

Nash abandonna la fenêtre et le rejoignit près de la cheminée.

— Si, bien sûr. Mais si tu as besoin de quelque chose, Tony…

Son frère eut une expression indéchiffrable.

— Tout va bien, dit-il. Mais merci quand même.

— Comment va Jenny ?

Tony haussa les épaules.

— Elle est retournée à Brierwood la semaine dernière. Elle paraît aimer cet endroit. Peut-être que maman et les filles lui manquent... J'espère que ça ne t'ennuie pas.

— Ne sois pas ridicule, Tony. Jenny est chez elle à Brierwood. Je souhaite qu'elle y soit heureuse.

— Oh, Jenny est heureuse, tant que quelqu'un paie ses factures, répliqua Tony avec un vague sourire. Je suppose qu'elle en profitera pour faire un saut en France, et en rapporter encore quelques-unes.

— Son père lui a vraiment coupé les vivres, cette fois ?

Tony secoua la tête.

— Pas vraiment. Notre Jenny est choyée comme une princesse. Son papa la menace, mais l'argent arrive tout de même à intervalles réguliers.

— Il serait peut-être préférable qu'il lui coupe les vivres, avança Nash.

— Pourquoi ? Pour que tu sois obligé de payer ses factures toi-même ? Et que je te sois encore plus redevable ? Non, merci.

Nash s'assit et se servit une deuxième tasse de café, tout en luttant pour contenir son irritation.

— Je ne me suis jamais mêlé de ta vie conjugale, Tony, dit-il enfin. Et je n'ai pas l'intention de le faire maintenant.

Tony sourit, et le malaise se dissipa.

— En fait, mon vieux, je suis seulement passé pour savoir ce qui t'était arrivé la nuit dernière. Je pensais te trouver chez White.

C'était un rameau d'olivier que son frère lui tendait, et Nash l'accepta.

— J'ai fini par m'arranger avec lord Hastley, dit-il lentement en tournant son café. Il a enfin accepté de me céder cette jument poulinière... à un prix convenable, bien entendu.

Le visage de Tony s'éclaira d'un large sourire.

— Félicitations, Stefan. Comment diable as-tu réussi ?

Nash sourit ironiquement.

— J'ai fait une dernière tentative désespérée. Je suis tombé sur lui hier soir chez les Sharpe.

— Seigneur! Tu t'es rendu à un bal de débutante? Pour le coup, il fallait que tu sois vraiment *désespéré*!

Tony fronça les sourcils et poursuivit, l'air soucieux :

— Prends garde, Stefan. Sinon, une de ces mères sournoises finira par te mettre le grappin dessus, et tout ton argent ne suffira pas à te sortir de ce guêpier.

Un frisson glacé parcourut le dos de Nash.

— L'argent peut sauver un homme de n'importe quelle situation, affirma-t-il, sans être certain que c'était tout à fait exact. Et le cas échéant, ma détestable réputation peut me servir de protection, n'est-ce pas? Quoi qu'il en soit, j'ai découvert Hastley dans la salle de jeu de lord Sharpe. Le pauvre diable a tellement perdu aux cartes qu'il a été content de prendre l'argent que je lui offrais.

— Comme nous le sommes tous, commenta Tony en riant.

Nash posa doucement sa cuillère.

— Tu as droit à une pension sur ce que rapporte le domaine, Tony, dit-il d'un ton mesuré. Père a tout arrangé, et je ne pourrais pas revenir sur sa volonté même si je le voulais. Ce qui n'est pas le cas.

Tony sourit et orienta la conversation sur d'autres sujets qu'il affectionnait, comme la politique et la tension qui augmentait entre Wellington et lord Eldon. Nash ne s'intéressait que modérément à la politique intérieure. Aussi murmura-t-il quelques réponses polies, en hochant la tête chaque fois qu'il le fallait.

Puis Tony enchaîna :

— Au fait, vieille branche, mère va célébrer son cinquantième anniversaire le mois prochain.

— Je sais. Je ne l'ai pas oublié.

— Je pense organiser une réception. Quelque chose de plus important que le dîner d'anniversaire habituel. Peut-être un bal, et quelques invités à Brierwood pour la semaine. Tu n'y vois pas d'inconvénient?

— Bien sûr que non. Et je suis sûr que Jenny sera contente de s'occuper des préparatifs.

— Je ne suis pas certain que Jenny trouve les invités de maman très excitants, avoua Tony. Mais tu viendras, n'est-ce pas, Stefan ? Après tout, c'est ta maison. Et maman sera si contente.

Nash pinça les lèvres de manière presque imperceptible.

— Nous verrons, dit-il. Tu as des projets pour la journée, Tony ? Je te verrai ce soir, chez White ?

— Je ne pense pas. Nous avons une réunion à la Chambre après dîner.

— Dans ce cas, pourquoi ne dînerais-tu pas ici ?

— Très volontiers. À condition que tu ne me tiennes pas rigueur de m'éclipser tout de suite après. Ces satanées réunions se prolongent fort tard dans la nuit.

— Mais tu n'as pas à t'inquiéter pour ton siège à la Chambre des communes, puisque tu as été réélu. Que dois-tu faire de plus ?

Tony se leva.

— C'est la politique, Stefan. Les élections ne coûtent pas seulement énormément d'argent, elles exigent des efforts. Tu as de la chance de siéger à la Chambre des lords, mon vieux. Là, vous n'avez pas à vous soucier de l'opinion du commun des mortels.

Nash sourit et souleva sa tasse avec nonchalance.

— Il est vrai que je ne lui accorde jamais une pensée, Tony. Je suis trop occupé à jouir des privilèges des personnes de mon rang... et des vices de la haute société, bien entendu.

Tony se rembrunit.

— C'est ce genre de remarque, Stefan, qui gâte ta réputation. Je te demande de faire attention... Aie au moins une petite pensée pour maman.

— Je suis sûr que personne n'imagine que ma belle-mère est responsable de mon caractère, Tony. J'ai beaucoup d'affection pour Edwina, et elle en a pour moi. Mais elle ne m'a pas élevé.

Si son frère avait un argument à lui opposer, il n'en eut pas le temps, car Gibbons surgit du dressing pour se diriger vers la fenêtre.

— C'est un miracle, monsieur, annonça-t-il en regardant la rue. La pluie a cessé. Je crois que vous allez pouvoir sortir.

— Excellente nouvelle, Gibbons ! s'exclama Nash. Faites préparer le cabriolet et passez-moi mon costume gris anthracite.

À Wapping, les cieux ne s'éclaircirent pas avant le milieu de l'après-midi. Debout derrière la fenêtre de son bureau, le regard tourné vers St. Savior's Docks, Xanthia essayait de garder son attention fixée sur son travail. Le mauvais temps n'avait pas ralenti le trafic sur la Tamise.

Les quais de Londres exerçaient sur elle une constante fascination. Quatre mois après son arrivée dans la capitale, elle était toujours émerveillée par l'activité industrielle et commerciale des quartiers de l'East End. Pour Xanthia, l'Angleterre se limitait aux quais de Wapping. Elle avait tout oublié de son enfance dans le Lincolnshire. En fait, jusqu'à une période assez récente, elle n'avait jamais cherché à s'aventurer dans les méandres de sa mémoire. Mais il y a cinq ans, le voyage à Londres qu'elle avait effectué avec Kieran afin d'ouvrir un deuxième bureau pour la Neville Shipping Company avait ramené à son esprit des souvenirs anciens.

Toutefois, au moment où sa malle avait touché le quai de cette cité grouillante de vie, elle s'était d'emblée sentie chez elle. Non dans la campagne, ni même à Mayfair où se trouvait leur demeure, mais ici. Dans la crasse, la puanteur, et l'incessante activité. Si la Tamise était la principale artère de Londres, Wapping en était incontestablement le cœur.

Six jours par semaine, la voiture de Kieran franchissait les limites du luxueux quartier de Berkeley

Square, traversait le Strand et Fleet Street, avant de plonger dans un autre univers. Dans le monde des ouvriers, des bateliers, de tous les travailleurs des quais. Là, des employés de bureau aux costumes sombres côtoyaient les conseillers municipaux et les banquiers. Les marchands les plus fortunés de l'East End quittaient leurs opulentes maisons de Wellclose Square, pour regarder leurs richesses arriver par bateaux dans les bassins londoniens.

De ce côté de la Tamise, on entendait parler toutes les langues. Les Suédois et les Norvégiens étaient les plus nombreux à avoir leurs boutiques et leurs églises. Mais les Chinois et les Africains apportaient d'étranges musiques et des nourritures exotiques. Les Français et les Italiens y semblaient aussi à l'aise qu'à Cherbourg ou à Gênes. C'était un merveilleux creuset de nationalités.

La porte du bureau s'ouvrit, et un air glacé s'engouffra dans la pièce. Xanthia se retourna et vit Gareth Lloyd, leur associé, qui venait d'arriver. Il se dirigea droit vers son bureau pour y déposer un dossier vert.

— Le *Belle Weather* vient d'entrer au port, annonça-t-il d'un ton neutre. Il se trouve à Limehouse Reach.

Le visage de Xanthia s'éclaira.

— Il a fait un excellent parcours ! s'exclama-t-elle en allant à son propre bureau pour vérifier les dates. Tout s'est bien passé ? Ils ont envoyé quelqu'un à terre ?

— Le second est descendu. Il dit que le capitaine Stretton a pris une tonne d'ivoire supplémentaire au Cap, expliqua Lloyd en passant la main dans ses longs cheveux dorés. En revanche, il y a eu des pertes dans les agrumes. La moisissure. D'après ce que j'ai compris, un tiers de la cargaison est perdu.

C'était regrettable, mais il fallait s'attendre à ce genre de désagréments. Xanthia s'installa dans son fauteuil et se frotta distraitement les bras.

Lloyd alla s'agenouiller devant l'âtre pour attiser les braises.

— Tu as encore froid, dit-il sans la regarder. Je vais refaire du feu.

— Merci.

Elle l'observa en silence. Lorsque les flammes s'élevèrent dans la cheminée, Lloyd alla se camper devant la carte qui couvrait presque entièrement le mur et étudia les lignes rouges parsemées d'épingles à tête jaune. Chacune de ces épingles représentait un bateau de la compagnie Neville. Les lignes rouges étaient leurs routes habituelles, et Lloyd les connaissait si bien qu'il aurait pu les tracer les yeux fermés.

Gareth Lloyd était entré dans la Neville Shipping avant la mort du frère aîné de Xanthia, douze ans auparavant. Luke l'avait pris au bureau comme garçon de courses. Mais Lloyd avait vite fait preuve d'un talent exceptionnel pour toutes les questions financières. Et aux Antilles, les talents étaient rares. Ceux qui se lançaient dans ce voyage périlleux le faisaient en vue d'amasser une fortune, et non pour aider les autres. Certains réussissaient, comme Kieran. Le sucre était une filière intéressante, plus lucrative que la navigation.

Cependant, Gareth Lloyd avait continué de travailler au service des Neville. Après la mort de Luke, la Neville Shipping avait continué de fonctionner sous la houlette d'une série d'hommes d'affaires, tous plus malhonnêtes les uns que les autres. Kieran avait une profonde aversion pour la compagnie que son frère avait créée, et il était déjà accaparé par les plantations et les moulins, qui constituaient la principale source de revenus de la famille. Mais Xanthia avait grandi auprès de Luke, et l'accompagnait régulièrement au bureau. C'était le meilleur endroit pour occuper une petite sœur et la garder en sécurité, puisqu'il n'avait aucune parente à qui la confier.

Xanthia n'aurait su dire quand elle avait cessé de « jouer à travailler » pour se mettre à travailler réellement. Elle ne se rappelait pas la première fois où un des hommes était venu lui soumettre un problème. Ni la première fois où elle avait décidé de renvoyer un de ces hommes d'affaires incapables. Mais à un certain moment, les marchands, les capitaines et même les banquiers avaient cessé de lui tapoter la tête comme à une petite fille. Et ils avaient compris qu'ils allaient devoir compter avec elle.

Les choses s'étaient mises en place naturellement. Le fonctionnement de la Neville Shipping avait échu à Xanthia, et la gestion à Gareth Lloyd. Kieran n'avait pas présenté d'objections. On était aux Antilles : chacun faisait ce qu'il pouvait, avec les ressources dont il disposait. En outre, Xanthia et Gareth étaient tous les deux très doués.

Lloyd déplaça l'épingle qui représentait le *Belle Weather*, puis s'adossa à la cheminée et posa sur Xanthia un regard indéchiffrable.

— Tu es allée chez lord Sharpe hier soir ? finit-il par demander.

— Oui, mais à contrecœur, admit Xanthia en posant son crayon.

— Un bal à Mayfair, en pleine saison, avec tous les membres de la bonne société, murmura-t-il. N'est-ce pas ce dont rêve toute femme ?

— Certaines femmes, peut-être.

Xanthia referma l'agenda qu'elle regardait et se leva.

Gareth s'avança et plaqua les mains sur le bureau. La tension qui régnait dans la pièce était presque palpable.

— Tu sais que tu ne peux pas mener deux vies parallèles, Xanthia, n'est-ce pas ? Tu ne peux pas sortir dans la bonne société et diriger une affaire commerciale. Nous sommes en Angleterre, à présent. Les gens du grand monde ne l'accepteront pas.

— Eh bien, tant pis pour eux.

Ce n'était pas la première fois qu'ils abordaient cette question depuis leur arrivée à Londres.

— Si mes choix ne te convenaient pas, Gareth, tu aurais mieux fait de rester à Bridgetown.

— Pour faire quoi ?

Elle darda sur lui un regard accusateur.

— Tu avais des possibilités intéressantes. Le salaire que te proposait Hancock était bien supérieur à ce que tu gagnes chez Neville, même avec la part que tu détiens dans la compagnie. Alors, pourquoi es-tu encore là ? Je me le demande.

— Bon sang, Xanthia, tu sais très bien *pourquoi*.

Il lui saisit les épaules et, avant qu'elle ait pu le repousser, prit ses lèvres avec rudesse.

L'espace d'un instant elle céda, submergée par la fatigue et un sentiment de solitude. Il était solide comme le roc et dégageait une chaleur rassurante. Le souvenir de la passion d'autrefois se réveilla malgré elle. Sentant sa résistance flancher, Gareth approfondit son baiser. Il voulait qu'elle lui appartienne.

Mais elle ne serait plus jamais à lui. Il n'y avait plus rien entre eux. Elle avait besoin de Gareth, de son amitié, de sa sagesse... mais pas de *ça*. Sans l'amour, le désir n'était rien. Xanthia le repoussa.

Il leva la tête, le regard brûlant.

— Je devrais te gifler, dit-elle d'une voix tremblante.

Tout à coup, le brasier s'éteignit.

— Ne te gêne pas, ma chère. Si cela peut te faire accepter le fait d'être une femme... et d'avoir des désirs de femme.

Outrée, elle leva la main, mais Gareth la défia du regard. Elle se figea.

— Sors, Gareth, ordonna-t-elle. Je suis lasse de tout ça. Prends ton salaire des quatre prochains mois, et va-t'en. Tu es renvoyé.

Il lui tourna le dos.

— Tu ne peux pas me renvoyer, Xanthia. Pas sans le vote de tous les directeurs. C'est-à-dire toi, moi, et Rothewell. Veux-tu lui demander de voter, ma chère ? Veux-tu lui dire pourquoi ? Acceptes-tu d'expliquer à ton frère ce que nous avons été l'un pour l'autre ?

— Je commence à croire que ça en vaut peut-être la peine, lança-t-elle sèchement. Parfois, Gareth, je te méprise.

Il regarda par la fenêtre, l'air indifférent.

— Non, tu ne me méprises pas. Je préférerais que ce soit le cas, Xanthia, car ce serait plus facile. Mais, parbleu, je me méprise bien assez pour deux !

Elle tremblait de tout son être, à présent. Bonté divine, elle avait mal réagi. Elle ne voulait pas perdre Gareth, ni comme ami ni comme employé.

— Il faut que je m'en aille, déclara-t-elle en repoussant brusquement sa chaise.

La discussion était close pour le moment, et aucun des deux n'en sortait vainqueur.

— Tu vas où ? demanda-t-il avec naturel, comme si rien ne s'était passé. Le capitaine Stretton et le commissaire de bord vont descendre à terre.

— Lady Sharpe m'attend, dit Xanthia en empilant ses dossiers.

— Fort bien. Je m'occupe de Stretton. Veux-tu que je fasse appeler la voiture ?

— Je vais prendre un bateau à Hermitage Stairs, dit-elle d'un ton brusque. Cela ira plus vite. La pluie a cessé, et la marée va monter.

Lloyd s'écarta de la porte en fronçant les sourcils.

— Nous sommes à Londres, et tu es une dame, Xanthia. Non seulement les dames ne travaillent pas, mais elles ne vont pas seules sur les quais héler les bateliers.

— Et que voudrais-tu que je fasse, Gareth ? Que je reste à Mayfair, allongée sur des coussins, pendant que tu diriges la Neville Shipping à ta guise ?

Lloyd recula, comme sous l'effet d'une gifle.

— Ce genre d'accusation n'est pas digne de toi. Et je ne la mérite pas.

— Je suis désolée.

Xanthia retourna se planter devant la fenêtre et croisa frileusement les bras sur sa poitrine.

— Tu as raison, ma remarque était déplacée.

Gareth la suivit, la prit sans douceur par l'épaule et la fit pivoter sur elle-même.

— Tu n'es pas obligée de mener cette vie, Xanthia. Ici, en Angleterre, tu peux être ce que tu es en réalité. Une dame de haute naissance.

— Et non la pupille pauvre du pire propre-à-rien de Bridgetown ?

Même Gareth ne se serait pas risqué à évoquer la mémoire de l'oncle de la jeune femme, cet homme abominable qui avait recueilli, bien à contrecœur, Xanthia et ses frères.

— Tu es la sœur du baron de Rothewell, dit-il, les mâchoires serrées. Cousine par alliance du comte de Sharpe. La nièce de ce dragon de lady Bledsoe. Pourquoi ne tournes-tu pas le dos à cette compagnie, Xanthia ? Pourquoi ne veux-tu pas devenir ce pour quoi tu es née ?

— Parce que je ne pourrai jamais oublier ce que j'ai été, Gareth, rétorqua-t-elle d'une voix dure. C'est-à-dire, rien. Un fardeau sans valeur pour mon oncle. C'est cette compagnie qui m'a faite. Par la grâce de Dieu, mon frère m'a donné une chance… et la Neville Shipping me permet d'exister. Je ne laisserai jamais tomber cette compagnie, Gareth. Jamais. Rien au monde ne pourra m'y obliger. Et si tu penses le contraire, tu attendras longtemps, et en vain, de me voir partir.

Il soutint longuement son regard, puis gagna la porte.

— Je n'attends rien, dit-il. Il y a des années que j'ai cessé d'attendre. Je vais dire à Bakely d'aller t'appeler une barque.

Et sur ces mots, il s'engouffra dans l'escalier.

Furieuse et bouleversée, Xanthia rassembla les papiers dont elle aurait besoin dans la soirée, les fourra dans sa sacoche de cuir et revêtit vivement son manteau. Quand elle arriva en bas, dans ce qui était le domaine des comptables, Gareth avait déjà disparu. Calant sa sacoche sous son bras, elle souhaita une bonne soirée à ses employés et s'apprêta à affronter la bousculade qui régnait à cette heure-ci dans Wapping High Street.

Le clac-clac régulier qui s'échappait de la tonnellerie se répercutait contre les hauts murs des bâtiments et des hangars. L'odeur âcre du houblon fermenté, dans la brasserie qui se trouvait un peu plus haut, lui emplit les narines. Et par-dessus tout régnait la puanteur du port à marée basse.

Une carriole passa en cahotant, chargée de lattes de bois. Xanthia tourna dans la petite allée pavée qui descendait vers Hermitage Stairs. Gareth Lloyd l'attendait en haut des marches. La barque qu'il avait commandée se balançait au gré des courants. Le batelier arborait fièrement son insigne de cuivre sur la manche de sa veste.

De toute évidence, Gareth avait l'intention de l'accompagner.

— Il est tard, dit-il d'une voix neutre. J'ai envoyé Bakely sur les quais, pour demander à Stretton de venir faire son rapport demain.

Pendant un instant, elle songea à refuser qu'il l'accompagne. Mais Xanthia avait avant tout l'esprit pratique. Il vaudrait beaucoup mieux arriver à Westminster en compagnie d'un gentleman, ou du moins d'un homme pouvant passer pour tel, plutôt que seule. Elle devait penser à Pamela. Aussi plaça-t-elle sa main dans celle de Gareth.

— Tu n'es vraiment pas obligé, tu sais.

— Je sais, répliqua-t-il en lui faisant prudemment descendre l'escalier.

Ils prirent place dans l'embarcation, et le batelier s'éloigna de l'escalier, enfonçant profondément les rames dans les eaux obscures.

Xanthia s'efforça de fixer son attention sur la rive et d'ignorer l'homme assis à côté d'elle. Elle aimait cet aspect de Londres. Ce n'était pas l'univers guindé et élégant de Mayfair et Belgravia, mais le monde vivant et agité du commerce, dominé par les vastes hangars et les hautes constructions des nouveaux docks de

St. Katharine. De lourds navires marchands se balançaient à côté des clippers, leurs voiles repliées. Des péniches faisaient le va-et-vient pour aller chercher les précieuses marchandises dans les grands navires et les ramener à terre. Si un homme pouvait se sentir petit dans ce monde impressionnant, une femme y était… totalement déplacée. Sur ce point, Gareth n'avait pas tort.

Pourtant, Xanthia se sentait très à l'aise… mais les regards étonnés qu'on lui décochait de temps à autre prouvaient qu'elle ne faisait pas vraiment partie du paysage. Naturellement, les femmes ne manquaient pas sur les quais. Vendeuses, couturières, femmes de marchands. Sans parler des prostituées, qui arpentaient les quais de tous les ports du monde. Ces femmes appartenaient à une société qui faisait horreur aux dames de Mayfair. Mais Xanthia, elle, les connaissait bien.

Gareth se trompait. Elle n'était pas une vraie dame, songea-t-elle. Et cela ne la dérangeait pas plus que ça.

Ce qui la troubla, en revanche, ce fut d'apprendre à son arrivée à Hanover Street que lady Sharpe était toujours alitée. Un valet la conduisit à l'étage.

Quand Xanthia entra, Pamela était allongée sur un divan, confortablement enveloppée d'un châle de laine. Sa fille Louisa était assise sur une chaise à côté d'elle, dans une posture rigide. Ses boucles blondes semblaient avoir perdu un peu de leur gonflant, et ses yeux et son nez rougis lui donnaient un air pathétique.

— Doux Jésus, Pamela ! s'exclama Xanthia en ôtant ses gants. Louisa ? Que vous arrive-t-il ?

Ces mots déclenchèrent un accès de larmes chez la jeune fille, qui bondit de son fauteuil et s'enfuit vers la porte.

Avec un sourire contraint, Pamela tapota la chaise vide près d'elle.

— Ne faites pas attention à elle, Zee. Cette petite n'a que dix-sept ans. À cet âge, on fait un drame de tout.

Xanthia s'assit.

— Que se passe-t-il, Pamela ? demanda-t-elle en prenant la main de sa cousine. Cette maison paraît sens dessus dessous, aujourd'hui. Les domestiques sont nerveux comme des chats, et vous, vous êtes encore en robe de chambre à l'heure du thé ! Vous êtes malade. Je le vois à vos yeux.

Le petit sourire contraint réapparut.

— Je suis seulement un peu faible, ma chère, dit Pamela en lui serrant les doigts. Mais ça ne durera pas. Écoutez-moi, Zee. J'ai quelque chose de *stupéfiant* à vous annoncer. Sharpe n'en revient pas.

Xanthia écarquilla les yeux.

— De quoi s'agit-il ? Parlez, vite, je suis folle d'anxiété.

Pamela posa une main sur son ventre.

— Xanthia, j'attends un enfant.

— Doux Jésus ! Vous... en êtes sûre ?

Pamela confirma d'un hochement de tête.

— Oh, Xanthia, c'est incroyable, non ? Je suis surexcitée... et morte de peur.

Xanthia n'était pas rassurée non plus. Pamela n'était pas loin de la quarantaine. Après vingt ans de mariage et une demi-douzaine de grossesses, elle n'avait pu donner naissance qu'à deux enfants. Des filles.

— Oh, Zee, dites que vous êtes heureuse pour moi ! s'exclama Pamela. Donner un héritier à Sharpe... Oh, si c'était possible, ma vie serait parfaite !

Xanthia sourit et se pencha pour embrasser sa cousine.

— Je suis enchantée, assura-t-elle. Rien ne pourrait me faire plus plaisir. Il me tarde d'annoncer la nouvelle à Kieran. Il sera tellement heureux pour vous, Pamela. Mais il faut que vous soyez très prudente.

— Je sais, dit Pamela d'un ton grave. La sage-femme et le médecin sont passés ce matin, et ont confirmé ce que je n'osais même pas espérer. Et maintenant, je n'ai plus le droit de bouger ! C'est à peine si l'on m'autorise à descendre l'escalier. Je vais devenir folle, c'est sûr.

Mais si je peux donner un fils à Sharpe, cela en vaut la peine.

Soudain, Xanthia revit les yeux de Louisa, rougis de larmes.

— Oh, mon Dieu ! Pauvre Louisa !

— Le moment est mal choisi, n'est-ce pas ? Elle fait ses débuts dans la société, Zee ! Cette saison aurait dû être la sienne ! Nous avons dépensé une petite fortune pour l'habiller, et elle est ravissante. Mais maintenant, je suis clouée au lit jusqu'à la Saint-Michel.

— Que peut-elle faire, Pamela ? Il y a son père, naturellement… mais ce n'est pas suffisant.

— Il faut absolument qu'elle ait un chaperon. Bon, nous pourrions toujours demander à Christine. Après tout, c'est la sœur de Sharpe. Mais son allure est un peu… outrancière, n'est-ce pas ? Je ne pense pas qu'elle soit la compagne idéale pour une jeune fille de l'âge de Louisa.

— En effet, murmura Xanthia.

Christine Ambrose était une femme sans moralité, qui avait attiré Kieran dans ses filets. Comme chaperon, elle ne ferait pas du tout l'affaire. Tout à coup, Xanthia se rendit compte que Pamela lui pressait les doigts de toutes ses forces. Elle lança un coup d'œil à sa cousine et vit son regard suppliant.

— Oh, Xanthia, ma chère, puis-je m'appuyer sur vous ?

Xanthia réprima une exclamation de surprise.

— Sur moi ? répéta-t-elle. Pour… pour faire quoi ?

— Pour veiller sur Louisa pendant le reste de la saison.

— Vous voulez dire… l'emmener dans des bals, des réceptions, ce genre de choses ? Oh, Pamela, je ne crois pas… je n'ai pas l'expérience de…

Mais le désespoir qui apparut sur les traits de sa cousine lui serra le cœur. Pamela se redressa sur le divan.

— Je m'arrangerai pour que vous soyez invitées dans les meilleures maisons de Londres, dit-elle d'une voix douce. Et vous irez chez Almack's tous les mercredis soir, bien entendu.

Xanthia poussa un léger soupir.

— Kieran et moi ne faisons pas partie des habitués d'Almack's, et il est peu probable que nous y soyons admis.

Pamela éclata de rire.

— Oh, ma chère enfant! Avec son titre, Rothewell sera admis *immédiatement*. En outre, je ferai savoir que vous êtes le chaperon de Louisa, et que vous devez être accueillie comme je le serais moi-même. Après tout, j'ai une certaine influence en ville. Et vous vous amuserez sans doute aussi, pourquoi pas? Oh, dites-moi que vous acceptez!

Xanthia eut une hésitation. Bonté divine!

— Mais je ne suis pas une femme mariée, protesta-t-elle. Ce n'est pas l'idéal pour un chaperon...

— Vous êtes une femme mûre, énonça fermement Pamela. Ce sera vous, ou Christine. Il faut que ce soit quelqu'un de la famille, et maman ne peut pas le faire. Louisa et elle se querellent sans cesse. Vous vous ferez escorter par Kieran, ou par Sharpe. Il y a aura presque toujours un salon de jeu pour les amadouer.

Xanthia soupira. Kieran n'allait pas apprécier, mais il avait toujours adoré leur cousine Pamela.

— Nous serons heureux de vous rendre ce service, Pamela, bien entendu. Mais il y a quelques détails auxquels vous devriez songer.

— Vraiment? fit Pamela en haussant les sourcils. Quels détails?

Xanthia n'osa pas faire allusion au mystérieux M. Nash.

— Eh bien, pour commencer, vous savez que la Neville Shipping Company absorbe une grande partie de mon temps.

— Oh oui, ma chère. Vous en parlez souvent.

— Mais ce que vous ne savez pas, c'est que... eh bien, je passe beaucoup de temps là-bas. Dans les bureaux.

Pamela réfléchit à la question.

— Eh bien, vous possédez un tiers de la société. Je suppose qu'il est bon de veiller sur vos intérêts.

— En réalité, je n'en possède que vingt-cinq pour cent. Kieran en a aussi vingt-cinq, et Martinique a hérité de vingt-cinq également après la mort de Luke. Gareth Lloyd, notre homme d'affaires, possède les vingt-cinq pour cent qui restent.

— Vraiment ? J'ignorais cela.

— Le fait est que c'est moi qui dirige plus ou moins la Neville Shipping.

Pamela hocha joyeusement la tête.

— Oui, il me semble que vous avez fait allusion à cela, un jour.

Xanthia reprit la main de sa cousine, comme pour l'aider à se concentrer sur ce qu'elle disait.

— Pamela, je me rends chaque jour en voiture dans l'East End pour travailler. Je passe la journée dans un bureau, entourée d'hommes, dans l'une des rues les plus sinistres de Wapping. Un quartier fréquenté par les gens les plus louches que vous puissiez imaginer. Et ça me plaît. Les gens me dévisagent, Pamela. Un jour, près des quais, un homme a craché en me regardant. Ils pensent que ma place n'est pas parmi eux. Et personne, dans la haute société, ne leur donnerait tort.

— Oh... je vois, fit Pamela en battant des paupières. C'est comme... avoir une boutique, c'est cela ? Mme Reynolds avait une boutique autrefois. Mais à présent, elle s'appelle lady Warding.

— Oui, mais je ne serai jamais lady Warding. Je resterai toujours Mlle Neville... une demoiselle assez mal élevée pour oser exercer un métier d'homme. C'est ce que les gens diront, Pamela, s'ils apprennent ce que je fais. Et à leurs yeux, ce sera bien pire que de tenir une boutique.

Pamela fit la moue et secoua la tête.

— Vous avez le droit de gérer votre bien, Xanthia. Et si Kieran vous encourage à le faire, personne n'a son mot à dire là-dessus.

— En effet, concéda Xanthia avec raideur. Mais si cela se sait, et cela se saura forcément, les gens ne se priveront pas de jaser.

Pamela se laissa aller contre le dossier du divan.

— Si cela se sait, vous passerez simplement pour une excentrique. En fait, avec votre charme et votre énergie, vous allez peut-être créer un nouveau courant. La nouvelle mode sera de posséder une société et de la gérer. Moi-même, je me lancerais dans les chapeaux, si je savais les confectionner. Quoi qu'il en soit, je ne suis pas inquiète pour Louisa.

Xanthia esquissa un pâle sourire. Le travail était une notion totalement étrangère à sa cousine, qui avait reçu l'éducation d'une dame.

— Très bien, murmura-t-elle. Je vous aurai prévenue.

— En effet. Et maintenant que tout est arrangé, je veux que vous posiez la main là, dit Pamela en plaçant la main de sa cousine sur son ventre. Dites bonjour à votre nouveau cousin, le futur comte de Sharpe.

Le sourire de Xanthia s'élargit.

— Je devrais sentir quelque chose? s'enquit-elle avec curiosité. Est-ce qu'il... bouge?

— Oh, Xanthia, ce que vous pouvez être innocente! s'exclama Pamela en riant. Non, on ne le sentira pas bouger avant des semaines. Mais il est là tout de même. Voulez-vous que je vous prévienne, quand il commencera à donner des coups de pied?

Xanthia soupira.

— Oui, j'aimerais le sentir bouger, admit-elle. Cela me paraît tellement merveilleux.

Le visage de Pamela retrouva sa gravité.

— Il faut que vous ayez des enfants à vous, Xanthia, déclara-t-elle posément. Le temps passe. Quel âge avez-vous, à présent? Vingt-sept ans?

Xanthia eut un petit rire embarrassé.

— Oh, Pamela, j'aurai trente ans dans quelques mois. Et vous oubliez quelque chose d'important, ma chère. On ne peut pas avoir d'enfant si on n'a pas de mari.

— Eh bien, c'est parfait ! déclara Pamela, dont le visage s'illumina. Vous êtes justement sur le point de faire votre entrée sur le marché du mariage ! Louisa est bien décidée à dénicher le parfait gentleman. Je vous suggère de faire comme elle.

Xanthia secoua la tête.

— Je ne veux pas me marier, Pamela.

— Et pour quelle raison ? C'est pourtant la chose la plus naturelle du monde.

Xanthia détourna les yeux, choisissant ses mots.

— Les gentlemen souhaitent avoir une épouse plus jeune et... plus naïve, dit-elle. D'autre part, il y a la Neville Shipping. Si je me mariais, la société reviendrait à mon époux. Et même sans cela, aucun homme ne me permettrait de travailler comme je le fais actuellement.

— Oh, pour l'amour du Ciel ! Laissez donc Kieran s'occuper de la Neville Shipping ! répliqua Pamela avec un brin d'impatience. Il n'a rien d'autre à faire, maintenant qu'il a vendu ses plantations et mis toutes ses propriétés en gérance.

— Kieran ne connaît rien à la navigation et cela ne l'intéresse pas. Il s'empresserait de vendre la compagnie au plus offrant.

— Oui, comme il l'a fait pour les propriétés des Antilles, observa Pamela. J'avoue que cela m'a paru insensé.

— Il n'a pas vendu la propriété au plus offrant, Pamela, rectifia gentiment Xanthia. Il l'a divisée en parcelles qu'il a louées aux hommes qui y travaillaient depuis des années. Et si vous aviez passé toute votre vie à la Barbade, comme moi, vous comprendriez pourquoi. L'époque de l'esclavage est révolue. C'était une institution horrible et dégradante.

— Oui, certes. Mais n'aurait-il pas pu simplement...

Elle s'interrompit en entendant du bruit à la porte. Sa femme de chambre entra.

— Mme Claudette a envoyé une de ses ouvrières avec les nouvelles robes de lady Louisa, madame.

Souhaitez-vous qu'elle les essaye, avant que la couturière ne reparte ?

Pamela et Xanthia échangèrent un regard. Il était temps de revenir à des préoccupations beaucoup plus réelles pour les dames de Mayfair. S'il y avait une horreur à éviter à tout prix, c'était de se retrouver avec une robe de bal mal ajustée.

3

Grave malentendu à Mayfair

En proie à une profonde mauvaise humeur, le baron de Rothewell sirotait un cognac, lorsqu'il entendit le heurtoir retomber contre la porte de son élégante demeure de Berkeley Square. En fait, il sirotait du cognac depuis l'heure du thé, et n'était pas disposé à rompre ce moment de solitude.

Rothewell croyait au vieil adage qui dit que le silence est un ami qui ne vous trahit jamais. Il avait peu d'amis et ne cherchait pas à faire de nouvelles connaissances. Les conversations de la bonne société lui semblaient toutes futiles.

Mais il n'avait pas à s'en faire, songea-t-il en se dirigeant vers la petite desserte de son bureau pour se servir encore une larme d'alcool. Il ne connaissait presque personne à Londres. Par conséquent, il fut très surpris quand l'un de ses nouveaux valets lui apporta la carte d'un gentleman dont il n'avait jamais entendu prononcer le nom.

— Je ne suis pas là, déclara-t-il dans un grognement.

Le domestique parut mal à l'aise.

— Je pense que le marquis voudra attendre, monsieur. Après tout, il s'agit de lord Nash.

— Qui diable est ce lord Nash? Et pourquoi devrais-je m'en soucier?

— Eh bien, c'est le genre d'homme qui obtient généralement ce qu'il désire.

Cette réponse piqua la curiosité de Rothewell.

— Oh, très bien. Faites-le entrer.

Les naturalistes racontent que lorsque certains animaux se rencontrent dans la nature, ils tournent en rond en se jaugeant, chacun cherchant à savoir si l'autre va reculer. Rothewell n'avait jamais reculé devant quiconque, et il se hérissa à l'instant où l'homme franchit le seuil du bureau.

Nash était mince comme une liane, et tous ses mouvements trahissaient une force parfaitement maîtrisée. Ses cheveux noirs comme le jais étaient à peine parsemés de gris sur les tempes. Il portait une cape d'allure luxueuse sur le bras et tenait ses gants à la main, comme si sa visite devait être brève.

— Bonsoir, lord Rothewell, dit-il en posant sur Kieran un regard noir et froid. C'est très aimable à vous d'accepter de me recevoir.

Des yeux brillants. Des vêtements chers. Une voix trop douce… et un accent qui n'était pas purement anglais.

Rothewell désigna une chaise.

— Asseyez-vous, je vous prie. Comment puis-je vous être utile ?

— Je suis ici pour une affaire personnelle.

— Je me demande bien ce que cela peut être, répliqua Rothewell. Car c'est la première fois que je vous vois.

Nash esquissa un bref sourire.

— Je n'ai pas eu le plaisir de vous être présenté, concéda-t-il avec froideur. Mais je pense avoir eu l'honneur de faire la connaissance de votre sœur hier soir, chez lord Sharpe. Mlle Xanthia Neville…

Cet homme ressemblait à un loup, décida Rothewell. Un loup sauvage et affamé.

— Je n'ai pas le souvenir de vous avoir croisé au bal, dit-il en soutenant le regard de Nash. Mais Mlle Neville est ma sœur, en effet. Et alors ?

— J'ai cru comprendre que vous étiez son tuteur, précisa lord Nash de sa voix calme. Je désire obtenir votre permission pour la courtiser.

— Vous voulez… *quoi* ?

— J'aimerais faire la cour à Mlle Neville.

La voix était plus calme que jamais, et contenait l'ombre d'une menace.

— Je suis certain que ma demande vous paraîtra acceptable.

Rothewell ne fut pas intimidé le moins du monde.

— Certainement pas ! aboya-t-il. Ma sœur est une femme exceptionnelle. Elle n'a pas besoin d'un… Pour autant que je sache, elle ne veut pas d'un… d'un mari. De plus, c'est la permission de Xanthia qu'il vous faut. Si vous saviez la moindre chose sur elle, vous sauriez cela.

— Ah, c'est une jeune femme à l'esprit indépendant, observa Nash. C'est tout à fait charmant.

— Non, corrigea Rothewell. Elle est *indépendante*. Et entêtée. Et autoritaire, quand elle sait qu'elle a raison, ce qui arrive plus souvent que je ne voudrais l'admettre. Bon sang, Nash, elle a presque trente ans. En outre, elle… elle n'est pas comme les autres. Vous rendez-vous compte de ce que vous me demandez ?

— Je vous demande si je peux courtiser votre sœur.

— Pourquoi ?

— Pardon ? fit le marquis, interloqué.

— Pourquoi Xanthia ? Si vous voulez une épouse, pourquoi ne choisissez-vous pas une docile jeune fille ? Cela vous rendrait la vie beaucoup plus facile, croyez-moi.

Lord Nash semblait légèrement mal à l'aise, à présent.

— Mlle Neville est une femme autoritaire, c'est cela ?

— Oui, et elle s'y entend pour diriger son monde. Mais… si vous l'importunez, lord Nash, c'est à moi que vous aurez affaire.

Nash parut réellement intrigué. Cette rencontre ne se déroulait pas comme il l'avait prévu. Mais à quoi diable s'attendait-il ?

Soudain, Rothewell fut assailli par une pensée déplaisante. Il laissa son regard s'attarder sur les vêtements coûteux du marquis et réfléchit un instant.

— Franchement, Nash, finit-il par dire. Maintenant que j'y pense, je ne vois qu'une seule raison pour laquelle vous pouvez vous intéresser à ma sœur... et ce n'est pas flatteur.

Les yeux sombres de Nash lancèrent des éclairs.

— Soyez plus clair, Rothewell.

— Je fais allusion à sa fortune. Comme vous le savez certainement, ma sœur est riche. Mais elle ne renoncera pas à sa fortune, Nash... Or, le mariage l'obligerait justement à le faire.

Le marquis eut un haut-le-corps.

— Vous osez laisser entendre que je suis un coureur de dots ? Par Dieu !

Rothewell joignit le bout de ses doigts, l'air songeur.

— Si ce n'est pas le cas, je vous prie de m'excuser, dit-il d'un ton sec.

— Il y a peut-être eu une erreur, finit par reconnaître Nash. Je commence à comprendre que Mlle Neville ne ferait pas une épouse idéale.

Un vague sourire apparut sur les lèvres de Rothewell.

— Xanthia ferait une épouse admirable, à condition de trouver l'homme qui lui convienne. Mais je suis à peu près sûr que ce n'est pas vous. Je veillerai à ce qu'elle ne soit pas unie à quelqu'un qui ne l'aime pas et ne la mérite pas.

Nash darda sur son hôte un regard perçant.

— Vous parlez comme si vous aviez quelqu'un d'autre en vue.

Ce fut au tour de Rothewell de paraître mal à l'aise.

— En effet, ma sœur a reçu une proposition. Une proposition de longue date, émanant d'un ami de la famille. Je suppose qu'ils finiront par s'entendre, un jour ou l'autre.

— Je vois.

Nash se leva avec brusquerie. Son expression était indéchiffrable.

— Je vous prie de m'excuser, lord Rothewell. Je vous ai manifestement dérangé pour...

La porte du bureau s'ouvrit tout à coup, livrant passage à une tornade, munie d'une sacoche de cuir bourrée de documents.

— Kieran, j'ai une nouvelle stupéfiante à t'apprendre! annonça la sœur de Rothewell. Le *Belle Weather* est arrivé avec six semaines d'avance, aussi j'ai pensé que nous pourrions...

Elle lança un bref regard à l'invité de son frère.

— Oh, mon Dieu, je... je vous demande pardon.

Rothewell la rattrapa alors qu'elle s'apprêtait à ressortir.

— Pas si vite! Je crois que tu connais lord Nash, notre visiteur?

— *Lord* Nash?

Le visage de Xanthia avait viré au rose vif.

— Je... Non, je ne le connais pas. C'est-à-dire... je ne savais pas vraiment qui... ou pourquoi...

Rothewell n'avait encore jamais vu sa sœur à court de mots.

— De toute évidence, cette affaire ne me regarde pas, dit-il en relâchant le bras de Xanthia. Je vous laisse régler cela entre vous.

Elle jeta un regard en coin à Nash.

— Régler quoi, je te prie?

— Du diable si je le sais.

Rothewell haussa les épaules et prit son verre de cognac. Puis, revenant sur ses pas, il attrapa aussi la bouteille. La nuit risquait d'être longue.

— Bonsoir, mademoiselle Neville, commença Nash lorsque la porte se fut refermée.

Elle eut l'air outragé.

— Oh, vous êtes donc *lord* Nash, n'est-ce pas ?

— Ne prétendez pas que vous l'ignoriez.

— Je l'ignorais, répliqua-t-elle d'un ton crispé. Que faites-vous ici ? Comment m'avez-vous retrouvée ?

— J'ai beaucoup pensé à vous, ma chère, depuis le moment où vous m'avez abandonné, la nuit dernière. Aussi, j'ai posé adroitement quelques questions, et j'ai été troublé par ce que j'ai découvert.

La colère imprégna les traits de Xanthia.

— Je suis également troublée d'avoir été traquée comme une proie, rétorqua-t-elle. Je suis désolée, tout comme vous, de ce qui s'est passé la nuit dernière. Toutefois, quand une dame quitte un gentleman de façon aussi abrupte, on ne peut en tirer que peu de conclusions.

— Vraiment ? murmura-t-il. Je n'en ai tiré qu'une seule.

— Et cependant, vous m'avez suivie jusqu'ici ? s'exclama-t-elle, se méprenant totalement sur ses paroles. Chez moi ? C'est inacceptable, monsieur.

Nash l'observa un instant. Malgré sa propre confusion, il était tout à fait conscient de sa proximité, et de son charme. Elle ne possédait certes pas une beauté conventionnelle, avec ses cheveux châtains, son nez fin, ses yeux un peu trop écartés... des yeux qui demeuraient fixés sur lui comme pour lui lancer un défi.

— Il faut que vous me pardonniez, mademoiselle Neville. J'avais mal jugé la situation.

— C'est ce qu'il me semble. Quelle mouche vous a piqué de rendre visite à mon frère ?

— Je pensais m'introduire dans le repaire du lion. Je ne suis pas le genre d'homme à attendre passivement, et je préfère savoir de quel côté vient le vent.

— Oh, c'est ridicule ! Que lui avez-vous dit ?

— Rien qui porte à conséquence.

— Ne l'approchez plus, à l'avenir, déclara-t-elle d'un ton impérieux. Les dandys dans votre genre, Rothewell n'en fait qu'une bouchée, lord Nash. Croyez-moi, il vaut mieux ne pas provoquer sa colère.

Nash tressaillit.

— Vous m'avez traité de *dandy* ?

Les joues de Mlle Neville s'empourprèrent.

— Je vous demande pardon, je n'ai peut-être pas employé l'expression qui convenait. Je ne voulais pas vous insulter, mais quoi qu'il en soit, ne provoquez pas mon frère.

Nash s'approcha et lui agrippa le bras.

— Et vous pensez que si je lui parle de ce que nous avons fait chez Sharpe, sur la terrasse, il se mettra en colère ?

— Seigneur ! Vous n'avez pas fait cela ?

Il pencha la tête de côté.

— Non, répondit-il lentement. Dites-moi, mademoiselle Neville, quelle aurait été sa réaction, d'après vous ?

Elle se dégagea et s'écarta.

— Je n'en sais rien, avoua-t-elle. Il n'aurait peut-être rien dit. Ou il vous aurait tué sur-le-champ d'un coup de pistolet. C'est le problème avec Rothewell, on ne sait jamais ce qu'il va faire. Je vous en prie, partez, lord Nash. Et ne revenez plus. Je pense que cela nous épargnera à tous de gros soucis.

Il se rapprocha davantage.

— Mademoiselle Neville, pourquoi m'avez-vous embrassé, hier soir ? questionna-t-il doucement. Et au nom du Ciel, que faisiez-vous seule sur cette terrasse ?

— Nous sommes en Angleterre, et je suis une femme libre. J'avais envie de prendre l'air.

— Mademoiselle Neville, vous n'êtes pas mariée. La bonne société s'attend à…

— Ne vous fatiguez pas. Je n'ai pas besoin d'entendre une leçon sur les exigences de la bonne société. Je ne suis pas mariée, monsieur, mais je ne suis pas sotte non plus. Et si j'ai envie de prendre l'air, je le fais. Quant à votre *beau monde* et ses idées ridicules, tant pis pour lui !

Nash esquissa un sourire malgré lui.

— Bien, il semble que notre discussion arrive à son terme, dit-il en prenant sa cape et ses gants. Vous êtes une femme fascinante, mademoiselle Neville. Par Dieu, je regrette que vous ne soyez pas veuve, ou même mariée à quelque pauvre diable... Mais ce n'est pas le cas, n'est-ce pas ? Il faut donc que je souffre.

— Oh, pour l'amour du Ciel, lord Nash ! Personne n'est obligé de souffrir.

— Hélas, il n'y aurait qu'une façon d'éviter cela, murmura-t-il. Et c'est hors de question. Merci, ma chère, de m'avoir fait passer une soirée remarquable...

Il se tourna vers la porte et l'entendit pousser un soupir de soulagement. Mais au dernier moment, elle lui prit le bras.

— Attendez, lord Nash. J'aimerais savoir... Vous disiez qu'il n'y avait qu'une seule conclusion à tirer de ce qui s'est passé sur la terrasse. Que vouliez-vous dire ?

— Ah, fit-il avec un faible sourire. Quand j'ai appris que vous n'étiez pas mariée, j'ai cru qu'on m'avait suivi sur la terrasse pour me tendre un piège.

— Un piège ? répéta-t-elle, interloquée.

Puis elle comprit. L'obliger à se marier...

— *Un piège ?* Seigneur ! Quelle insulte.

— C'est une menace constante, pour un homme dans ma position, expliqua-t-il avec un haussement d'épaules.

Elle lui lança un regard noir.

— Vous vous flattez, lord Nash. Si j'étais un homme, je vous demanderais raison de cet affront, et je mettrais un terme à vos inquiétudes en même temps qu'à votre vie.

— Vous savez tirer ?

— Oui, mais je manque un peu d'entraînement. Je risquerais de rater mon coup, d'atteindre le ventre au lieu du cœur, et votre agonie serait longue et douloureuse.

Il grimaça.

— J'échappe donc à une mort épouvantable, dit-il en s'inclinant devant elle. Vous êtes d'une grande beauté, ma chère, néanmoins je ne souhaite pas mourir pour vous… ni lentement, ni autrement. Je vous souhaite le bonsoir, mademoiselle Neville. Et j'espère que vous profiterez longtemps et avec bonheur de votre célibat.

Xanthia l'observa d'un air suspicieux, mais il semblait sincère. Elle hocha imperceptiblement la tête et reconduisit son visiteur jusqu'à la porte. Nash posa la main sur la poignée de cuivre. Sur une brusque impulsion, elle la couvrit de la sienne.

— Accepteriez-vous de répondre à une dernière question ?

Il la toisa et haussa un sourcil arrogant.

— Je ne sais pas. Devrai-je subir d'autres menaces concernant ma vie, ou ma virilité ?

Elle ignora cette dernière remarque, car de toute évidence, il s'efforçait de contenir un sourire.

— Pourrais-je vous demander…

Elle s'interrompit et s'humecta les lèvres.

— Vous serait-il possible de… d'oublier ce qui s'est passé la nuit dernière ?

— Oh… je ne l'oublierai jamais. Même pas dans un million d'années, assura-t-il en se penchant légèrement vers elle. J'emporterai le souvenir de votre bouche sensuelle dans la tombe, ma chère. Sans parler de la rondeur de vos hanches, et de la chaleur brûlante de votre…

— Ce n'est pas ainsi que je l'entendais.

— Ah. Mais vous ne m'en voudrez pas de rêver sur ce qui aurait pu se passer, mademoiselle Neville ? Ici, à Londres, les nuits sont souvent froides et solitaires.

Xanthia sentit son visage s'enflammer.

— Lord Nash, je vous en prie. J'ai fait preuve d'un incroyable manque de jugement, et je préférerais que vous ne me le rappeliez pas.

— Mais puisque je ne peux pas l'oublier, pourquoi le pourriez-vous ? susurra-t-il, la voix douce comme du velours. Vraiment, mademoiselle Neville, vous m'avez piqué au vif. J'espérais que vous voudriez garder dans votre cœur un petit souvenir de cet interlude.

Xanthia s'efforça de prendre un air grave.

— Tout ce que je veux dire, monsieur, c'est que... eh bien, je vais devoir me montrer en société plus souvent que je ne le pensais. Je vous prie de ne jamais faire allusion devant quelqu'un à ce qui s'est passé.

Il recula d'un pas.

— Seigneur, mademoiselle Neville ! Pour qui me prenez-vous ?

Xanthia se mordit les lèvres.

— Pour un gentleman, j'espère ?

— Et comment ! Je ne souhaiterais partager avec quiconque un souvenir aussi tendre et intime.

Xanthia détourna les yeux.

— Merci. Je ne fais pas cette requête pour moi.

Il lui posa un doigt sous le menton, l'obligeant à tourner le visage vers lui.

— Si ce n'est pas pour vous... pour qui me demandez-vous cela ?

— Pour lord et lady Sharpe. Je vais devoir chaperonner lady Louisa pendant le reste de la saison. Il faudra même que je me rende chez Almack's avec elle. La santé de ma cousine est défaillante, et elle ne pourra le faire elle-même.

— Seigneur ! Chez Almack's ? s'exclama-t-il, une lueur malicieuse dans ses yeux noirs. Vous irez chez Almack's ?

Elle le foudroya du regard.

— Vous trouvez sans doute cela drôle, mais je n'ai pas le choix. Je préférerais faire mille autres choses plutôt que de côtoyer la haute société.

Il soutint un long moment son regard, et une émotion indéfinissable passa sur ses traits.

— Fort bien, finit-il par dire. Après tout, nous sommes peut-être destinés à nous rencontrer de nouveau, mademoiselle Neville.

Elle parvint à esquisser un sourire mutin.

— J'en doute. Vous ne semblez pas du genre à vous rendre chez Almack's. Je parie qu'on ne vous laisserait même pas franchir la porte.

Il haussa encore une fois les épaules, avec désinvolture.

— On ne sait jamais, murmura-t-il. Combien êtes-vous prête à parier ?

— Oh, je dois avoir un billet de vingt livres qui traîne quelque part dans la maison ! s'exclama-t-elle en riant.

Nash eut un sourire contraint.

— C'est tentant, mademoiselle Neville. Mais je crois qu'il faudrait miser beaucoup plus pour m'attirer dans ce genre d'endroit. Je connais trop d'hommes qui ont perdu leur atout le plus précieux en passant le seuil d'Almack's.

— Quel genre d'atout ? s'étonna Xanthia.

— Leur état de célibataire, répondit-il avec un large sourire. En attendant, je vous souhaite une bonne soirée, ma chère. Je pense pouvoir retrouver mon chemin jusqu'à la porte d'entrée.

En proie à un tourbillon d'émotions, Xanthia prit un bain et s'habilla pour le dîner. Quel choc elle avait éprouvé en trouvant Nash, ou plutôt lord Nash, nonchalamment assis dans le bureau de son frère ! Aujourd'hui, il lui avait paru plus grand, plus brun, plus *viril* que dans son souvenir. Prise dans l'agitation de sa journée de travail, puis par l'inquiétude que lui causait l'état de santé de sa cousine, elle avait réussi à chasser de sa mémoire les frasques de la nuit précédente.

Enfin, ce n'était pas tout à fait exact, admit-elle en examinant son reflet dans le miroir pour fixer ses boucles d'oreilles. Le souvenir des caresses de lord Nash s'était attardé dans son esprit. Et lorsqu'elle l'avait revu, une fois le premier choc passé, le regret l'avait transpercée comme la pointe acérée d'une flèche. À la lumière du jour, il était évident que Nash était un vrai gentleman.

Il n'était pas beau, non. Du moins, pas selon les critères anglais. Mais il était l'élégance même. Mince, sombre, aussi souple qu'un félin. Son manteau, d'une coupe presque démodée, semblait fait du lainage le plus précieux. Et sa veste d'un gris sombre épousait à merveille la forme de ses larges épaules.

Son visage était également remarquable. Ses traits durs contenaient une majesté qui lui avait échappé la nuit précédente. Et ses yeux... noirs comme l'obsidienne ! Ils avaient quelque chose d'exotique avec leur forme allongée... comme s'il avait du sang mongol dans les veines.

Tout cela laissait Xanthia perplexe. Que serait-il arrivé si elle ne l'avait pas abandonné hier soir, sur la terrasse ? Si elle avait été assez audacieuse pour agir selon sa fantaisie ? Si elle avait accepté de le suivre dans son lit ?

Il aurait refusé, voilà ce qui se serait passé. En apprenant qu'elle était célibataire, lord Nash aurait fait un bond en arrière.

Poussant un soupir, Xanthia regarda son reflet dans le miroir. Oublie-le, se dit-elle. Il ne se passera rien. Ni avec Nash ni avec un autre. À moins qu'elle n'accepte Gareth...

Avec Gareth, il y avait eu de la passion autrefois. Et aussi une amitié sincère. Mais Xanthia était consciente qu'une fois mariée, une femme devenait la propriété de son mari. Elle ne pensait pas que Gareth lui ôterait de force le contrôle de la Neville Shipping, mais légalement il en aurait le droit. Et en l'épousant, elle choisirait de lui donner ce pouvoir sur elle. Elle aimait Gareth. Mais elle ne l'aimait pas assez pour ça.

Kieran et elle passèrent la plus grande partie du dîner à éplucher le courrier du jour. Son frère n'était pas du genre à faire la conversation, mais il avait reçu une lettre d'une plantation voisine de la leur à la Barbade, et l'un de ses locataires écrivait au sujet d'une question compliquée touchant à la distribution de l'eau. C'étaient des sujets très terre à terre, bien sûr, mais cela faisait l'essentiel de leur vie.

Kieran, Luke et Martinique, que Luke avait adoptée, avaient formé toute la famille de Xanthia. Elle n'avait jamais eu envie d'autre chose. Toutefois, alors qu'elle passait à son frère le plat de panais au beurre, Xanthia revit soudain sa main posée sur le ventre de Pamela. Son visage dut exprimer une émotion, car Kieran lui lança un regard curieux.

— Tu te sens bien, Zee ?

Elle s'efforça de sourire.

— Le plat était un peu lourd.

Kieran demanda au valet de lui servir du vin, puis lui fit signe de sortir. Xanthia savait que des questions allaient fuser, mais elle ne redoutait pas son frère. De fait, elle le comprenait mieux que personne. Assez bien pour saisir la vérité qui échappait à presque tout le monde. Tous les actes du baron de Rothewell, pour maladroits et brutaux qu'ils puissent paraître, étaient motivés par un profond sens du devoir.

La mort prématurée de leur frère aîné les avait tous deux profondément marqués. En un instant, le trio d'orphelins s'était trouvé amputé. Ni Kieran ni elle n'étaient préparés à vivre une telle situation. Aussi pardonnait-elle à Kieran ses éclats, et sa façon d'intervenir dans ses affaires.

Il fit tourner le vin rouge rubis dans son verre.

— Je veux tout savoir sur ce Nash, attaqua-t-il. J'ai cru comprendre que tu l'avais rencontré chez Pamela ?

Xanthia baissa les yeux.

— En effet, nous nous sommes croisés.

— Eh bien, tu as dû lui faire une grande impression, Zee. Tu es consciente, bien entendu, que Gareth

Lloyd aura le cœur brisé si tu épouses ce lord à l'allure sombre et dangereuse ?

Xanthia tressaillit.

— Je te demande pardon ? Si je fais quoi ?

Kieran lui jeta un bref coup d'œil et répéta :

— Si tu épouses Nash.

Elle ouvrit des yeux ronds comme des soucoupes.

— Au nom du Ciel, qu'est-ce qui te fait penser une chose pareille ?

— Peut-être le fait que cet homme m'a demandé l'autorisation de te courtiser ? répliqua Kieran. Comment, il n'a donc pas abordé ce sujet avec toi ?

Xanthia le considéra avec stupéfaction.

— Certainement pas.

— Bien.

Kieran prit son couteau et découpa adroitement le morceau de volaille dans son assiette.

— J'espérais bien qu'il avait renoncé.

— Mais... Kieran, tu ne peux pas être sérieux ?

— Il m'a demandé l'autorisation de te faire la cour, énonça-t-il d'une voix ferme. Je l'en ai dissuadé. Je lui ai suggéré de trouver quelqu'un de plus jeune et de plus docile.

Xanthia se sentait un peu étourdie. Lord Nash devait être fou. Croyait-il l'avoir compromise ? Pour un baiser ?

Ce n'était pas n'importe quel baiser, bien entendu. À ce simple souvenir, elle éprouva un pincement de désir, et son souffle s'accéléra. Elle ferma les yeux. Seigneur... si elle se laissait aller, même un bref instant, elle pouvait encore éprouver cette douce langueur que ses caresses avaient fait surgir.

Non. Ce n'était pas un baiser anodin. Et Nash avait raison. Si c'était lady Louisa qu'il avait embrassée ainsi, Sharpe lui aurait fait passer les fers aux pieds avant midi. Et la punition aurait été méritée, car Louisa était une jeune fille innocente. Ce qui n'était pas le cas de Xanthia. Toute la différence était là. Nash l'avait-il remarqué ?

Kieran la dévisageait avec curiosité.

Xanthia prit sa fourchette, l'air songeur.

— « Un lord à l'allure sombre et dangereuse. » Pourquoi as-tu dit cela ?

— Je trouve que cet homme a quelque chose de malveillant, répondit Kieran en mâchant une bouchée de volaille. Il n'est pas anglais. Ou du moins, l'anglais n'est pas sa langue maternelle. Tu as remarqué ?

— Tu as sans doute raison, dit Xanthia, perplexe. J'ai côtoyé si longtemps les marins que je ne prête pas attention aux accents.

— D'où qu'il vienne, je n'aime pas l'effronterie de cet homme. Je pense que je vais demander quelques renseignements à Sharpe.

— Oh non, je t'en prie, n'en fais rien ! s'exclama Xanthia avec un froncement de sourcils. Je te l'interdis.

— Tu me l'interdis ?

Kieran se rembrunit, puis déclara avec désinvolture :

— Comme il te plaira, Zee. C'est ton mariage, pas le mien.

— Il n'est pas question de mariage.

— Tu n'as pas répondu à ma question au sujet de Gareth, ma chère. Je n'ai pas besoin de te rappeler que Gareth est notre plus cher ami. À vrai dire, il fait partie de la famille.

— Qu'essayes-tu de me dire, Kieran ?

— Ne lui fais pas plus de mal qu'il n'est nécessaire, Zee. Si tu ne veux pas de lui, dis-le carrément.

Xanthia posa sa fourchette.

— Je le lui ai dit clairement. Cela fait des années que je le lui dis, Kieran. Mais j'ai quelque chose de plus important à te révéler.

— Je t'en prie, ma chère, répliqua son frère d'un ton aussitôt plus léger. Mais, pour l'amour du Ciel, ne me parle pas de la Neville Shipping.

Xanthia lui lança un regard de réprimande.

— Je veux te parler de Pamela. Et je te prie de m'écouter, Kieran. C'est important.

Il lui fallut une demi-heure pour exposer dans quelle délicate situation se trouvait Pamela, et pour obtenir la coopération de son frère. Celui-ci ne s'intéressait nullement à la bonne société. À vrai dire, depuis qu'il avait quitté ses plantations et était revenu en Angleterre, il ne manifestait d'intérêt pour rien.

Ils finirent de dîner en silence. De temps à autre, Xanthia lui décochait un regard. Elle était inquiète. Kieran passait le plus clair de ses journées à lire et à boire. La nuit, il hantait les endroits malfamés de Covent Garden. Il vivait à contretemps et ne fréquentait que des femmes de mauvaise vie. Au point que Xanthia voyait presque d'un bon œil ses rendez-vous avec Mme Ambrose.

Xanthia aimait désespérément son frère. Pendant longtemps, ils s'étaient trouvés tous les trois, Kieran, Luke et elle, seuls contre le monde entier. Ils avaient vécu les uns pour les autres. Elle ne pouvait compter le nombre de fois où son frère aîné avait détourné sur lui la colère de leur oncle, pour éviter qu'il ne s'en prenne à elle. Même jeune, Kieran avait été impétueux, et beaucoup trop téméraire. Luke était diplomate, alors que Kieran était animé par la passion.

Xanthia ne savait pas ce qu'allait devenir son frère.

— Son amour des femmes et de la boisson le mènera droit à la tombe, avait dit Pamela.

Dieu veuille qu'elle se trompe ! Cependant, Xanthia avait été bouleversée de l'entendre prononcer ces mots. Elle n'avait jamais réussi à attirer Kieran dans la compagnie de navigation. Il avait toujours prétendu, et non sans raison, que Gareth et elle n'avaient pas besoin de lui. Xanthia avait alors tenté de le convaincre de s'installer dans sa vaste propriété du Cheshire. Mais il déclarait qu'il n'avait aucune envie de vivre à la campagne, à contempler des moutons.

Maintenant que le dîner était terminé, il était temps qu'elle se remette au travail. Elle passa mentalement en revue les documents qu'elle avait rapportés à la maison. Il y avait une facture pour l'approvisionnement des navires, une liasse de formulaires d'assurances, puis la proposition d'un concurrent qui voulait leur céder trois navires marchands à un prix alléchant. Il fallait qu'elle fasse quelques opérations d'arithmétique...

— Ah. Je vois que tu es de nouveau partie dans tes pensées.

Xanthia leva les yeux. Kieran se servait le porto que l'un des valets venait d'apporter.

— Désolée, dit-elle. J'étais ailleurs.

Kieran eut un demi-sourire.

— Oui. À Wapping, je suppose.

— Je le crains, acquiesça-t-elle en repoussant sa chaise. J'ai quelques documents à examiner avant la fin de la soirée. Tu vas sortir, je pense ?

Kieran eut un pâle sourire et avala son porto d'un trait.

— Certainement.

— Dans ce cas, je te souhaite une bonne nuit.

— Oui. Bonne nuit, Zee.

La jeune femme eut une hésitation, puis se pencha et lui effleura la joue d'un baiser.

— Sois prudent, Kieran, murmura-t-elle. Tu me le promets ?

Il lui décocha un regard sombre, comme s'il était sur le point de lancer une de ses habituelles réponses désagréables. Mais au dernier moment, son expression changea et il répliqua d'un ton bougon :

— D'accord, ma vieille. Je ferai attention.

À Park Lane, la soirée tirait à sa fin. Les travailleurs londoniens étaient depuis longtemps rentrés chez eux pour dîner. La circulation avait cessé, et le silence n'était troublé que de loin en loin, lorsqu'un carrosse passait sous les fenêtres. Agnès, la femme de chambre du premier étage, faisait le tour de la maison pour fermer les rideaux et balayer la cendre dans les cheminées.

Elle pénétra dans la bibliothèque de lord Nash. Des braises rougeoyaient dans l'âtre, projetant une lueur inquiétante sur le manteau de cheminée. Elle commença par tirer les tentures de velours, en se servant d'une longue perche de cuivre. Quand ce fut fait, elle se tourna vers la cheminée.

— Merci, Agnès, dit une voix sortant de l'ombre.

Elle sursauta et poussa un cri de frayeur.

— Merci, Agnès, répéta lord Nash. Vous pouvez disposer.

Agnès esquissa une brève révérence.

— Je vous demande pardon, monsieur, bredouilla-t-elle. Je… je ne vous avais pas vu. Vous… ne voulez pas que j'allume une lampe ?

— Non, merci. L'obscurité peut recouvrir une multitude de péchés, non ?

La jeune femme entendit le tintement de la carafe de vodka contre un verre de cristal.

— Je… suppose, monsieur, murmura-t-elle en s'inclinant de nouveau. Puis-je nettoyer la cheminée ?

— Vous ferez cela demain. Vous pouvez sortir. Non… attendez.

— Oui, monsieur ?

— M. Swann serait-il encore là, par hasard ?

— Je l'ignore, monsieur. Voulez-vous que j'envoie un valet le chercher ?

— Oui, s'il vous plaît.

La jeune femme fila sans se faire prier, et Nash demeura seul avec ses pensées. Il s'enfonça plus profondément dans son fauteuil, pressant son petit verre de vodka contre sa poitrine. Il était assis là depuis son retour de la maison de Rothewell, dans Berkeley Square. Sa solitude n'avait été interrompue que pour le repas. Il n'aurait probablement même pas songé à manger, si Tony n'était arrivé pour dîner, déboulant avec la soudaineté d'un orage d'été et repartant comme il était venu.

Nash regrettait de l'avoir invité ce soir.

Bien qu'ils aient toujours été proches, son demi-frère et lui étaient comme le jour et la nuit. Tony vivait dans le présent, Nash dans le passé... ou du moins entre les deux. Ils n'avaient pas grand-chose en commun. Tony avait une silhouette élancée et élégante, les yeux bleus, les cheveux blonds, et une éducation acquise à Oxford. Oui, il était en tout point le parfait gentleman anglais... ce que Nash ne serait jamais, malgré les efforts des plus grands tailleurs de Savile Row. Mais comme tous les gentlemen anglais, Tony avait une vue du monde assez réduite. Pour lui, rien de ce qui se passait au-delà de la Manche n'avait de réelle importance.

Nash trouvait dommage que Tony n'ait pas hérité du marquisat. Et il ne pouvait s'empêcher de penser que son propre père avait été aussi de cet avis. Le parfait gentleman anglais pour le titre parfait. Et Nash, abandonné à son propre sort, ferait peut-être maintenant partie de la garde impériale du tsar. À moins qu'il n'ait le loisir d'arpenter paisiblement les collines de son pays, accompagné de son chien favori.

Mais sa vie était en Angleterre, désormais. Nash avait quatorze ans quand son père avait épousé Edwina, une cousine anglaise très éloignée. Leur union avait été arrangée par la famille. Ce second mariage était à l'opposé du premier. Edwina était une jolie jeune femme au teint pâle dont le mari, une brebis galeuse de l'aristocratie anglaise, venait de mourir. Elle avait un petit enfant à charge, et pas plus de deux shillings en poche.

La mère de Nash, quant à elle, était issue des plus nobles maisons de Russie et d'Europe de l'Est. Le sang fier et ardent des tsars et des khans coulait dans ses veines. Elle était d'une beauté sombre et passionnée. Mais c'était aussi une créature gâtée par la vie, sujette à de terribles crises de colère, et beaucoup trop sûre de sa propre valeur. Jamais elle n'avait été satisfaite de son sort.

Elle avait été particulièrement déçue par la courte période qu'elle avait passée en Angleterre, et ne s'était pas privée de manifester son dédain. C'était peut-être pour cette raison que la bonne société jetait à Nash des regards obliques. On se demandait s'il avait un tempérament aussi explosif que sa mère.

Nash fut sorti de sa rêverie par un toussotement discret. Il leva les yeux et découvrit Swann, hésitant dans la semi-obscurité, vêtu de son pardessus et de son chapeau en castor.

— Vous désirez me voir, monsieur ?

— Vous avez encore travaillé tard, hein ? marmonna Nash, en se rappelant que le pauvre diable n'avait guère le choix. Servez-vous une goutte d'alcool, Swann, et asseyez-vous.

Son homme d'affaires fit ce qu'il demandait.

— Que puis-je faire pour vous, monsieur ?

Nash fit tournoyer la vodka dans son verre.

— Quelles sont les nouvelles de notre ami de Belgravia, Swann ? La comtesse de Montignac est-elle revenue en Angleterre ?

— Pas encore, monsieur. À ma connaissance, elle est toujours à Cherbourg.

— Et son mari ?

— Il est avec elle. Montignac s'est une fois de plus querellé avec le ministre français des Affaires étrangères. Une querelle d'amoureux, à ce qu'on murmure... Et il paraît qu'il est en disgrâce.

Nash se détendit dans son fauteuil.

— Excellentes nouvelles. Ils vont peut-être rester tous les deux à Cherbourg.

Swann eut un sourire piteux.

— J'en doute, monsieur. Ils aiment trop la scène diplomatique, et les privilèges qu'elle leur apporte.

— Sans compter les opportunités que cela leur offre, ajouta Nash d'un ton amer.

Toutefois, il se détourna de ce sujet pour s'orienter vers celui qui lui tenait à cœur.

— La femme dont je vous ai parlé ce matin, Swann. Je voudrais savoir encore une chose... une chose que vous découvrirez sans doute plus discrètement que moi.

— Vous faites allusion à Mlle Neville ?

— Tout à fait. J'ai rendu visite au frère de cette dame, aujourd'hui.

— Vraiment ? s'étonna Swann. Puis-je vous demander, monsieur, ce que vous avez pensé de lui ?

— À en juger par son physique, c'est un homme rude. Un bagarreur, avec des mains de travailleur de ferme. Quelle expression les Anglais emploient-ils pour décrire ce genre d'homme ? Ah oui... un « homme des colonies ».

— Cela n'a rien de surprenant. Il ne devait pas avoir plus de cinq ou six ans quand il a été envoyé dans les Antilles.

— Oui, mais vous ne trouvez pas curieux que la fille soit partie là-bas également ? s'enquit Nash, pensif. C'était presque un bébé.

— J'ai appris que leur tante était lady Bledsoe, expliqua Swann. Ce n'est pas exactement une personne charitable.

— D'après ce que je sais, ce serait plutôt une virago, marmonna Nash. En revanche, sa fille, lady Sharpe, a la réputation d'être très bonne, n'est-ce pas ?

— C'est ce qu'on dit. Quoi qu'il en soit, les enfants furent expédiés chez le frère aîné de lady Bledsoe, qui avait été envoyé en exil aux Antilles par la famille alors qu'il était jeune homme.

— En exil ?

— Il avait tué un homme, monsieur. Ce n'était pas un duel, il avait agi sous l'emprise de la boisson. La famille a fait en sorte d'étouffer l'affaire.

— Rothewell et sa sœur sont revenus en Angleterre il y a quatre mois, fit remarquer Nash. Je me demande ce qui les a décidés à rentrer...

— Est-ce cela que vous aimeriez savoir, monsieur ?

— En fait, non.

Nash posa son verre en le faisant tinter sur la table.

— À ce qu'il paraît, la jeune fille est fiancée... ou quasiment. J'aimerais savoir à qui.

— À qui elle est *fiancée* ? répéta Swann en le dévisageant.

— Oui. Cela pose un problème ?

Malgré l'obscurité, Nash crut voir Swann rougir.

— Je... je vous demande pardon, monsieur, dit-il vivement. Je ferai des recherches. Discrètes.

— Oui, soyez discret. Je vous verrai demain à... disons quatre heures et demie ?

— Demain, monsieur ?

Nash haussa un sourcil étonné.

— Oui. Cela vous pose un problème ?

— Ma... mère, monsieur...

Nash jura à mi-voix. Un message était arrivé dans la matinée, disant que la mère de Swann venait de tomber malade. C'était sans doute pour cette raison que l'homme avait travaillé si tard ce soir.

— Bon sang, Swann, je vous prie de me pardonner. À quelle heure partez-vous ?

— Demain matin à cinq heures, monsieur. Par la diligence de Brighton.

Nash se leva, et Swann l'imita.

— Je vous souhaite un bon voyage, dit-il en lui tendant la main. Et un prompt rétablissement pour votre mère. Prenez quelques heures de sommeil en attendant.

— Merci, monsieur.

Légèrement penaud, Nash le regarda partir. À qui était-elle fiancée ? Vraiment, quelle différence cela pouvait bien faire ? Cette femme ne représentait aucune menace pour lui.

À moins que...

Les menaces pouvaient revêtir toute sorte de formes, songea-t-il en s'approchant d'une des fenêtres pour tirer la tenture. C'était à lui qu'incombait le devoir de protéger sa famille des dangers extérieurs. Certaines menaces étaient nébuleuses, d'autres précises. Il y avait la déplorable habitude qu'avait prise Edwina de boire un peu trop de vin, et de miser trop gros aux cartes. Ses grand-tantes avaient une fâcheuse prédilection pour les gredins qui leur racontaient leurs soi-disant malheurs et cherchaient à se remplir les poches au passage. Et puis, il y avait la regrettable tendance de Tony...

Oh, c'était ridicule ! Le danger représenté par Xanthia Neville n'entrait dans aucune de ces catégories. Cela ne pouvait entacher la réputation de sa belle-mère, ni ruiner la carrière politique de son frère. Non, la seule chose qui était menacée, c'était sa propre tranquillité d'esprit.

Nash lança un dernier regard aux becs de gaz qui projetaient une lumière tremblotante dans Park Lane, puis laissa retomber le rideau et retourna à sa vodka. Les braises étaient mourantes, à présent : seule une trace incandescente se détachait encore sur le tas de cendres grises. La poussière retournait à la poussière. Ainsi allait le monde. Nash saisit son verre et décida de ne plus penser à Mlle Neville. Son désir finirait par disparaître comme le reste.

À cet instant, la silhouette de Vernon se détacha sur le seuil de la bibliothèque.

— Je vous prie de me pardonner, monsieur. Mme Hayden-Worth demande à vous voir.

Jenny ? Comme c'était étrange.

— Faites-la entrer, Vernon.

Un instant plus tard, la femme de Tony pénétra dans la pièce. Elle portait une cape de voyage d'un bleu profond, et ses cheveux étaient cachés sous un petit chapeau très chic.

— Nash ! s'exclama-t-elle en se penchant pour l'embrasser sur la joue. J'espérais rattraper Tony, mais Vernon me dit que je l'ai manqué.

— Oui, il est retourné à Whitehall, je pense. Voulez-vous me tenir compagnie, ma chère ? Je vais demander qu'on vous apporte du sherry.

— Oh non, je ne peux pas rester.

Jenny sourit et s'assit au bord d'une chaise.

— Comment allez-vous, Nash ?

— Très bien, je vous remercie. Et vous ? Je vous croyais dans le Hampshire.

— J'arrive à l'instant de Brierwood, annonça-t-elle avec légèreté. Nash, il faut vraiment que vous voyiez Phaedra. Elle devient une belle jeune lady.

— Je l'ai vue à Noël. Oui, Phae est une beauté... mais une beauté intelligente, grâce au Ciel.

Jenny lui lança un regard réprobateur.

— L'intelligence, c'est très joli, mais il faut qu'elle soit assez maligne pour ne pas la montrer. Les hommes ne veulent pas épouser des femmes intelligentes. Ils les préfèrent simplement jeunes et jolies.

— Je ne pense pas que tous les hommes soient de cet avis, Jenny.

— Il faut lui faire enlever ces lunettes, poursuivit Jenny sans se laisser démonter. Vous devriez lui parler, Nash. Edwina se laisse mener par le bout du nez par cette enfant.

— Edwina s'appuie sur Phae, il n'y a pas de mal à ça.

Jenny esquissa une moue boudeuse.

— Un de ces jours, je vais traîner cette petite jusqu'à Paris, et je lui ferai faire des robes dignes de ce nom.

— Merci, Jenny. Vous me ferez adresser les factures, naturellement.

Le sourire enjoué de Jenny réapparut.

— D'accord. Comme ce sera amusant ! Merci, Nash.

Il pianota pensivement sur l'accoudoir de son fauteuil.

— Cela me rappelle, Jenny... Les factures concernant la réception du mois prochain pour Edwina... il faut me les envoyer aussi. Je me disais que comme c'est son cinquantième anniversaire, il lui faudrait un beau cadeau. Un diadème, peut-être ? Ou un collier de diamants ?

— Je trouverai quelque chose.

Elle se mit à s'agiter nerveusement sur sa chaise.

— Eh bien, dit Nash en faisant mine de se lever. Je ne veux pas vous retenir. Vous devez être épuisée par le voyage.

Jenny bondit de sa chaise.

— Un peu, oui, admit-elle. Désolée de vous avoir dérangé.

— Vous ne me dérangez pas du tout, assura Nash en la raccompagnant à la porte. Si je tombe sur Tony tout à l'heure à Whitehall, dois-je lui transmettre un message ?

Jenny sourit de nouveau.

— Dites-lui simplement que je suis revenue à Londres pour quelques jours.

— Je suis sûr qu'il rentrera très vite, en apprenant cela.

— Ce n'est pas la peine, répondit Jenny. Je vais juste passer à la maison pour me changer. J'ai une petite soirée à Bloomsbury. Bonne nuit, Nash.

— Bonne nuit, Jenny.

Il la regarda avec un peu de tristesse descendre les marches du perron. Jenny n'était pas très satisfaite de son mariage. Non qu'elle ait déployé de grands efforts pour améliorer la situation. Mais Nash ne pouvait lui en vouloir. C'était Tony, le responsable de cet échec. Leur mariage avait été une erreur dès le début. Mais à vrai dire, la plupart des unions étaient fondées sur une erreur, n'est-ce pas ?

4

Un mystère à Berkeley Square

Moins d'une semaine après la promesse qu'elle avait faite à sa cousine Pamela, Xanthia se retrouva submergée par une foule d'invitations. Jusqu'ici, exception faite d'une éprouvante incursion chez Almack's, ils n'avaient assisté qu'à quelques soirées rassemblant un petit nombre d'invités. Mais la saison allait bientôt battre son plein. Le discret baron de Rothewell et sa sœur célibataire étaient devenus du jour au lendemain un des couples les plus populaires de la haute société. Du moins, c'était l'impression qu'avait Xanthia. Et Kieran n'en était pas vraiment enchanté.

Aujourd'hui, Xanthia avait quitté son bureau de Wapping plus tôt que d'habitude, emportant avec elle un rouleau de shantung rose pâle, qu'elle avait trouvé dans la cargaison du *Maiden Fair*, tout juste arrivé de Shanghai. Le tissu mettrait parfaitement en valeur les yeux et les cheveux de Pamela, et elle pourrait en faire une superbe robe de chambre pour les derniers mois de sa grossesse. Quand elle l'apporta à Hanover Street, Pamela poussa un cri de joie, et remercia encore Xanthia d'avoir accepté d'aider Louisa.

Mais ensuite, à Berkeley Square, les choses ne furent pas aussi agréables. Son frère était de mauvaise humeur et buvait trop, comme d'habitude. Xanthia jeta l'enveloppe qu'elle venait d'ouvrir sur la pile des invitations « impossibles à éviter ».

— Une autre soirée musicale, annonça-t-elle. Je sais que tu les as en horreur, mais l'invitation vient de Mme Fitzhugh. On ne peut refuser.

Son frère jura entre ses dents.

— Encore une soirée avec des prétentieux qui tirent des grincements épouvantables de leurs violons ? Seigneur, je préfère mourir !

— Je n'ai pas plus de temps que toi pour ce genre de choses, Kieran. J'ai l'impression de laisser tout le travail à Gareth pour aller baguenauder en ville, vêtue de soie et de satin. Et demain, le pique-nique de lady Henslow occupera le plus clair de ma journée.

Le regard de son frère demeura sombre.

— Finalement, je ferais sans doute mieux de me retirer dans le Cheshire, Zee. Tu ne peux pas paraître dans la société sans escorte. Si je quitte la ville, tu auras au moins une excuse pour rester chez toi.

L'espace d'un instant, Xanthia fut tentée d'accepter.

— Mais que deviendrait cette pauvre Louisa ? demanda-t-elle. Non, nous devons continuer, Kieran, c'est notre devoir envers la famille.

Avec un grognement de contrariété, il avala le reste de son cognac.

— Notre devoir ! Qui s'est soucié du devoir familial quand nous étions enfants ? Il me semble pourtant qu'il est beaucoup plus tragique de perdre ses parents que de rater sa saison de débutante !

Xanthia garda le silence un moment.

— Tu as raison, admit-elle enfin. Mais Pamela n'est pour rien dans ce qui nous est arrivé. À l'époque, elle n'était qu'une enfant elle aussi.

— Et tante Olivia ? Elle pourrait enfourcher son balai de sorcière et être là dès demain pour s'occuper de la petite.

— Tu as raison, la grand-mère de Louisa *devrait* le faire. Mais elle ne le fera pas, nous le savons tous les deux. D'autre part, elle est trop âgée. Donc, il ne reste plus que nous. Nous devons faire notre devoir, même si les autres n'en ont pas fait autant pour nous. En outre, nous n'étions pas à la rue. Notre oncle nous a donné un toit et de quoi manger.

Kieran posa sur elle un regard douloureux.

— Je n'arrive pas à croire que tu puisses dire cela, Zee.

Il n'y avait rien à ajouter sur le sujet. Les années à la Barbade faisaient partie du passé. Xanthia reporta son attention sur la pile d'invitations.

— Voilà un bal pour mardi prochain, dit-elle d'un ton apaisant. Je suis sûre qu'il y aura une salle de jeu pour toi. Et Louisa préférera danser, plutôt que de rester assise à écouter de la musique. J'enverrai un petit mot à Mme Fitzhugh pour nous excuser.

Sans répondre, son frère se leva et alla remplir son verre. Il reposa la carafe en la faisant tinter sur le plateau d'argent, au moment précis où la porte s'ouvrait, livrant passage à Trammel, leur majordome.

— Je vous demande pardon, monsieur. Deux gentlemen désirent vous voir.

Kieran se retourna, son verre à la main.

— À cette heure-ci ?

— Oui, monsieur. Ils sont envoyés par le ministère de l'Intérieur.

Trammel tendit devant lui un plateau sur lequel se trouvaient deux cartes de visite et une enveloppe fermée par un cachet de cire rouge.

— Comme c'est curieux, dit Xanthia en posant de côté l'invitation pour le bal. Quelle est cette missive, Trammel ?

— Une lettre d'introduction de lord Sharpe, je crois, répliqua Trammel avec un léger soupir. Les visiteurs sont un certain lord Vendenheim de… quelque chose. Je n'arrive pas à prononcer son nom. Et un M. Kemble, qui a l'allure d'un dandy français.

Kieran ouvrit la lettre et haussa les sourcils.

— Sharpe me demande d'accorder quelques instants à ces messieurs. Il s'agit d'une... d'une «affaire urgente du gouvernement». Que diable signifie ceci?

Xanthia se pencha en avant.

— Je ne vois pas ce que ces hommes peuvent bien te vouloir.

— Cela n'a ni queue ni tête, renchérit Kieran. Le transport de quelque chose en... en Grèce? Sapristi! Je ne connais rien à ces choses-là! Faites-les entrer ici, Trammel, ordonna-t-il en se laissant tomber dans le fauteuil de son bureau. Zee, reste avec moi.

Les hommes pénétrèrent dans le bureau d'un air décidé. Le plus grand des deux, mince, avec une expression lugubre, se présenta sous le nom du vicomte Vendenheim-Sélestat.

— Je suis attaché au personnel de M. Peel, au ministère de l'Intérieur, déclara-t-il lorsqu'ils furent assis et que Kieran leur proposa des rafraîchissements. Voici mon associé, M. Kemble.

Kieran se tourna vers le gentleman à l'allure de dandy.

— Vous travaillez aussi pour le ministère?

— Je travaille pour quiconque est disposé à me rémunérer à ma juste valeur, dit M. Kemble, qui s'était installé avec élégance dans le fauteuil voisin de celui de Xanthia. Actuellement, il se trouve que je suis au service de M. Peel.

Lord Vendenheim s'agita nerveusement dans son fauteuil.

— M. Kemble est... expert dans un domaine auquel le Premier ministre et le ministre de l'Intérieur s'intéressent beaucoup depuis quelque temps, expliqua-t-il.

— C'est-à-dire? s'enquit Kieran.

— Le transport et l'importation illégale de marchandises non taxées et... euh... généralement illicites.

— Doux Jésus! s'exclama Xanthia. Vous voulez parler de contrebande?

Kieran se crispa.

— Écoutez, Vendenheim, la Neville est une affaire honnête, dit-il sèchement en saisissant son verre de cognac d'un geste si brutal qu'il raya le bois de son bureau. Et ma sœur est irréprochable…

M. Kemble leva la main et s'écria, horrifié :

— Lord Rothewell, je vous en prie ! Un bon cognac ne doit jamais être secoué ! Et votre bureau ! Ce superbe acajou verni ! Je vous supplie de faire attention.

Kieran se figea, interdit.

— Je vous demande pardon, intervint Xanthia, mais je suppose que vous n'êtes pas venus pour nous parler du mobilier ?

Vendenheim jeta un regard noir à Kemble. Il était clair qu'il existait une tension entre les deux hommes.

— Mademoiselle Neville, lord Sharpe a laissé entendre que la compagnie de transport appartenant à votre famille était en position d'aider le ministère pour son enquête. Vous savez sans aucun doute que Sharpe préside le comité de Peel…

Xanthia l'interrompit.

— Nous ne connaissons pas grand-chose à la politique anglaise, expliqua-t-elle. Nous savons que Sharpe siège à la Chambre des lords, mais nous ne vivons pas ici depuis très longtemps.

— Ce qui vous rend d'autant plus intéressants pour Peel.

Vendenheim croisa ses longues mains élégantes.

— Puis-je vous demander à tous deux de garder le secret absolu sur cette discussion, quelle que soit la décision que vous prendrez ?

— J'ignorais qu'il y aurait une décision à prendre, fit observer Kieran. Mais nous sommes patriotes, bien entendu, si c'est ce que vous voulez dire.

Vendenheim et son associé échangèrent un coup d'œil.

— Pourrions-nous fermer la fenêtre ? s'enquit le vicomte.

Kieran se leva et obtempéra.

— Vous êtes au courant, je suppose, des tensions qui existent entre la Grèce et la Turquie ?

— La Barbade ne se trouve pas sur la Lune, répliqua Kieran, narquois. Je sais que les Grecs se sont révoltés il y a quelques années contre leurs occupants turcs, et que les choses ne se sont pas arrangées depuis. Mais les navires de notre société ne se rendent pas dans ces deux pays... n'est-ce pas, Xanthia ?

— Si, ils vont à Constantinople, murmura sa sœur. Et à Athènes parfois, quand le climat politique le permet. Mais qu'est-ce que tout cela a à voir avec la Neville Shipping ?

Vendenheim se pencha en avant et fixa sur elle un regard intense.

— La paix imposée l'année dernière à la Turquie par Canning n'a servi à rien, dit-il. Une fois de plus, les rebelles grecs se sont regroupés. Ils ont l'intention de s'emparer d'Athènes et de Thèbes. Et nous soupçonnons la Russie de leur fournir une aide en secret, comme elle a l'habitude de le faire.

— Il y aura donc une nouvelle rébellion ? s'enquit Xanthia.

— C'est ce que redoute Wellington. Et comme pour ajouter de l'huile sur le feu, nous avons récemment eu vent d'un projet consistant à faire pénétrer en Grèce des armes fabriquées par les Américains. Un millier de carabines Carlow, une des armes les plus dangereuses et les plus efficaces qui existe.

Kieran s'accouda à son bureau avec désinvolture.

— Et nous devrions nous en inquiéter ?

— Vous, plus que quiconque, riposta Vendenheim. L'équilibre des pouvoirs dans ces régions devient plus précaire de jour en jour. Et maintenant, nous avons un traître parmi nous... un traître dont les actes encouragent les Grecs à se battre, et qui persuadera peut-être les Russes de les soutenir militairement.

— Mais pourquoi tout cela est-il un problème ? dit Xanthia en tapotant pensivement l'accoudoir de son fauteuil. L'Angleterre n'est-elle pas l'amie de la Grèce ?

Vendenheim se rembrunit.

— Il y a le sentiment populaire, mademoiselle Neville, dit-il d'un ton grave. Puis il y a la réalité économique et politique. L'Angleterre n'a pas intérêt à voir s'étendre le pouvoir de la Russie. Et ce que veut la Russie, en réalité, ce n'est pas aider la Grèce, mais contrôler les routes commerciales en Méditerranée.

Kieran fronça les sourcils.

— Les Russes ne sont-ils pas censés être nos alliés ?

Vendenheim haussa les épaules.

— En apparence, peut-être. Mais la chute de Constantinople laisserait aux Russes la possibilité de s'étendre au sud-est. L'Inde elle-même pourrait être menacée. Étant donné la nature de votre société, lord Rothewell, vous voyez certainement les conséquences que pourraient avoir de tels bouleversements ?

Kieran peut-être pas, mais Xanthia voyait ces conséquences avec clarté. Une guerre en Méditerranée ? Cela pourrait porter un coup fatal à la compagnie Neville.

— À la fin, il se pourrait qu'un conflit embrase l'Europe tout entière, ajouta M. Kemble. Or, le Continent ne pourrait pas supporter un nouveau conflit... ni sur le plan politique ni sur le plan économique.

— Je sais cela, déclara Vendenheim avec véhémence. C'est pourquoi l'Angleterre a tout intérêt à soutenir les Turcs, bien que la sympathie des Britanniques aille plus généralement aux Grecs.

Kieran jouait du bout des doigts avec le cachet de cire rouge.

— Je ne comprends pas, dit-il. Pourquoi le ministère de l'Intérieur se préoccupe-t-il d'une guerre dans une nation étrangère ?

Vendenheim se redressa dans son fauteuil.

— Un complot a récemment été découvert sur le sol britannique, qui laisse supposer que des livraisons d'armes sont prévues. Un navire a été saisi. L'argent est blanchi à Londres par l'intermédiaire de diplomates... avec l'aide des Français, pensons-nous, bien que cela n'ait pas tellement de sens. Mais ce dont nous sommes certains, c'est qu'une grande quantité de pièces d'artillerie est expédiée de Boston vers Athènes, ou plus vraisemblablement vers un petit port à l'est.

— C'est une théorie intéressante, dit Xanthia, réfléchissant à haute voix. Il y a plusieurs ports qui pourraient être utilisés pour décharger des produits de contrebande. Quel était le tonnage du navire qui a été saisi, monsieur ? Cela pourrait nous donner une indication sur les ports susceptibles d'être utilisés.

La question parut embarrasser Vendenheim.

— Mademoiselle, vous me prenez de court. Ce sont des détails techniques que j'ignore.

— Mais cela peut être important, répliqua Xanthia.

Vendenheim s'éclaircit la gorge.

— Sans aucun doute, concéda-t-il. Je m'efforcerai de découvrir ces détails, mademoiselle. Quoi qu'il en soit, Peel a de bonnes raisons de penser que le coupable est un citoyen britannique qui tire profit de ce trafic d'armes... et qui agit peut-être aussi pour des raisons personnelles.

— Que lui arrivera-t-il si vous l'attrapez ? questionna Xanthia.

— Il sera pendu.

— Et il connaîtra une mort très lente, précisa Kemble d'un ton guilleret.

— Seigneur ! s'exclama Kieran. Quelle ténébreuse affaire.

Vendenheim lui coula un regard de côté.

— C'est pourquoi nous comprendrions, lord Rothewell, que vous ne vouliez pas y être mêlé. C'est une affaire dangereuse. Mais après avoir discuté avec Sharpe, nous n'avons pu résister à la tentation de venir tout droit chez vous.

— Pourquoi était-ce si pressé ? demanda Xanthia. Que s'est-il passé ?

Encore une fois, Vendenheim et Kemble échangèrent un regard.

— Il y a deux nuits, dans une auberge au sud de Basingstoke, un homme a été retrouvé la gorge tranchée, expliqua Vendenheim.

— D'une oreille à l'autre, ajouta M. Kemble en assortissant ces paroles d'un geste éloquent.

— Mon Dieu, fit Xanthia avec un frémissement.

— L'assassin cherchait quelque chose, poursuivit Kemble. Quelque chose qu'il n'a pas trouvé. Mais, dans la doublure de la valise de la victime, les agents du ministère ont découvert des documents concernant la situation que nous venons de vous exposer.

— Mais presque tout était en langage codé, continua Vendenheim. Les cryptographes du gouvernement travaillent sur ces documents en ce moment même. Quoi qu'il en soit, ce messager se trouvait à proximité de la maison de campagne d'un aristocrate de mauvaise réputation. Un gentleman qui ne manque ni de pouvoir ni d'influence, et qui dispose de nombreux contacts en Europe de l'Est et en Russie. Ce n'est pas la première fois que de telles coïncidences se produisent, cependant Peel n'ose pas enquêter ouvertement sur lui.

— Pourquoi ? s'étonna Kieran. Qu'a-t-il de plus que les autres, ce maudit aristocrate ?

Une expression de frustration passa dans les yeux du vicomte.

— Un membre de sa famille est bien placé à la Chambre des communes, et est en train d'acquérir une grande influence. Peel peut difficilement accuser cet homme de traîtrise, s'il ne dispose pas de preuves irréfutables.

— À la Barbade, l'homme serait pendu, et voilà tout, annonça froidement Kieran.

Xanthia lui lança un regard réprobateur et se tourna vers Vendenheim.

— Cet homme possède une grande fortune, je suppose ?

— Son marquisat est bien doté, admit le vicomte. Et il a considérablement augmenté la fortune de la famille... officiellement par d'importants gains au jeu. Il a la réputation d'avoir des nerfs d'acier. Mais il se peut aussi qu'il s'enrichisse par la contrebande et le trafic d'armes.

M. Kemble eut un geste d'impatience.

— Il faut leur livrer un nom, Max. Nous ne pourrons pas aller plus loin tant que ça ne sera pas fait.

Le vicomte hésita. Puis il posa sur Kieran un regard direct.

— Puis-je avoir votre parole de gentleman que ni vous ni votre sœur ne divulguerez ce nom ?

— Et à qui diable pourrais-je le divulguer ? Nous ne connaissons personne. Naturellement, vous avez notre parole.

Vendenheim marqua une pause.

— Le nom de cet homme est Stefan Milhailo Northampton, dit-il doucement. Mais on l'appelle plus couramment Nash. Le marquis de Nash.

Xanthia réprima une exclamation. Kieran reposa le cachet de cire et lança un regard en coin à sa sœur.

— Le lord sombre et dangereux, murmura-t-il.

— Je vous demande pardon ? fit Vendenheim.

— Une petite plaisanterie entre nous, répondit Kieran. Nous connaissons vaguement cet homme. Il était au bal que Sharpe a donné il y a quelques jours.

— Oui, Sharpe l'a invité dans un but précis, admit le vicomte. Il veut le tenir à l'œil.

Kieran observa attentivement leurs visiteurs.

— Nash est un homme imposant, dit-il. Toutefois, il m'a paru un brin présomptueux. Que savez-vous de lui ?

— Ses antécédents sont étranges, expliqua le vicomte. Il est né au Monténégro, dans une famille très noble et très ancienne, et il a du sang russe par sa mère.

— Au Monténégro ? répéta Kieran.

— La « montagne noire », traduisit Xanthia. C'est un pays rude, situé entre l'Adriatique et le sud des Carpates.

— Vous connaissez cet endroit, mademoiselle Neville ? demanda Kemble.

— Pas très bien. Mais je sais que le golfe de Kotor est le plus étendu, sur les rives de l'Adriatique. C'est une sorte de fjord très profond, et cependant extrêmement bien caché.

— En effet, c'est un point qui ne nous a pas échappé, nota M. Kemble.

— Le pays était autrefois la principauté de la Zeta, continua le vicomte. La propriété de sa famille se trouvait à Danilovgrad. Le grand-père maternel de Nash était un militaire de grande renommée qui avait combattu aux côtés de Vladika Petar Ier, et contribué à la défaite des Turcs à Martinici. Sa famille est riche, puissante… et dangereuse.

— Dangereuse ? répéta Kieran. C'est-à-dire ?

— L'histoire de cette région est violente, les loyautés entre clans obéissent à des règles que nous comprenons mal. La famille a des liens avec la Russie et n'aime pas les Turcs.

— Mais lord Nash est-il proche de cette branche de sa famille ? demanda Xanthia.

Vendenheim haussa les épaules.

— Autrefois, nous pensions que non, reconnut-il. Mais maintenant qu'une guerre est possible, nous ne pouvons nous fier à de vagues présomptions.

— Pour le moment, Wellington espère simplement pouvoir maintenir un couvercle sur la bouilloire, expliqua Kemble. Donc, l'Angleterre n'a pas besoin d'un trafiquant d'armes aux alliances incertaines.

— Tout cela paraît très compliqué, dit Xanthia. Mais de fait, le léger accent de lord Nash nous avait intrigués.

M. Kemble la regarda de façon étrange.

— Que savez-vous de lui ?

— Comme vous l'a dit mon frère, je l'ai rencontré au bal, chez Sharpe. Son allure est assez impressionnante. Et ses yeux noirs… oui, il a quelque chose d'exotique.

— Pourtant, son père était aussi anglais que le mien ou le vôtre, reprit Kemble. C'était un fils cadet, un très bel homme à ce qu'on dit, qui avait rencontré son épouse à Prague alors qu'il faisait le tour de l'Europe. Ils voyagèrent à travers l'Europe et la Russie, jusqu'à ce que Nash ait atteint l'âge de douze ans. Vers cette époque, de façon tout à fait inattendue, son père hérita du titre de marquis.

Kieran s'accouda au fauteuil et fit un geste vague de la main.

— Et vous voudriez que nous fassions quoi, au juste ? Que nous allions cogner à sa porte pour lui proposer de transporter ses munitions jusqu'au golfe de Kotor ?

— Seigneur, non ! protesta Vendenheim. Contentez-vous de faire sa connaissance, lord Rothewell. Et laissez vaguement entendre que votre moralité n'est pas à toute épreuve.

— Il n'y aurait là rien de nouveau, marmonna Kieran.

— Vous n'êtes en Angleterre que depuis quatre mois, ajouta M. Kemble. Jouez sur votre passé colonial. Plaignez-vous du roi et de sa politique de taxation. Suggérez que la Barbade devrait se rapprocher de l'Amérique. Il ne trouvera pas bizarre que vous ne vous sentiez aucune obligation envers la Couronne.

Le regard dans le vague, Kieran pianota sur son bureau.

— Ça ne marchera pas, dit-il. Il s'apercevra que je n'ai rien à voir avec la Neville Shipping. Je serais totalement incapable de situer les différents ports d'Europe sur une carte.

Vendenheim et Kemble le contemplaient avec stupéfaction. Xanthia se redressa dans son fauteuil.

— Je le ferai, moi, annonça-t-elle d'un ton abrupt.

Ils se tournèrent vers elle d'un seul mouvement.

— Je vous demande pardon ? dit le vicomte. Que voulez-vous faire ?

— Je deviendrai l'amie de lord Nash. Je suis plus versée dans les affaires que mon frère.

Kieran opina d'un hochement de tête.

— Je dois avouer que c'est vrai. Je ne suis pas sûr que ce pauvre Sharpe en soit conscient, mais je ne suis que le fermier de la famille. C'est Xanthia qui dirige notre petite flotte marchande.

— Je vois, fit Vendenheim. Cela complique un peu les choses.

— Peut-être pas, répliqua Kemble. Cela va peut-être les simplifier, au contraire.

— Je pense qu'il n'est pas sage que Xanthia s'approche de ce Nash, déclara Kieran, l'air renfrogné. Messieurs, vous feriez mieux de chercher d'autres appâts pour attraper votre trafiquant.

— Oh, voyons, Kieran ! protesta Xanthia. Lord Nash ne peut pas être plus dangereux que les loups de mer et les gredins auxquels je suis habituée. En outre, j'ai déjà fait la connaissance de ce gentleman.

Kieran haussa ses sourcils noirs en entendant cette dernière remarque.

— Et tu suggères d'approfondir ce lien ?

— Il n'a pas été insensible à mon charme, Kieran, rétorqua-t-elle avec un sourire froid. Et nous ne pouvons tolérer les menaces qui pèsent sur les routes commerciales de l'Angleterre... et par conséquent sur *nos* routes. Il faut que la vérité soit faite sur cette affaire.

Vendenheim semblait à la fois consterné et empli d'espoir.

— Avec tout le respect que je vous dois, mademoiselle Neville, lord Nash n'est pas le genre... enfin, ce n'est pas un gentleman avec qui...

— Il n'est pas considéré comme quelqu'un de *bien*, précisa M. Kemble, venant à son aide. Les dames évitent de l'approcher.

Xanthia parut sceptique.

— J'ai vu une douzaine de mamans pousser leurs filles sous son nez dans l'espoir d'attirer son attention, pendant le bal. Messieurs, je vous suggère de me confier cette affaire. Je ne prendrai aucun risque, vous pouvez en être certains.

— Mais, mademoiselle Neville, votre réputation… protesta Vendenheim.

— Ce qui compte, ce sont mes routes commerciales.

— Cet homme risque d'en apprendre plus sur toi que tu ne le voudrais, Zee, dit son frère d'un ton d'avertissement.

— Lord Nash n'est pas du genre à répandre des ragots.

Lord Vendenheim se tourna vers Kieran, qui esquissa un pâle sourire.

— Ma sœur est très entêtée. Mais elle est loin d'être stupide.

M. Kemble adressa au vicomte un sourire rusé.

— Laissons-la faire, mon vieux. Vous connaissez ce vieil adage qui prétend que les femmes constituent le sexe faible ? Eh bien, c'est faux.

— Vous expliquerez ça au Premier ministre, répliqua sèchement le vicomte.

— Mon cher, rappelez-vous qu'il n'y a que deux tentations auxquelles Nash ne sait pas résister : un jeu de cartes et une belle femme.

— Je n'ai jamais entendu dire de lui qu'il séduisait les femmes non mariées, protesta Vendenheim.

Xanthia se rendit compte qu'il avait raison sur ce point. Elle regretta de ne pas avoir eu la présence d'esprit de s'inventer un statut de veuve. Sa nouvelle vie à Londres en aurait été considérablement simplifiée.

Kieran repoussa son fauteuil.

— Messieurs, nous vous aiderons dans la mesure de nos moyens, mais je ne permettrai pas que ma sœur coure le moindre danger. C'est compris ?

Ils se séparèrent, en convenant que le vicomte leur rendrait une nouvelle visite dans deux jours, pour les tenir au courant.

M. Kemble s'inclina en prenant la main de Xanthia.

— Le bleu cobalt est votre couleur, ma chère, déclara-t-il en laissant son regard glisser sur elle. Oui, souligné de bleu glacier, pour mettre vos yeux en valeur. En outre, je sais de source sûre que le bleu est la couleur préférée de Nash.

— Et nous ne voudrions pas décevoir ce gentleman, n'est-ce pas ? répondit Xanthia en souriant.

— Certainement pas.

— Kem ! lança Vendenheim dès que la porte se fut refermée sur eux. Que diriez-vous de devenir comptable dans une compagnie de navigation ?

— Cela ne me plairait pas du tout !

Kemble descendit les marches du perron en levant le nez d'un air dédaigneux.

— Ce doit être un travail terriblement fastidieux. Pourquoi cette question ?

Vendenheim partit d'un pas vif en direction de Whitehall.

— C'est comme ça, mon vieux. Vous avez eu la brillante idée de solliciter l'aide de Mlle Neville. Mais je peux vous dire que Peel ne nous autorisera pas à l'utiliser comme appât... à moins qu'elle ne soit parfaitement protégée.

Kemble s'arrêta brusquement.

— Oh non, Max. Je suis un homme d'affaires. Et drôlement occupé, par-dessus le marché. N'y songez même pas. J'ai accepté de vous aider pour quelques enquêtes, mais je n'irai pas plus loin.

— Eh bien, déclara le vicomte d'un ton mystérieux. Nous verrons bien.

— Oh, je peux vous dire ce que nous allons voir, *mon ami*. Je vais regagner ma boutique sur le Strand, boire un verre de porto et fumer un bon cigare, tandis que vous rentrerez chez vous retrouver votre épouse et vos jumeaux pleins de bave.

— Pour l'amour du Ciel, Kem! Les enfants bavent seulement quand leurs dents percent. Et la bave des bébés n'est pas un poison.

— Allez dire ça à ma nouvelle veste de costume! répliqua Kemble avec un reniflement hautain. Maurice était dans tous ses états quand il a vu ça!

— Encore une tragédie, marmonna Vendenheim. Pour parler d'autre chose, Kem, dites-moi donc... La toile que je vous ai vu nettoyer dans votre arrière-boutique, hier, ce n'était pas un Van Ruisdael? Très joli tableau. Avec ces nuages blancs au-dessus du moulin...

Kemble coula à son compagnon un regard circonspect.

— Vous avez l'œil, Max.

— Oui, n'est-ce pas?

Vendenheim sourit et croisa les mains dans son dos, tout en continuant de marcher d'un bon pas.

— J'ai une liste d'objets d'art volés lors d'un cambriolage à Bruges, il y a six mois. Le gentleman était un grand collectionneur de Van Ruisdael. Malheureusement, aucun de ses tableaux n'a encore été retrouvé.

— C'est terrible pour lui, dit Kemble.

Le vicomte s'arrêta brusquement.

— Kem, mon vieux, j'ai une idée splendide! Nous devrions écrire à ce pauvre diable et lui parler du tableau qui est en votre possession. Il sera sûrement intéressé.

Un éclair de fureur passa dans les yeux de Kemble.

— Soyez maudit, Max.

Vendenheim pressa une main sur sa poitrine.

— Moi? Et pourquoi donc, je vous prie?

Kemble garda le silence un moment.

— Je ne peux pas fermer ma boutique, Max, finit-il par dire. Et Mlle Neville travaille vraisemblablement à Wapping, au bord du fleuve. Quelle horreur! Le bruit, la puanteur.

— Mais c'est justement sur le fleuve qu'on trouve les contrebandiers, déclara calmement le vicomte. De plus, Jean-Claude, votre employé, est parfaitement capable de tenir la boutique. Maurice lui donnera un coup de main.

Kemble soupira.

— D'accord. Mais je serai son décorateur d'intérieur. Pas un de ses comptables.

— Son décorateur d'intérieur? Je suis certain que les bureaux de Wapping n'ont pas besoin de décorateur.

— Ils en ont sans doute désespérément besoin, au contraire. Mais très bien, puisque c'est comme ça, je serai... son secrétaire personnel! Oui, son homme de confiance. Ainsi, il paraîtra parfaitement logique que je sois vu dans son bureau, et chez elle.

C'était le genre d'argument auquel le vicomte ne pouvait s'opposer.

— C'est une idée peu banale. Mais il est vrai que Mlle Neville n'est pas une femme banale.

— Je ne peux vous accorder plus d'une quinzaine de jours, Max. Et il faudra que vous preniez en charge toutes les dépenses.

— Fort bien, mais je veux que vous soyez avec elle le plus souvent possible. Et... Kem?

— Quoi, encore?

Vendenheim marqua une très courte pause.

— Si Nash lui cause des problèmes... si elle se trouve en danger... tuez-le.

Après le départ de leurs visiteurs, Xanthia regagna immédiatement sa chambre. Elle était si perdue dans ses pensées qu'elle ne songea même pas à allumer une lampe, malgré la nuit qui tombait rapidement. Elle était vaguement consciente que l'heure du dîner approchait, et que Kieran souhaiterait sans doute discuter de la visite de Vendenheim, et peut-être la réprimander de son audace.

Elle repassait la conversation dans sa tête, afin de comprendre pourquoi elle avait fait une proposition aussi téméraire.

Mais l'accusation portée contre lord Nash était très grave... Un homme avait été tué. Elle songea à M. Kemble, et au geste macabre qu'il avait esquissé en passant le doigt sur sa gorge.

Nash était-il un traître ? Il était impossible d'ignorer sa double personnalité, ce déroutant mélange de lumière et d'obscurité. Xanthia était certaine que cet homme pouvait se montrer impitoyable. Était-il capable de se livrer au trafic d'armes ?

Le regard fixé sur les ombres du crépuscule, elle se rendit compte que la réponse était oui. Il en était capable. Mais l'avait-il fait ? C'était une question toute différente. Nash irait-il jusqu'à trahir la Couronne pour de l'argent ?

Xanthia savait ce qu'elle avait envie de croire. Elle avait envie de croire ce qu'il y avait de meilleur... ce qui était stupide, puisqu'elle connaissait à peine cet homme.

La promesse qu'elle avait faite à Vendenheim n'avait rien à voir avec le devoir patriotique. Elle n'agissait que par pure curiosité. Et c'était là le danger.

Mais il était trop tard, elle ne changerait pas d'avis. D'une façon ou d'une autre, elle découvrirait la vérité sur lord Nash.

Soudain, un léger bruit la ramena au moment présent. La silhouette de la femme de chambre apparut sur le seuil.

— Voulez-vous que j'allume votre lampe, mademoiselle ? Ce sera bientôt l'heure du dîner.

Xanthia sourit.

— Merci, Amy. La lumière sera la bienvenue.

5

Une proposition choquante à Richmond

Lord et lady Henslow formaient un couple très en vue dans les cercles les plus élevés de la société londonienne. Le pique-nique qu'ils organisaient chaque saison dans leur domaine de Richmond était célèbre. Celui d'aujourd'hui allait connaître un grand succès, à en juger par l'émoi des invités qui se pressaient autour de la tente du buffet. Le cuisinier français avait fait rôtir un cochon de la taille d'un baril de bière, et il était en train de le découper cérémonieusement, avec un immense couteau de cuisine et de grands gestes.

Lord Nash gravit les marches de pierre qui menaient vers les vastes pelouses verdoyantes de Henslow House. Celles-ci se déroulaient en cascade sous le soleil, tels des tapis d'émeraudes.

Tout au bout coulait la Tamise, qui était encore ici un cours d'eau clair et brillant, fort différent du fleuve houleux et fétide que l'on découvrait quelques miles plus loin.

Parmi un groupe de jeunes dames, Nash aperçut son hôtesse, flottant comme un ballon rose sur une mer de mousselines pastel. Avec son ample tour de hanches, lady Henslow était facilement repérable. Nash se dirigea vers elle. Il aimait bien lady Henslow. C'était la sœur aînée de sa belle-mère, et elle avait toujours manifesté une grande affection pour ses deux jeunes sœurs, Phaedra et Phoebe.

Elle avait utilisé l'influence de son mari, un ardent tory, pour précipiter l'ascension de Tony vers le pouvoir. Et elle procurait à Edwina une épaule sur laquelle s'épancher. Nash éprouvait envers elle une sincère gratitude. Mais ce n'était pas pour cette raison, reconnut-il intérieurement, qu'il était venu au pique-nique.

Cependant, lady Henslow l'avait aperçu, et elle s'extirpa avec un sourire radieux du flot de mousselines pastel.

— Nash, je n'en crois pas mes yeux, dit-elle en lui prenant le visage à deux mains. Je ne m'attendais pas à vous voir.

Nash captura une de ses mains et la porta à ses lèvres.

— Ma chère, dit-il en s'inclinant profondément, c'est un plaisir. Vous avez décidé d'éclipser toutes les débutantes de la saison, à ce que je vois. Ce rose vous sied à merveille.

Les yeux de lady Henslow pétillèrent de plaisir.

— Je constate que vous n'avez pas perdu vos habitudes de continental, mon garçon. Aucun gentleman anglais n'aurait laissé ses lèvres toucher véritablement ma main.

Nash haussa les sourcils.

— Hélas, celle-ci est gantée, madame. Vous me privez du plaisir que j'espérais depuis longtemps.

Lady Henslow pouffa de rire.

— Soyez honnête, mon garçon. Qu'est-ce qui vous pousse à venir rôder ici avant la tombée de la nuit ? Sûrement pas ma petite réception.

— N'ai-je pas le droit de rendre visite à ma tante quand l'envie m'en prend ?

— Certainement. Toutefois, comme c'est une envie que vous n'aviez jamais éprouvée au cours des vingt dernières années, j'en déduis que vous avez une intrigue en tête, Stefan. Mais je vous préviens, vous ne vous ferez pas les dents sur une de mes invitées. Ces jeunes filles sont fraîchement sorties de l'école, elles ne connaissent rien de la vie.

— Je ne me fais les dents que sur des proies plus mûres, qui savent ce qu'elles font, madame. Et qui ont bien cherché ce qui leur arrive, conclut-il avec un sourire en coin.

Lady Henslow pouffa de plus belle. Puis elle fut appelée pour résoudre un problème sous la tente du buffet... probablement un doigt coupé, songea Nash, qui saisit un verre sur le plateau d'un valet avant de continuer sa promenade. Il était conscient des coups d'œil lancés dans sa direction et des chuchotements sur son passage. Il les ignora, et s'arrêta un instant pour échanger quelques mots avec les gentlemen qu'il connaissait.

Sur la dernière terrasse de pelouse, la foule était plus dense. De jeunes dames vêtues de dentelles claires et s'abritant sous des ombrelles donnaient le bras à d'élégants jeunes hommes, sous les regards attendris et vigilants des mamans. Soudain, Nash éprouva le besoin de s'échapper. Il fit demi-tour, mais quelqu'un le retint par le bras.

— Stefan ? Toi ? À un pique-nique ?

Il se retourna et se trouva nez à nez avec Tony.

— Étonnant, n'est-ce pas ? murmura-t-il.

— En effet. Je dirais même renversant. Les commérages vont se déchaîner.

Nash souleva son chapeau pour saluer les deux gentlemen qui accompagnaient son frère.

— Monsieur Sofford, lord Ogle, je vous souhaite le bonjour.

Tony et ses amis étaient engagés dans une discussion passionnée sur un texte de loi récemment voté. Après avoir échangé quelques plaisanteries avec Nash, ils continuèrent de se quereller sur des sujets aussi divers que les banques, le braconnage, et les catholiques. Nash avait le plus grand mal à réprimer un bâillement d'ennui, lorsque M. Sofford désigna les marches, derrière eux.

— Regardez! Voici Sharpe. Il pourra nous dire à quoi nous attendre avec les whigs.

— Sans aucun doute, renchérit Ogle. Mais dites-moi, messieurs, quelles sont les deux beautés qui l'accompagnent?

Tony mit une main en visière pour se protéger du soleil.

— Le joli bonbon rose avec les frisettes est sa fille, lady Louisa. Et la dame brune est une cousine. Mme... bon sang, j'ai oublié son nom.

Nash lui vint en aide.

— C'est Mlle Neville. Elle n'est pas mariée, et vient tout juste d'arriver des Antilles.

Tony laissa retomber sa main et lui lança un regard intrigué.

— Vraiment? Et elle n'est pas mariée? À son âge?

— Allons, Hayden-Worth! répliqua Sofford. Elle est loin d'être vieille. En outre, j'ai entendu dire qu'elle possédait une immense fortune.

— Seigneur... murmura Ogle. Je me demande s'il n'y aurait pas moyen de l'en soulager...

— À votre place, je ferais attention, dit doucement Sofford. Son frère est le baron de Rothewell. Vous le connaissez?

— Non, répondit Ogle en secouant la tête.

— Eh bien, il vaut mieux pas.

Sofford parut sur le point d'en dire davantage, mais les nouveaux arrivants approchaient. Lord Ogle fit un signe de la main à Sharpe.

Nash sentit le regard de Mlle Neville se poser sur lui. Mais elle ne manifesta pas le moindre trouble. En fait, tandis qu'on faisait les présentations, elle parut presque contente de le voir. Ou peut-être légèrement amusée. Car un curieux petit sourire flottait au coin de ses lèvres, et il décela une lueur étrange dans ses yeux.

Et quels yeux! Ils étaient d'une couleur rare, un bleu profond entouré d'un gris argent. Plus bizarre encore, le regard qu'elle fixait sur lui était aussi ferme que celui d'un homme. Au lieu de baisser les yeux dans un effort pour paraître modeste, elle le considérait d'un air direct, sans audace mais avec aisance, comme si elle savait exactement ce qu'elle voulait.

— Et vous, comment allez-vous voter, lord Nash? demanda-t-elle, le ramenant tout à coup au présent.

Nash tenta de faire croire qu'il avait suivi la conversation.

— Je ne pense pas voter du tout, mademoiselle.

— Vous devriez pourtant le faire, Nash! grommela lord Sharpe. Cela ne nous ferait pas de mal d'avoir votre soutien de temps à autre, vous savez!

Le comte sembla sur le point de se lancer dans une longue tirade, mais Nash fut sauvé par l'intervention de lady Louisa, qui tira gentiment son père par le bras.

— Papa, le jeu de boules! gémit-elle. Tu m'avais promis que nous irions regarder. Vous ne deviez pas jouer, monsieur Sofford?

— Ciel! s'exclama Sofford en tirant sa montre de gousset. C'est déjà l'heure?

— Bonne chance, mon vieux, dit lord Ogle en s'inclinant. Hayden-Worth et moi avons promis à lady Henslow d'aller tirer à l'arc.

— Mademoiselle Neville, vous aimez le jeu de boules? s'enquit Nash.

— Je n'y connais pas grand-chose, avoua-t-elle.

Lord Sharpe se mit à rire.

— Je suis sûr que Xanthia préférerait tirer sur quelque chose. Ma chère, si vous souhaitez regarder le tir à l'arc, vous êtes libre.

— Mlle Neville me fera peut-être l'honneur de venir se promener avec moi le long du fleuve? suggéra Nash.

Lord Sharpe hésita.

— J'aimerais aller marcher, déclara Mlle Neville avant qu'il ait pu refuser. Louisa, nous nous retrouverons sous la tente, après les jeux?

— Oui, bien sûr, dit lady Louisa, manifestement enchantée de cet arrangement.

Son père, toutefois, parut moins enthousiaste.

— Très bien, dit-il. Ne vous éloignez pas trop, Xanthia, n'est-ce pas ? Au cas… où nous aurions besoin de vous.

Nash le soupçonna d'avoir d'autres inquiétudes en tête, et cette fois les joues de Mlle Neville se colorèrent légèrement. Tandis que le groupe se dispersait, Nash se demanda ce qui avait bien pu le pousser à faire une proposition aussi chevaleresque. Seigneur, cette femme était l'incarnation de la tentation… Et il valait mieux qu'on ne la voie pas à son bras. Mais elle avait accepté, et elle n'était pas tout à fait fraîchement sortie de l'école. Pourquoi ne pas simplement profiter de la situation ?

Il laissa glisser sur Mlle Neville un regard appréciateur. Elle portait une robe à rayures grises et bleues, qui mettait merveilleusement en valeur sa taille mince et élancée.

— Je crains que votre cousin ne m'apprécie pas beaucoup, ma chère, dit-il. Il vaudrait sans doute mieux que vous alliez regarder ce jeu de boules, finalement…

— Non, merci, dit-elle en descendant les marches sans l'attendre. Vous venez ? Ou bien dois-je partir seule ?

— Vous désirez prendre l'air ?

— Je vous demande pardon ?

— Vous m'avez dit l'autre jour que si vous aviez envie de prendre l'air vous le faisiez, et que vous vous moquiez des conséquences.

Elle le considéra avec un léger froncement de sourcils.

— Je ne pense pas que le fait de déambuler dans une allée, au beau milieu de l'après-midi, aura des conséquences très graves, monsieur. Même si je dois donner le bras à un gredin impénitent.

— Ah, voilà qui me plaît, dit Nash en souriant. Je suis passé du statut de dandy à celui de gredin. C'est rassurant pour ma virilité.

Les lèvres pulpeuses de la jeune femme s'élargirent en un sourire. Elle lui tendit la main.

— Venez, lord Nash. Et ne vous moquez pas de mon vocabulaire limité, je vous prie.

Elle se mit à marcher d'un bon pas le long du fleuve.

— Mademoiselle Neville, protesta Nash, déconcerté, j'ai l'impression que vous voulez m'arracher le bras. Vous courez comme si Londres était en feu et que vous ne vouliez manquer le spectacle à aucun prix !

Elle ralentit immédiatement l'allure.

— Je vous demande pardon, dit-elle en posant plus délicatement la main sur son bras. Mais la foule est si dense sur la pelouse, que j'étais pressée d'atteindre cette allée déserte.

— Vous n'êtes pas attirée par la vie mondaine ? s'enquit-il en alignant son pas sur le sien.

— Pas vraiment. À la Barbade, la société n'était pas aussi... raffinée. Je me sens un peu déplacée, ici.

— Vous ne donnez pas cette impression. Vous avez l'allure d'une dame, née pour évoluer dans les plus hautes sphères.

Elle le dévisagea.

— Je suis certaine que vous entendez cela comme un compliment. Mais...

— Mais quoi ?

— Franchement, je trouve ce genre de vie sans intérêt.

— Je vois, dit-il doucement. Vous préféreriez... quoi ? Travailler pour améliorer le sort des classes inférieures ? Diriger une institution de charité ? Tricoter des chaussettes pour les pauvres ?

Elle laissa fuser un rire cristallin.

— Seigneur, non ! Pas moi.

Mais elle ne donna pas de plus amples explications.

Ils marchèrent un moment en silence. Nash adorait sentir sa main chaude et légère sur son bras. Une barque passa sur le fleuve.

— Qu'aimeriez-vous faire de votre vie, mademoiselle Neville ? finit-il par demander. Vous retirer à la campagne et élever une nichée de bambins ?

— Non. Non, lord Nash, ma vie me convient parfaitement telle qu'elle est.

Elle s'arrêta brusquement dans l'allée, le regard fixé sur les rameurs dans la barque. Il eut l'impression qu'elle ne les regardait pas vraiment. La maison était encore visible, mais ils étaient les seuls invités à s'être aventurés aussi loin.

Elle se remit en marche et s'éclaircit la gorge.

— Lord Nash, mon frère vous a-t-il dit que nous sommes riches ?

— Il l'a laissé entendre, oui.

Elle esquissa un sourire.

— La baronnie lui procure un bon revenu. Mais nous avons aussi d'autres intérêts.

— Oui, des plantations à la Barbade, c'est cela ?

— Celles-ci sont louées à des métayers. Nous possédons également une affaire… la Neville Shipping Company. Vous en avez entendu parler ?

— Je ne crois pas.

— Non, je suppose que le transport de marchandises n'est pas une chose qui intéresse vraiment les gentlemen, murmura-t-elle. Mais chez les Neville, nous n'avons pas autant de scrupules, voyez-vous. En fait, nous sommes plus ou moins dans le commerce.

— De nombreux gentlemen investissent dans ce genre d'affaires, mademoiselle Neville. Je possède plusieurs mines, lord Ogle est propriétaire d'une ligne de chemin de fer. Ce n'est pas comme si Rothewell et vous teniez une mercerie ! Au fait, où est votre frère ?

— Sharpe a proposé de le remplacer au dernier moment. Rothewell était soulagé de ne pas venir.

— Oui, il semble vivre d'une façon très solitaire, presque mystérieuse.

— En effet. J'ai un secret à vous révéler, enchaîna-t-elle, fixant sur lui son regard bleu et limpide. Puis-je me fier à votre discrétion ?

Il rit.

— Révélez-moi tous vos secrets, ma chère. J'adorerais vous tenir en mon pouvoir.

— Nash, soyez sérieux.

Il inclina la tête.

— Vous avez ma parole, naturellement, mademoiselle Neville. Quel est donc ce secret ?

— La Neville Shipping m'appartient. Oh, l'affaire est à la famille… mais mon frère m'autorise à la diriger. C'est une entreprise très profitable, quand on connaît les astuces du métier.

— Je vois. Et… vous les connaissez toutes, n'est-ce pas ?

Un lent sourire se dessina sur ses lèvres.

— Je suis très douée en affaires, lord Nash. Toutes ces dames convenables seraient choquées de savoir que demain matin, pendant qu'elles seront encore couchées dans leur lit en attendant leur femme de chambre et leur chocolat chaud, moi je serai dans mon affreux petit bureau de Wapping, au milieu des loups de mer et des dockers.

— C'est une plaisanterie ?

Mlle Neville arqua ses sourcils sombres et déclara avec un élan de passion inattendu :

— Pas du tout. En fait, selon moi, tout le monde devrait occuper un emploi rémunéré.

— Seigneur ! Quelle curieuse pensée !

— Je suis sérieuse. Le fait d'être servi par les autres, ce manque total d'énergie ou d'ambition… Comment s'étonner que la haute société souffre d'une mélancolie chronique ? La vie de ces gens est morne, sans objectif.

— Et votre vie, à vous ? Quel est son objectif ?

Les yeux de la jeune femme pétillèrent d'excitation.

— Le commerce. Le défi que représente la compétition financière. Ce sont ces choses qui font avancer le monde, lord Nash. Et non pas les intrigues stupides de la bonne société. Quoi qu'en pensent tous les lords et les ladies de Londres.

Il eut un petit rire.

— Ils seraient anéantis en apprenant cela, ma chère.

Mlle Neville haussa les épaules.

— Ils se rendront compte tôt ou tard que le règne de la haute société est condamné, dit-elle. Nous entrons dans un âge nouveau, Nash. L'âge du progrès et de l'industrialisation. L'Angleterre va changer, comme l'Amérique. Elle deviendra une nation d'hommes et de femmes qui feront leur fortune eux-mêmes.

Ils étaient face à face, et il la dévisagea avec intensité.

— Mon Dieu, finit-il par dire. Vous n'êtes pas seulement une jolie jeune femme...

— Non, je suis une femme d'affaires, répondit-elle d'un ton glacial. Et tout ce qui m'anime dans la vie, ce sont les colonnes de chiffres dans les livres de comptes de la Neville Shipping. Et non un grotesque idéal de fidélité à la patrie.

Il lui prit le bras et l'attira vers lui.

— Faites attention, ma chère. Ces paroles ont un léger accent de trahison.

Elle leva le menton, et ses yeux étincelèrent.

— Bonté divine, Nash. Seriez-vous à cheval sur le patriotisme ?

Nash secoua la tête.

— Non, mais je ne suis pas un idiot impétueux.

Mlle Neville parut se détendre quelque peu.

— Vous avez raison d'être prudent. Mais parfois, je regrette de ne pas avoir basé ma compagnie en Amérique. En Angleterre, les taxes sont élevées, et les restrictions politiques touchant à nos affaires sont... Ah, mais cela suffit. Je vous ennuie avec ces histoires.

— Pas du tout, mademoiselle Neville. Vous pouvez peut-être me choquer un peu. Vous êtes consciente, n'est-ce pas, qu'il est considéré comme tout à fait inconvenant, pour une femme de votre classe, d'exprimer de telles idées ?

Elle lui lança un curieux regard en coin.

— Mais *vous*, vous trouvez aussi cela inconvenant, lord Nash ? Êtes-vous choqué de voir une femme rejeter le rôle traditionnel d'épouse afin de conserver sa liberté ?

— Je ne sais pas, répondit-il avec franchise. Je n'avais pas compris que vos idées étaient à ce point radicales.

— Allons, Nash, il ne faut pas mentir à une dame, dit-elle d'un ton sarcastique. Bien sûr que vous aviez compris. Sinon vous ne marcheriez pas, bras dessus bras dessous, avec moi. Vous n'êtes pas candidat au mariage.

— Non, en effet. Mais qu'est-ce que cela a à voir ?

— Vous avez invité une femme célibataire à se promener avec vous, sous les yeux de toute la bonne société. Vous voyez certainement les implications d'un tel acte.

Elle marqua une pause et pivota sur elle-même.

— Regardez, nous sommes hors de portée des regards, à présent. Mais cela vous est égal, car vous savez que vous ne risquez rien avec moi. Rien ne vous obligera à m'épouser.

Nash se rendit compte qu'elle avait raison. Il ne s'inquiétait pas du tout. En plus, Mlle Neville était sans doute la seule invitée avec qui il pouvait être vraiment lui-même. Absorbé par leur discussion, il avait oublié sa prudence habituelle. Ils avaient dépassé depuis longtemps les limites du parc de Henslow House.

— J'ai aperçu un petit banc de pierre sous les arbres, là-bas, dit-il. Pourquoi ne pas retourner nous y asseoir ?

— Et rentrer dans les limites des convenances ? se moqua-t-elle.

— Je me soucie de votre vertu, mademoiselle Neville. Je ne pourrais pas vivre en sachant que votre réputation est détruite à cause de moi.

— Quelle attitude condescendante, Nash. Je pense que vous n'avez pas écouté un seul mot de ce que j'ai dit.

— J'ai écouté. Vous êtes jeune, ma chère. Et il faut aussi songer à lady Louisa.

La mine de Mlle Neville s'allongea un peu.

— Je dois reconnaître que vous avez raison sur ce point. Je ne veux rien faire qui puisse avoir sur elle une influence néfaste, ou gâcher ses chances de faire un beau mariage. Mais je ne suis pas *jeune*, j'ai presque trente ans.

— Bonté divine, tant que ça? dit-il en souriant. Vous êtes bien conservée, pour un spécimen d'un âge aussi avancé. Avez-vous encore toutes vos dents?

— Vous me taquinez, et vous croyez que je finirai par me résoudre au mariage, le moment venu. Réfléchissez : pourquoi accepterais-je de me soumettre à l'autorité d'un homme alors que je suis parfaitement capable de vivre seule?

— Mais vous avez votre frère. Légalement, il est responsable de vous.

— Malgré ses manières rudes et son franc-parler, Kieran n'aura jamais l'idée saugrenue de me contrôler. Il faut que vous compreniez comment nous avons grandi. À la Barbade, il est fréquent que les femmes dirigent une affaire. Elles voyagent sans escorte, et prennent même un amant si cela leur chante.

— Vraiment? murmura-t-il, interdit.

Que voulait-elle suggérer?

Il songea à son entrevue avec Rothewell, dans le bureau de celui-ci. Les idées qu'il avait exprimées alors s'accordaient avec celles que lui exposait Mlle Neville en ce moment. Mais il avait également fait allusion à autre chose.

— En fait, ma chère, votre frère m'a laissé entendre que vous alliez peut-être vous marier bientôt.

Elle tressaillit.

— Seigneur! Je pensais qu'il avait renoncé à cette idée.

— Avez-vous un soupirant?

Mlle Neville reporta son regard vers le fleuve.

— J'en avais un. Mais nous avons décidé que nous ne pouvions pas nous entendre. Mon frère est bien naïf s'il croit que cela peut changer.

— Quoi qu'il en soit, cet homme souhaite toujours vous épouser.

Elle lui lança un coup d'œil incertain.

— Comment le savez-vous ?

— Je pense, mademoiselle Neville, que si un homme tombe amoureux de vous, il aura du mal à se relever, dit-il d'un ton léger. Je crois donc que je vais garder mes distances. J'ai déjà assez de mal à supporter mes frustrations actuelles.

— Ciel ! En avez-vous beaucoup ?

— Des frustrations ?

Il la contempla, s'attardant sur son visage expressif, sur la peau blanche de sa gorge, et son décolleté qui révélait un soupçon de rondeurs délicieuses. Diable, oui, il était frustré. Mais qu'aurait-il pu y faire ? S'il voulait séduire Mlle Neville, il faudrait qu'il ait au moins le tact de le faire en privé.

— Oui, j'éprouve une ou deux frustrations, mademoiselle Neville. Et le fait de sentir votre hanche effleurer la mienne tous les trois pas ne m'aide pas.

Xanthia vacilla, presque imperceptiblement. Aussitôt, la main de Nash se glissa sous son bras pour la soutenir. Elle le regarda à la dérobée. Une flamme ardente brillait dans ses yeux sombres, et une fois de plus elle eut l'impression de communier avec lui en esprit.

Quelles sornettes romantiques ! Mais elle était en train de perdre une occasion parfaite d'en apprendre davantage sur Nash. D'évaluer sa personnalité, d'essayer de découvrir s'il était l'homme que Vendenheim pensait qu'il était.

Elle garda le silence jusqu'à ce qu'ils soient installés sur le banc.

— Voilà ! s'exclama-t-elle en arrangeant les plis de sa robe. C'est un endroit bien protégé, n'est-ce pas ?

Si quelqu'un nous aperçoit de la pelouse, il ne verra que nos dos.

— Vous parlez comme si nous avions quelque chose à cacher.

— C'est peut-être le cas ?

Jetant toute retenue aux orties, elle s'appuya contre lui et posa la main sur son genou. Une émotion indéchiffrable passa dans le regard de Nash.

— Mademoiselle Neville, je vous supplie d'être prudente.

Elle battit des cils et chuchota :

— Personne ne peut nous voir ainsi. D'autre part, c'est vous qui avez parlé de vos frustrations, Nash.

Il demeura aussi stoïque que possible, les yeux fixés sur les doigts fins de la jeune femme. Elle les fit remonter un peu plus haut sur sa cuisse.

— Doux Jésus, marmonna-t-il, les dents serrées. J'essaye de me conduire en gentleman, mademoiselle. Mais quelqu'un va vous voir.

— Oh, mon Dieu, vous avez peut-être raison.

Mais au lieu de retirer sa main, elle se pressa un peu plus contre lui.

— Là, cette fois, je pense que personne ne peut voir.

Il la considéra, les traits tendus.

— Ce n'est pas exactement ce que je voulais dire.

— Néanmoins, cela résout le problème.

Elle se demanda ce qu'elle éprouverait si elle faisait encore remonter ses doigts et caressait son sexe sous l'étoffe fine du pantalon. Elle ferma les yeux et oublia un instant le but qu'elle s'était fixé, ce que Vendenheim lui avait demandé, et s'imagina allongée sous le grand corps viril de lord Nash. Enveloppée par son odeur comme par un nuage sensuel. Sentir sa chaleur, sa force virile en elle, et...

— Ma chère mademoiselle Neville, murmura-t-il. Je pense que ce n'est ni le lieu ni le moment.

Elle rouvrit les yeux et se rendit compte que sa main se rapprochait dangereusement du point délicat.

— Quand, alors ? s'enquit-elle d'une voix rauque. Quand le moment et le lieu seront-ils mieux choisis ?

— Dans une autre vie, je le crains. Il ne serait pas raisonnable de me tenter davantage dans celle-ci.

Xanthia sourit avec légèreté.

— Mais il y a une attirance indéniable entre nous, Nash. Une passion qui s'enflamme dès que nous sommes ensemble. Osez dire que vous ne ressentez pas la même chose que moi.

— Je crois que ce que je ressens est évident ! s'exclama-t-il avec un rire bref.

Il prit la main de Xanthia, la pressa brièvement et la reposa sur les genoux de la jeune femme.

— Êtes-vous… *intéressé*, lord Nash ?

— Comprenez-vous ce que vous me demandez, mademoiselle Neville ?

Elle releva la tête et le dévisagea.

— Je vous demande si vous voulez être mon amant. Pour aussi longtemps qu'il nous plaira. Êtes-vous engagé auprès d'une autre femme ?

Nash eut un sourire sardonique.

— Mademoiselle Neville, me prenez-vous pour un homme fidèle ? J'aime changer de partenaire, et je me lasse très vite. Franchement, ma chère, la dernière chose que je veux, c'est mettre une innocente dans mon lit. Surtout si c'est une innocente bien élevée.

— Je ne suis pas tout à fait innocente, Nash, murmura-t-elle en se mordillant les lèvres. Je pense qu'aucun de vos amis nobles ne voudrait de moi comme épouse.

Il s'écarta, et une lueur de fureur passa dans ses yeux.

— Vous parlez durement.

— Mais c'est la vérité. Vous devriez vous sentir moins coupable.

— Jusqu'à présent, je n'ai rien fait dont je puisse me sentir coupable, répliqua-t-il. À moins que vous ne comptiez ce baiser sur la terrasse, chez Sharpe.

J'ai su, même à ce moment, que vous m'apporteriez des ennuis.

Xanthia le regarda en souriant, l'air un peu moqueur.

— Nash, si je ne vous intéresse plus, vous n'avez qu'à le dire. Je suis seule, mais pas désespérée. Ce ne sont pas les beaux gentlemen qui manquent à Londres, et bien que je ne sois pas une beauté, on pretend que j'ai du charme.

Pendant un long moment il demeura silencieux, le visage sombre, les mâchoires crispées.

— J'espère, mademoiselle Neville, que vous n'aurez pas de discussion de cette nature avec d'autres gentlemen.

Puis il se leva brusquement :

— Je réfléchirai à votre folle proposition, ma chère... De fait, elle va certainement m'obséder. Et maintenant, laissez-moi vous ramener vers votre cousin.

Xanthia prit la main qu'il lui tendait. Il se pencha, et ses yeux sombres et mi-clos semblèrent se fixer sur ses lèvres. L'espace d'un instant, elle crut qu'il allait l'embrasser. Son cœur se mit à battre violemment. Mais il ne se pencha pas davantage. Il se contenta de scruter son visage, comme s'il cherchait à y découvrir quelque chose.

— Nash ? dit-elle en soutenant son regard.

Il sembla hésiter, puis finit par murmurer :

— Non. Non, ce n'est tout simplement pas possible.

— Bien sûr, c'est possible. Rien n'est impossible, il faut oser.

Ses yeux noirs étincelèrent de nouveau. Sans répondre, il se redressa, lui prit le bras et la conduisit vers la pelouse où se déroulait le pique-nique.

— Nash, vous allez me démettre l'épaule ! protesta-t-elle.

Il ne prononça plus un mot jusqu'à ce qu'ils soient arrivés à la hauteur du premier groupe d'invités. Là, il s'arrêta brusquement et se tourna vers elle.

— Mademoiselle Neville, vous jouez avec le feu, fit-il d'un ton crispé. Sachez que bien que je ne sois pas un gredin, je ne suis pas un saint non plus.

— Il me semble vous avoir entendu dire que vous étiez un sybarite.

— Oui. Un sybarite impénitent et égoïste. Un sybarite prend ce qui lui plaît, et le rejette quand il en a tiré tout le plaisir qu'il pouvait. Vous feriez bien de ne pas l'oublier.

Sur ces mots, il se détourna et remonta l'allée d'un pas vif.

Xanthia rentra chez elle, plongée dans une extrême confusion. Elle ne savait pas très bien à quel résultat elle était arrivée. Elle avait voulu séduire lord Nash, et elle y était presque parvenue. Comme il l'avouait lui-même, il n'était pas un saint. Du reste, il n'en avait pas l'air.

À vrai dire, il semblait même parfaitement capable de commettre les délits dont Vendenheim le soupçonnait.

D'ordinaire, elle savait évaluer ses adversaires. Mais il y avait quelque chose chez Nash qui annihilait sa prudence habituelle. Elle ne pouvait s'empêcher d'imaginer qu'il la connaissait. Qu'il la comprenait, à un niveau qui échappait à la plupart des gens. Elle éprouvait la terrible tentation, en sa compagnie, de se laisser aller... d'être elle-même. C'était une illusion. Elle cherchait une excuse un peu stupide, romantique, pour expliquer le désir irrésistible qu'elle éprouvait pour lui.

Cet homme était probablement un traître. Un contrebandier. Et quelqu'un avait été tué sur son ordre. Xanthia songea aux mises en garde de Vendenheim. Les enjeux politiques et économiques étaient considérables. L'argent et le pouvoir. Les deux choses pour lesquelles les gens étaient si souvent disposés à tuer.

Vendenheim aurait été horrifié d'apprendre qu'elle avait essayé de coucher avec cet homme. Xanthia elle-même était choquée, elle ne comprenait pas bien ce qui lui avait pris. Sa première intention avait été simplement de flirter avec Nash, pour tromper sa vigilance.

Elle fixa pensivement la foule qui déambulait dans Piccadilly. Cette affaire était grave, il ne s'agissait pas d'une banale liaison amoureuse. Et pourtant, lorsqu'elle s'était retrouvée avec lui cet après-midi, elle avait eu du mal à croire aux allégations de Vendenheim.

Comment pouvait-elle être aussi stupide ? Nash était l'être le plus froid et le plus maître de lui qu'elle eût rencontré. En fait, ce qui était clair, c'était que cet homme lui tournait la tête. Il n'était pas comme Gareth Lloyd, qu'elle avait toujours su manœuvrer à sa guise. Elle le savait, et pourtant cela ne pouvait la dissuader. Oui, vraiment, l'adjectif « stupide » lui convenait à merveille.

Le carrosse s'arrêta dans Berkeley Square et elle entendit le valet de Sharpe sauter sur le sol pour tirer le marchepied. Ramenée au moment présent, elle embrassa Louisa et remercia Sharpe pour cet agréable après-midi. Puis elle entra, en rêvant d'un bon bain chaud et d'une soirée tranquille dans sa chambre avec un verre de sherry. Mais Trammel lui annonça qu'un visiteur l'attendait depuis plus d'une heure.

Sa contrariété dut être visible, car le domestique chuchota :

— C'est encore ce gentleman maniéré, mademoiselle. M. le baron est sorti, et cet insolent a demandé à vous voir en personne. Je l'ai installé dans le salon jaune avec un verre de cognac, qu'il n'a pas voulu boire. Il s'est contenté de le renifler, puis l'a reposé. Avez-vous déjà vu une chose pareille, mademoiselle ?

Non, mademoiselle n'avait jamais vu ça. Elle monta, un peu agacée.

— Bonjour, monsieur Kemble, dit-elle en s'efforçant d'afficher un air aimable. Quelle délicieuse surprise.

— Ma chère mademoiselle Neville.

Le fringant gentleman s'inclina avec élégance.

— Je vois que vous avez suivi mon conseil.

Elle le regarda sans comprendre, puis constata qu'il observait sa robe.

— Oh, cela? dit-elle en effleurant le tissu soyeux. Oui, mais c'est bleu et gris.

— Les tons sont néanmoins très flatteurs. Je vous ai apporté un cadeau, déclara-t-il en lui tendant une petite boîte à chapeau.

Xanthia la prit et s'assit.

— Un cadeau? Vous n'auriez pas dû.

— Ouvrez cette boîte, ma chère. Nous devons vérifier que cela vous va.

Les convenances interdisaient à une dame non mariée d'accepter un cadeau d'un gentleman, toutefois quelque chose lui disait que ceci était différent.

Elle ôta le couvercle, et ses yeux s'arrondirent de stupeur. En effet, c'était tout à fait différent. Nichée dans une pile de copeaux brillants se trouvait une sorte de petite lanière à boucle, munie d'une pochette de cuir. Et, glissé dans la pochette, un pistolet argenté. Elle le souleva délicatement.

— Savez-vous vous en servir? demanda M. Kemble.

Xanthia posa l'objet sur ses genoux.

— Oui. Mais je manque d'entraînement.

— C'est à utiliser uniquement à bout portant, expliqua M. Kemble. Maintenant, je vais me retourner, mademoiselle Neville. Je veux que vous souleviez votre jupe pour vous assurer que l'ensemble vous va.

Elle le regarda, éberluée.

— Qu'il me va? Où ça?

— Autour de votre cuisse, dit-il en se tournant vers le mur. Et serrez bien la lanière, je vous prie. On ne le croirait pas, mais ce pistolet est assez lourd.

Un peu déconcertée, Xanthia posa le pied sur un tabouret, releva ses jupons et fit ce qu'il demandait. La lanière de cuir semblait avoir été faite sur mesure.

— Oui, ça me va, annonça-t-elle en rabattant ses jupes. Mais croyez-vous vraiment que…

— Absolument, déclara Kemble en pivotant avec une souplesse de félin. Nous ne pouvons pas savoir ce qui peut vous arriver, ma chère. Ou à quelle distance je risque de me trouver.

— À quelle distance de quoi? s'enquit Xanthia, interdite.

— Oh, mon Dieu. Max ne vous a pas dit?

— Lord Vendenheim? Non, rien du tout.

M. Kemble ouvrit les bras et s'exclama :

— Ma chère, nous allons devenir inséparables. Je suis votre nouvel homme d'affaires.

— Je ne comprends pas.

Kemble eut un sourire crispé.

— Votre secrétaire personnel, précisa-t-il. Votre aide de camp. Votre chaperon, en quelque sorte.

— Mais je n'ai besoin de personne. J'ai M. Lloyd, et des bureaux pleins d'employés. Et… un chaperon? Cette idée est absurde.

— *Cela va sans dire!* admit M. Kemble en français. Maximilien a insisté. Aussi, je dois vous accompagner dans vos bureaux et vous protéger dans la mesure du possible lorsque vous vous trouvez chez vous.

Xanthia fit la moue.

— Vous direz à lord Vendenheim que je n'ai jamais eu de gouvernante, et que je n'en veux pas. J'ai l'habitude des quais, et je ne pense pas y courir de plus grand danger qu'à Mayfair.

M. Kemble la considéra d'un air désapprobateur.

— Tout cela est bien joli, mademoiselle Neville, mais avez-vous pensé à moi?

Xanthia arqua un sourcil.

— À vous?

Il poussa un soupir à fendre l'âme.

— Eh bien voilà, ma chère. Max m'a surpris en... disons, dans une sorte *d'affaire d'amour*. Un attachement un brin... illicite. Le genre de choses qu'un homme dans ma position ne désire pas voir rendu public.

Xanthia haussa les sourcils de plus belle.

— Oh, mon Dieu. Je comprends. Et le... le... la... personne avec qui.... Oh, Seigneur, n'en parlons plus. Qu'est-ce que tout cela a à voir avec moi ?

— Max me fait chanter.

— Mais... c'est odieux !

— C'est ainsi, mademoiselle Neville. Si vous me chassez, Max pensera que c'est ma faute. Il dira que je n'ai pas essayé de vous convaincre.

Xanthia darda sur lui un regard soupçonneux.

— Il m'avait semblé que vous étiez amis ?

— Ma chère, vous ne pourriez être plus éloignée de la réalité ! répliqua Kemble avec un petit geste de la main. Max n'a pas d'amis. C'est un homme sinistre, dépourvu d'humour et de sentiments, qui ne pense qu'à lui et à son ministère de l'Intérieur.

Il sourit et enchaîna :

— Réfléchissez, mademoiselle Neville... quel mal y a-t-il à ce que je m'attache à vos pas pendant une quinzaine de jours ? Vous me trouverez peut-être même une certaine utilité. Je suis doté de nombreux talents, je le dis sans fausse modestie.

Xanthia n'en doutait pas une seconde. Et son extravagance était amusante.

— Très bien, finit-elle par concéder. Vous pourrez m'accompagner chaque jour à Wapping, et nous vous ferons une petite place dans le bureau. Êtes-vous quelqu'un de bien organisé ?

— Terriblement.

— C'est parfait. J'ai un vaste entrepôt rempli de journaux de bord qu'il faut classer. En revanche, je n'aurai pas besoin de vous ici, monsieur Kemble. J'ai mon frère pour me protéger... ce qui est une idée stupide, de toute façon. Et je refuse de porter ce pistolet.

— Mais, ma chère, il le faut! affirma Kemble. Une dame ne devrait jamais s'aventurer au-delà de Temple Bar si elle n'est pas armée. Surtout une dame à qui l'on a confié une telle mission. Lord Nash est un homme dangereux.

— Peut-être, murmura Xanthia d'un ton hautain. Mais j'ai l'impression que vous avez déjà jugé et condamné lord Nash. Je serai heureuse de vous aider, monsieur Kemble, et il est dans l'intérêt de ma compagnie de le faire. Mais je ne veux à aucun prix prendre part à un simulacre de justice. Suis-je claire?

— Tout à fait claire, admit Kemble d'un air vaguement penaud.

— Si je me trompe, si Nash est réellement derrière toute cette affaire, nous le saurons rapidement.

M. Kemble croisa les mains posément.

— Jusque-là, portez ce pistolet, ma chère. Après tout, une dame n'a jamais assez de babioles sur elle.

Elle fit la moue.

— Imaginez que lord Nash tombe dessus? Un accident est si vite arrivé...

M. Kemble esquissa un sourire malicieux.

— Dans ce cas, mettez le pistolet dans votre réticule.

— Cela me paraît plus commode, dit-elle avec une petite moue. Très bien, je ferai ainsi.

À la suite de ce pique-nique désastreux, lord Nash rentra chez lui avec la ferme intention d'y passer la soirée. Il avait besoin de soigner ses plaies, ou du moins les griffures que Mlle Xanthia Neville lui avait infligées. Il éprouvait une frustration profonde, d'autant plus irritante qu'elle était nouvelle pour lui.

Il s'attendait à ce que Tony vienne dîner, mais son frère ne se montra pas. Aussi, il dîna seul, ruminant en silence sa contrariété, et essayant de la faire passer avec une bouteille de *bikaver*, un vin hongrois assez âpre pour décaper les dorures des murs de la salle à manger.

Mais ce remède se révéla insuffisant. Il se mit à errer dans la maison comme un spectre. Inspecta les étagères de la bibliothèque. Finalement, sa nervosité le poussa à sortir, et avant d'avoir compris où ses pas le menaient, il se retrouva à Berkeley Square. Il s'arrêta brusquement au milieu du trottoir, dans le brouillard lourd qui détrempait son pardessus.

Que faisait-il, bon sang ? Allait-il rester dans la rue, les yeux fixés sur la fenêtre de cette femme comme un amoureux transi ?

Non. D'ailleurs, il n'était pas un amoureux transi, il était juste… intrigué à un degré exaspérant. Oui, c'était cela… exaspérant. Il prit la direction de Covent Garden. Il trouverait quelque satisfaction dans le lit de Lisette. Et si ça ne marchait pas, il irait chez la mère Lucie et demanderait une petite brune, mince, avec des yeux bleus. Tout ce qu'il voulait, c'était passer quelques heures paisibles dans les bras d'une femme.

Il en était à son deuxième verre de vodka quand Lisette arriva du théâtre.

— Par exemple, je ne pensais pas te voir ici ! lança-t-elle en jetant son manteau au majordome qui se tenait prudemment en retrait.

Nash leva les yeux.

— Tu rentres tard, Lisette.

L'actrice haussa les épaules et alla vers le bureau d'acajou.

— Je ne t'attendais pas, mon chéri, dit-elle en retirant les épingles de son chapeau. Tu as changé tes habitudes, ces derniers temps.

— Mais je te paye pour être là.

— Non, mon cher. Tu me payes pour coucher avec toi.

Elle secoua ses cheveux d'un blond très clair, en contemplant son reflet dans le miroir.

— Il y avait une petite soirée après la représentation, chez Millie Dow. Si je t'avais vu ces jours-ci, je t'aurais invité à venir.

Il prit son verre et se leva.

— Rejoins-moi dans la chambre, quand tu auras fini de te pomponner.

— Oui, je veux toujours être la plus belle pour toi, Nash, répliqua-t-elle en le suivant des yeux dans le miroir. Pourquoi ne montes-tu pas la bouteille de madère?

— Je n'aime pas le madère.

— Eh bien, moi si. Prends aussi un verre, s'il te plaît.

Nash obtempéra et gravit l'escalier d'un pas lourd. Une fois dans la chambre, il se déshabilla lentement.

Lorsque, enfin, elle se glissa nue sous les couvertures, il la prit violemment, plongeant profondément en elle, dans un effort futile pour repousser les démons qui le harcelaient. Lisette répondit à sa passion... Après tout, elle était actrice. Mais en vérité, elle avait toujours aimé faire l'amour de cette façon. C'était probablement ce qui les avait attirés l'un vers l'autre au début. Ce besoin de s'épuiser pour oublier leurs frustrations. Le désir d'obtenir une satisfaction sexuelle... mais sans intimité.

Il y avait eu une époque où cela lui avait suffi, admit-il. Et cela lui suffisait toujours, n'est-ce pas? Simplement, il s'était lassé de Lisette.

Il vit la jeune femme se tendre et trembler sous lui, et il finit mécaniquement, se retirant le plus tard possible pour répandre sa semence sur ses cuisses d'un blanc laiteux. C'était probablement la performance la plus banale, la plus quelconque, de toute sa vie. Lisette lui adressa un sourire paresseux, mais il perçut son mécontentement. Elle avait peut-être feint la jouissance. Et de fait, elle feignait probablement depuis longtemps.

Cette pensée était déprimante. En prolongeant ce simulacre d'attachement, ne les rendait-il pas tous les deux extrêmement malheureux?

Il savait que dans toute liaison sexuelle, arrivait un moment où la relation devait basculer vers quelque chose de plus sérieux. Si cette transformation n'avait pas lieu, les jours et les mois suivants n'apporteraient que rancœur et récriminations. Nash ne voulait rien de plus profond avec Lisette, et la rancœur était déjà présente entre eux. Oui, le temps était venu de se séparer.

Il roula sur le côté et replia un bras sur ses yeux pour se protéger de la faible lumière projetée par la lampe. Lisette n'éteignit pas la mèche comme elle le faisait d'habitude. Elle se redressa et s'assit dans le lit, faisant légèrement plier le matelas sous son poids. Pendant un long moment, il n'entendit que le bruit de sa respiration.

— Tu as joué, ce soir ? finit-elle par demander. Tu as... beaucoup perdu ?

— Non. Je suis resté chez moi.

Cela faisait plusieurs jours qu'il ne s'était pas assis à une table de jeu. Il n'était pas allé chez White, ni dans aucun des bouges qu'il fréquentait. Des lieux où se rencontraient des requins de la pire espèce. Ces derniers temps, il ne s'était senti aucun goût pour ce genre d'activité.

— J'ai toujours su en faisant l'amour avec toi si tu avais gagné ou perdu aux cartes, dit-elle d'une voix dure. Ce soir, tu m'as prise comme si tu avais perdu.

— Lisette, pour l'amour du Ciel, marmonna-t-il. Pas de scène.

— Est-ce que je me trompe, Nash, si je pense que tu n'as plus envie de moi ?

Il se leva et alla à la fenêtre qui surplombait Henrietta Street. Les mains posées sur le châssis, il contempla la nuit. Les cloches de St. Paul se mirent à sonner, assourdies comme si elles avaient été enveloppées dans du coton. Un brouillard dense et glacé recouvrait Covent Garden, et les réverbères ne répandaient qu'une faible lueur jaunâtre.

— Nash, j'ai réfléchi, reprit Lisette. Nous... nous pourrions prendre une autre fille ? Juste quelque temps. Hélène Manders a des seins énormes... et pas le moindre scrupule quand elle est dans un lit.

Nash avait relevé la vitre et absorbait l'air froid et âcre, avec l'espoir de s'éclaircir les idées.

— Non, je ne crois pas, Lisette.

— Alors, un autre homme, si tu préfères, suggéra-t-elle. Tu n'aimerais pas ça ? Je pourrais être très vilaine, et après... vous voudriez me punir. Que penses-tu de Tony ? Il est bel homme.

Nash se détourna de la fenêtre, écœuré.

— Seigneur, ne mêle pas Tony à cela, dit-il sèchement. Il a une femme, je te le rappelle.

Lisette leva les yeux au ciel.

— Oh, Nash, ce que tu es conventionnel ! Je me moque éperdument de sa femme... et je peux te dire qu'il s'en moque aussi. Du moins, à en croire tout ce que j'entends à son sujet.

— Quoi ? Qu'as-tu entendu ?

Lisette sourit et susurra :

— Reviens te coucher, Nash, et laisse-moi te faire l'amour. À ma façon, cette fois. Et ensuite, je répondrai peut-être à ta question.

Nash se passa la main dans les cheveux.

— Non, je... je dois partir, Lisette.

— Nash ! Il est trois heures du matin !

— Je dois partir, marmonna-t-il, saisissant sa chemise.

Lisette crispa les poings sur la courtepointe.

— Bon sang, Nash ! Je suis lasse de cette relation terne et sans passion !

— Désolé, soupira-t-il. Tu as parfaitement raison.

— Nash, j'en ai assez. Et je pense que toi aussi. Je te quitte pour lord Cuthert. Tu m'entends ?

Nash hocha la tête, tout en enfilant son pantalon.

— Pour Cuthert, oui.

— Je serai partie demain, ajouta-t-elle d'une voix sifflante. Si tu ne dis rien pour me faire changer d'avis, je partirai.

Nash mit son veston et posa sur elle un regard vide.

— C'est un type bien, Cuthert. Je ne veux pas que tu sois malheureuse, Lisette. Je veux juste... que tu sortes de ma vie.

De toute évidence, la franchise n'était pas la meilleure des tactiques. Le visage de Lisette se crispa dans une expression de rage.

— Oh, je te hais ! hurla-t-elle en soulevant la carafe de vin.

Elle visa juste, mais à cet instant, Nash se baissa pour ramasser ses bas. Le bruit de verre brisé lui fit relever la tête. Il lança un coup d'œil par-dessus son épaule et vit les traces de madère sur la soie ivoire qui ornait les murs.

— Cette carafe n'était-elle pas assortie aux verres que tu as cassés la semaine dernière ? demanda-t-il nonchalamment.

— Si, cria-t-elle en projetant le dernier verre contre le miroir. Et regarde ! Maintenant, tout le service est assorti !

6

Un après-midi étouffant à Wapping

Xanthia avait décidé d'aller visiter les nouveaux docks de St. Katharine. C'était une courte promenade, de moins d'un kilomètre. Le progrès arrivait à Wapping avec de nouvelles grues, des bassins plus profonds, de vastes entrepôts bien éclairés. La Neville Shipping Company devait être à l'avant-garde. Suivant cette logique, elle avait investi trois mois auparavant pour faire aménager un immense entrepôt. Les négociations avaient été longues et difficiles, mais le contrat avait été signé. Aujourd'hui, la première opportunité se présentait d'aller surveiller la progression des travaux.

M. Kemble, naturellement, avait protesté. Mais pour le moment, Xanthia n'avait aucune raison d'être protégée contre quoi que ce soit, et elle le lui avait dit. Après l'avoir donc abandonné dans le bureau avec un carton plein de papiers à trier, elle descendit à la recherche de Gareth Lloyd.

Leur absence ne dura pas plus de deux heures, mais à l'instant où ils réintégrèrent les bureaux de la Neville Shipping, elle se rendit compte que tout était sens dessus dessous. La première chose qui la frappa, ce fut l'odeur aigre et crayeuse qui assaillit ses narines.

— Seigneur ! s'exclama Lloyd en se figeant sur le seuil.

Xanthia demeura bouche bée. Leurs six employés étaient regroupés peureusement dans un coin. M. Bakely se précipita vers eux en se tordant les mains.

— J'ai essayé de l'arrêter, mademoiselle Neville, bredouilla-t-il. Je lui ai dit que ça n'était pas possible ! Mais il n'a rien voulu entendre.

Xanthia pénétra plus avant dans la pièce.

— Monsieur George, dit-elle en utilisant le nom convenu entre Kemble et elle. Que signifie ce... ce désordre, je vous prie ?

À l'autre extrémité de la pièce, Kemble se retourna vivement, et son visage s'illumina. Il se fraya un chemin entre les bureaux et les classeurs.

— J'ai baptisé cette couleur « melon clair », dit-il d'un ton guilleret. La duchesse de Devonshire l'a adoptée pour son salon au printemps dernier.

Gareth Lloyd fixait avec stupeur les deux ouvriers perchés sur des échelles, qui badigeonnaient le mur d'une peinture rose orangé. Trois des bureaux étaient recouverts de toile de Hollande maculée de peinture, et les trois autres avaient été poussés sur le côté, si bien que les comptables étaient parqués derrière, comme des moutons dans un enclos. Devant les fenêtres, deux autres hommes vêtus de costumes noirs déroulaient des mètres de tissus aux couleurs vives, tout en discutant avec animation.

— C'est Philippe et son assistant, expliqua Kemble. Ils viennent de la boutique de tissus de Fenchurch. Après tout, pourquoi payer les prix de Bond Street ? Ce n'est qu'un bureau de comptables, n'est-ce pas ?

— En effet, monsieur George, ceci n'est qu'un *bureau*, répéta Xanthia froidement. Nous ne pouvons pas envisager une telle dépense.

M. Kemble se redressa de toute sa hauteur.

— Madame, tous les lieux doivent être décorés ! déclara-t-il avec fermeté. La laideur est déprimante.

Fatigante. Comment voulez-vous que ces gens travaillent, dans de telles conditions ?

À cet instant, quelqu'un cogna bruyamment à la porte, restée ouverte.

— Ohé, Georgie ! cria un homme depuis le seuil. Nous sommes là, avec le tapis vert. Que voulez-vous qu'on en fasse ?

— Cette couleur verte s'appelle « céleri d'été », monsieur Hamm ! corrigea Kemble.

Xanthia se retourna et vit deux hommes robustes qui se tenaient devant la porte, à côté d'une carriole.

— Un... un tapis ? bredouilla-t-elle.

M. Kemble lui adressa un gentil sourire et lui tapota légèrement le bras.

— Ne vous affolez pas, ma chère petite, chuchota-t-il. Max payera la facture. Et ensuite, cet endroit sera tellement plus gai. La gaieté a une telle importance dans la vie de tous les jours, vous ne croyez pas ?

— Je... je ne sais pas, murmura Xanthia, la gorge nouée.

Gareth Lloyd observait la scène d'un air ouvertement désapprobateur.

— J'aimerais savoir depuis quand les... les *secrétaires* appellent leur employeur « ma chère petite » ! grommela-t-il. Et je vais aller plus loin, monsieur George. Sachez que vous êtes sur le point de vous retrouver sans emploi... Ce que je ne comprends pas, c'est pourquoi on vous a engagé !

Lloyd disparut dans l'escalier, furieux. Il s'était opposé dès le début à la présence de Kemble.

Celui-ci se contenta de sourire tranquillement, en tapotant de nouveau le bras de la jeune femme.

— Mon Dieu, votre M. Lloyd est-il toujours aussi grincheux ? Oh, ça ne fait rien ! Je suis sûr qu'il se calmera. Surtout quand il aura vu la soie moirée couleur lavande que j'ai l'intention de faire tendre sur les murs, en haut.

On cogna de nouveau à la porte.

— Quoi, encore ? s'exclama Xanthia en se retournant.

Elle éprouva un choc en découvrant le marquis de Nash sur le pas de la porte. Derrière lui, M. Hamm et son compagnon peinaient pour descendre le tapis de la carriole. Kemble disparut dans les profondeurs de la pièce. Xanthia se sentit un peu incertaine.

— Lord Nash, parvint-elle à dire. Qu'est-ce qui nous vaut votre visite ?

Nash tenait son chapeau à la main.

— J'étais de passage dans le quartier. J'ai eu envie de voir à quoi ressemblait votre « affreux petit bureau ». Puis-je entrer ?

— Vous pouvez, soupira-t-elle. Puisque tous les autres entrent sans même me demander mon avis.

Kemble, bien que se tenant à distance, était sur ses gardes. En apparence, il arrangeait les toiles de Hollande pour les peintres, mais Xanthia était consciente qu'il surveillait Nash du coin de l'œil, frémissant comme un chien de chasse à l'arrêt.

Nash fit le tour de la pièce du regard.

— Vous refaites la décoration, à ce que je vois.

— Refaire n'est pas le mot exact, lança Kemble. Cet endroit a toujours été un vrai cauchemar. Des murs couleur moutarde, des fenêtres tachées, des sols huileux... c'est terriblement déprimant.

Xanthia adressa un petit sourire à Nash.

— Certains de nos employés ont une opinion bien tranchée, commenta-t-elle.

— Mademoiselle Neville, voulez-vous que je monte le thé maintenant ?

Kemble était à genoux, arrangeant avec précaution le tissu autour des pieds d'un des bureaux.

— Et soyez assez gentille pour dire à M. Lloyd que j'ai besoin de son avis au sujet des motifs roses pour les rideaux, et qu'il serait très aimable de redescendre.

Déroutée, Xanthia battit des paupières.

— Monsieur George, je ne crois pas que...

Puis elle comprit brusquement. Kemble voulait qu'elle emmène Nash au premier. Seul. En aucun cas, ils ne pouvaient discuter devant le personnel. Nash, quant à lui, s'était éloigné pour examiner des gravures de Hogarth, qui avaient été accrochées à la va-vite près de la porte.

Kemble prit un livre de comptes, sur le bureau de M. Bakely.

— Mademoiselle Neville, s'il vous plaît, emportez cela dans votre bureau.

Bakely ouvrit la bouche pour protester, mais Kemble lui marcha discrètement sur le pied. Xanthia traversa la pièce et lui prit le livre des mains.

— Merci, dit-elle. Nous serons enchantés d'avoir du thé.

— Tout de suite.

— Oh, et... monsieur George ?

— Oui, mademoiselle Neville ?

— Il faudra faire disparaître ce melon clair, dit-elle. Je suis désolée, je ne le supporte pas. Et je ne veux pas de tapis. Sur ce point, je serai inflexible. Nous avons trop de bottes boueuses qui vont et viennent ici.

Les yeux de Kemble lancèrent des éclairs.

— Et les tentures ?

— Vous déciderez de cela avec Lloyd. Mais pas de fioritures. Nous nous comprenons ?

— Absolument pas, répliqua-t-il, visiblement froissé. Mais le choix vous appartient.

Exaspérée, Xanthia retourna à la porte, où se trouvait son visiteur inattendu.

— Voulez-vous monter dans mon bureau, lord Nash ? La vue sur St. Savior Docks est à couper le souffle.

— Et Dieu sait que rien ne m'enchante autant que la vue d'un quai pittoresque, se moqua Nash. « Macduff, tu peux me guider. »

— « Tu peux frapper », rectifia machinalement Xanthia en s'engageant dans l'escalier.

— Je vous demande pardon ?

— La phrase exacte est « Macduff, tu peux frapper ». Vous n'avez donc pas appris correctement votre Shakespeare, à Eton ?

— Je crains de ne l'avoir jamais appris du tout, répondit Nash à voix basse.
— Pardon ?
— Quand les autres garçons de mon âge étaient à Eton, j'en étais encore à apprendre l'anglais. J'aurais eu du mal à m'adapter à leurs leçons.

Quelque chose dans le ton de sa voix troubla Xanthia.

— Pardonnez-moi, dit-elle. Je... je voulais seulement vous taquiner, ce n'était pas une insulte.
— Je ne me sens pas insulté. Je fais des efforts pour avoir l'air d'un vrai aristocrate britannique, mademoiselle Neville, mais ce n'est qu'une ruse, voyez-vous. Dans le fond, je ne suis qu'une fripouille de continental.
— Une fripouille de continental ? répéta-t-elle en souriant. Très intéressant.

Il se mit à rire et passa devant elle pour lui ouvrir la porte.

— Oh non, pas celle-ci. La suivante, je vous prie, dit-elle. Cette porte donne dans un débarras qui contient pas mal de désordre. Je mourrais de honte, si vous le voyiez.

Lord Nash ouvrit la porte voisine. Gareth Lloyd se leva aussitôt, derrière son bureau. Xanthia fit rapidement les présentations, puis demanda à Lloyd de descendre s'occuper des tentures avec Kemble. Il y eut un échange de paroles assez vif, à l'issue duquel Lloyd consentit à descendre, non sans exprimer sa mauvaise humeur.

Soudain, Xanthia se retrouva seule avec Nash. Elle se sentit troublée en repensant à son comportement plutôt risqué, près du fleuve. Que devait-il penser d'elle ?

Nash arpenta la pièce encombrée qui contenait maintenant trois bureaux, des cartons, une longue table de travail, et une carte qui couvrait un pan de mur. Il y avait aussi deux fauteuils et une petite table, disposés près de l'âtre vide.

— Voulez-vous vous asseoir ? proposa-t-elle poliment.

— Pas tant que je n'ai pas admiré la vue, répondit-il, tenant toujours son chapeau à la main.

Xanthia prit celui-ci et le posa sur son bureau.

— J'espère que vous pardonnerez à mon personnel, monsieur. Ils ne connaissent pas les convenances.

Puis elle lui montra la fenêtre.

— Regardez. Voici Rotherhithe Wall, et l'entrée de St. Savior. Et voyez-vous Mill Stairs, juste ici ? Et les quais où est entreposé le bois ? Oh, et ce bâtiment... je crois que c'était une tonnellerie. Avant que le toit ne s'effondre et que les rats ne s'y installent.

— Seigneur.

— Et naturellement, derrière tout cela se trouve la Tamise, qui transporte des tonnes de boue et Dieu sait quoi encore. Spectaculaire, n'est-ce pas ?

Nash se pencha vers elle. Si près qu'elle sentit la chaleur de son corps. Son pouls se mit à battre la chamade.

— Absolument idyllique, déclara-t-il. Je suis émerveillé que vous parveniez à travailler malgré tout.

Elle rit et voulut se détourner de la fenêtre. Mais Nash ne bougea pas d'un pouce.

— Et je me demande aussi... murmura-t-il en la dévorant des yeux. Oui, je me demande ce qui m'a poussé à venir ici.

L'espace d'un instant, Xanthia eut le souffle coupé.

— Peut-être avez-vous une marchandise à expédier ? dit-elle avec un petit rire qui sonnait faux. Vous pouvez bien sûr vous adresser à la Neville. Nous sommes les meilleurs dans ce domaine.

Le bref moment d'intimité fut brisé. Nash se mit à rire et s'écarta pour la laisser passer.

— Je m'en souviendrai, ma chère, la prochaine fois que j'aurai besoin d'envoyer quelque chose à... Oh, où se rendent vos navires, au fait ?

— En enfer, lord Nash, si cela peut nous rapporter.

Elle lui désigna l'un des fauteuils près de la cheminée.

— Mais quelle que soit la raison de votre visite, vous pouvez prendre une tasse de thé, n'est-ce pas ?

Au moment où elle prononçait ces mots, un des employés toqua à la porte, puis entra avec un plateau chargé d'un vieux service à thé en étain.

— Ce M. George est dans tous ses états parce que nous n'avons pas de gâteaux, madame. Il m'a ordonné d'aller en chercher à la boulangerie.

Xanthia le congédia, après l'avoir dispensé d'aller acheter des gâteaux. Puis elle servit le thé, et Nash et elle échangèrent quelques remarques anodines sur le temps.

C'était étrange de parler de choses aussi banales, après ce qui s'était passé entre eux. Xanthia savait qu'elle aurait dû se concentrer sur ce que lui avait demandé Vendenheim, mais elle était bouleversée de voir Nash ici, dans son bureau.

Cet homme sortait tout droit d'un catalogue de fantasmes féminins. Il évoquait l'amour, les soupirs, les draps froissés. Et pas du tout le genre de personne qui apparaissait à l'improviste pour le thé, au beau milieu d'une journée de travail. Mais pourtant il était là, et se comportait courtoisement... bien qu'avec ses cheveux longs et sombres et ses yeux d'obsidienne, son allure gardât quelque chose d'indomptable. Elle laissa son regard glisser sur son habit brun, son pantalon étroit et ses hautes bottes de cuir, qui mettaient en valeur sa stature. Sa veste de cavalier, parfaitement ajustée sur ses épaules puissantes, avait une coupe élégante.

— Vous êtes venu à cheval, il me semble ?

— Oui, j'avais envie de prendre l'air.

— À Wapping ? s'exclama-t-elle en riant. Oh... peu importe. Parlez-moi de vos origines, monsieur le marquis. L'anglais n'est donc pas votre langue maternelle ?

Il eut un petit sourire de dérision.

— Ce n'était certainement pas la langue de ma mère. Elle méprisait l'Angleterre et tout ce qui s'y rapportait, je crois.

— Ah. Et d'où venait-elle ?
— Elle était née au Monténégro. Connaissez-vous ce pays ?
— Oh, oui, fit Xanthia en hochant la tête. C'est un pays d'une beauté à couper le souffle, du moins c'est ce que j'ai entendu dire. Je comprends qu'on puisse le regretter.
— Vous ne pouvez imaginer sa beauté, mademoiselle Neville. Le bleu vif de l'Adriatique se détachant contre les montagnes sombres et boisées. Enfant, je pensais que c'était un lieu magique.
— Vous avez grandi là-bas ?
Le marquis haussa les épaules.
— Mère avait un tempérament vagabond. Elle avait des origines russes, et n'évoluait que dans les cercles les plus élevés de la société. Nous voyagions sans cesse. Vienne. Prague. Saint-Pétersbourg. Mais notre port d'attache, c'était le Monténégro.
Xanthia fit mine de réfléchir.
— Et le Monténégro est au nord de... de l'Albanie, n'est-ce pas ? Et de la Grèce ?
— Je suppose que dans votre domaine, il faut avoir de bonnes notions de géographie, fit-il remarquer en souriant.
— En effet. Et aussi des connaissances en politique. Par exemple, nos bateaux ne peuvent pas toujours être remis en état à Athènes. Les troubles politiques posent de terribles problèmes du point de vue commercial.
— Je peux vous assurer, ma chère, que ceux à qui les troubles posent les pires problèmes, ce sont les Grecs eux-mêmes, dit-il doucement. Mais ils finiront par l'emporter.
— Est-ce votre souhait ? s'enquit-elle avec légèreté.
Nash se raidit.
— Je n'ai aucune sympathie pour les Turcs, avoua-t-il. Ma famille les combat depuis des siècles. Oui, par Dieu, j'espère que les Grecs vaincront !

Apparemment, Xanthia avait touché un point sensible. Il n'aurait pas été sage de poursuivre sur le sujet.

— Votre pays de naissance vous manque-t-il beaucoup ?

Elle souleva la théière, et Nash hocha la tête.

— Au début, il me manquait désespérément, répondit-il tandis qu'elle remplissait sa tasse. Mais la guerre faisait rage, et mon père avait hérité d'un titre anglais. Il avait des responsabilités ici.

— Votre famille n'était pas censée hériter ?

— Absolument pas. Depuis notre enfance, on nous avait répété, à mon frère et à moi, que nous servirions le tsar. Cela aurait dû être notre destinée, voyez-vous. Mais alors, le frère et le neveu de mon père périrent dans un naufrage.

Il fit un large geste de la main et ajouta :

— Le destin a changé d'avis, je suppose. Il nous a envoyés à Brierwood, dans le domaine familial du Hampshire.

Xanthia tenta de se détendre. Un homme avait été assassiné dans le Hampshire, se souvint-elle.

— Cela a dû être très excitant. Qu'avez-vous éprouvé en découvrant cette propriété ?

— À l'époque, je n'étais pas l'héritier du titre.

Il marqua une pause et avala une gorgée de thé.

— Mon frère Petar était l'aîné. Malheureusement, il est mort jeune.

C'était un détail que Xanthia ignorait.

— Je suis désolée, dit-elle. Je pense que votre mère a dû détester l'Angleterre dès le premier contact ?

Nash eut un sourire sardonique.

— Ma mère n'est restée que très peu de temps dans le Hampshire. Quant à mon père... leur union avait été turbulente. Je pense qu'il n'était pas fâché de la voir partir.

— C'est une triste histoire.

Nash haussa les épaules.

— Mon père avait une nouvelle vie. Une vie de richesse, de privilèges, et de devoirs envers l'Angleterre. Mais cela ne signifiait rien pour elle. Elle disait qu'elle étouffait ici. Aussi, elle décida de partir... et elle mourut peu de temps après.

Xanthia décela une nuance de remords dans sa voix.

— C'est tragique, murmura-t-elle. Mais ce n'est la faute de personne, n'est-ce pas ?

— Non, la faute de personne, répéta-t-il.

Il posa sa tasse et demanda :

— Dites-moi, mademoiselle Neville, comment marchent vos affaires ?

Xanthia lui lança un coup d'œil. Il était clair que la discussion sur sa famille était close.

— Très bien, je vous remercie. Nous avons augmenté nos expéditions de trente-cinq pour cent, et nos profits de presque dix pour cent depuis que nous sommes installés à Londres.

— Seigneur ! Vous devez ramasser de l'argent à la pelle, et acheter d'autres navires !

— C'est une autre bonne raison d'être là, acquiesça-t-elle. On peut acheter ou louer n'importe quoi facilement et rapidement.

— Je suis étonné que vous n'ayez pas songé plus tôt à venir vous installer ici.

Xanthia dirigea son regard vers la fenêtre. Elle essaya de se concentrer non sur la voix profonde et envoûtante de Nash, mais sur la tâche que Vendenheim lui avait assignée. Il fallait qu'elle sache si Nash était coupable.

— Londres présente aussi des inconvénients, finit-elle par dire. Là où se trouvent les opportunités, le danger n'est jamais loin.

— Le danger ? De quelle sorte ?

Elle eut un sourire crispé.

— Par exemple, les douaniers, qui rôdent partout. Ils sont intransigeants et appliquent les lois à la lettre.

— Mademoiselle Neville, vous me choquez, dit-il avec un regard sombre.

— Oh, je vous en prie, Nash. Vous n'avez donc jamais bu de cognac de contrebande ?

— Seigneur, non ! Je ne bois pas de cognac du tout.

Elle le considéra, décontenancée.

— Et que buvez-vous donc ?

— Un verre de vin, à l'occasion, répondit-il après une légère hésitation. Et de l'*okhotnichya*.

— Qu'est-ce que c'est ?

— Un alcool à base de seigle.

Xanthia fronça le nez.

— Du seigle ? Comment les Russes appellent-ils cela, déjà ? De la vodka ?

— Oui, une vodka très forte, dit-il en penchant la tête de côté. Vous connaissez ?

Elle se mit à rire.

— Lord Nash, si cela peut se mettre en bouteilles ou en tonneaux, j'en ai forcément entendu parler... et j'en ai transporté. Je sais aussi que ce n'est pas une boisson pour les gens fragiles du cœur.

Le rire de lord Nash était grave, et un peu narquois.

— Par une curieuse ironie, mademoiselle Neville, le mot *vodka* signifie littéralement « petite eau ».

— Et pourquoi l'*okhotnichya* est-elle différente de la vodka ?

— Parce que l'alcool est parfumé avec des ingrédients à l'arôme très fort, expliqua-t-il. Comme des clous de girofle, des zests d'agrumes, et même de l'anis.

— De l'anis ? releva-t-elle. Comme dans l'absinthe ?

Lord Nash lui lança un coup d'œil surpris.

— Ah, le vice des Français. J'espère que vous n'en prenez pas, mademoiselle Neville ? C'est dangereux.

— Je n'en ai même jamais vu, admit-elle. Mais je suppose que vous, si.

— Une fois ou deux, pendant ma folle jeunesse, avoua-t-il avec un vague sourire. Mais, prise en excès, l'absinthe est un poison violent, qui provoque des convulsions. Or, je suis le genre d'homme qui aime l'excès. Mais quitte à avoir des convulsions, je préfère qu'elles soient d'une nature plus agréable.

Elle détourna les yeux. S'il avait eu l'intention de la troubler, c'était réussi. Bonté divine ! Il n'était que trop facile d'imaginer à quelle sorte de vice lord Nash aimait s'adonner avec excès… et avec talent, sans aucun doute. Sans trop savoir comment, Xanthia parvint à reporter son regard sur lui et à esquisser un sourire malicieux.

— Et dois-je supposer, monsieur le marquis, que votre vodka porte toujours le cachet de la douane ? Et que dire de vos cigares ? D'où viennent-ils ? De Virginie ? De Caroline du Nord ? Votre marchand de tabac paye-t-il toujours ses taxes ?

Nash sembla légèrement peiné.

— En fait, j'achète ma vodka à un gars de mauvaise réputation, à Whitechapel, et je me fais envoyer mes cigares de Séville, par la poste. Je suis très difficile.

— Ah ! En effet. Le tabac espagnol vient principalement de Cuba, ou du Venezuela. Je ne pense pas que le roi approuverait cela.

— Voulez-vous me faire passer pour un pécheur et un tricheur, ma chère ? En vérité, qu'est-ce qu'un peu de tabac de contrebande ? Quant à la vodka… il est impossible de s'en procurer ici, de toute façon. Mais vous avouez faire des choses bien plus dangereuses.

— Je n'ai pas dit que je les faisais, mais je sais que ces pratiques existent.

Nerveuse, Xanthia avait quitté sa chaise, pour se mettre à arpenter le bureau.

— Il n'est pas difficile, Nash, de tromper la vigilance d'un agent des douanes, ou même de charger de la marchandise de contrebande dans un port étranger. Il suffit généralement de graisser la patte à quelqu'un… mais il faut choisir cette patte avec une grande prudence. Ce n'est pas un travail d'amateur.

Nash toussota discrètement.

— Ma chère, vous m'effrayez.

Xanthia voyait bien que ce n'était pas vrai. Il avait l'air pensif, mais elle n'aurait su dire s'il éprouvait une simple curiosité ou s'il se perdait en conjectures.

Quoi qu'il en soit, elle était allée assez loin comme cela. Si Nash était vraiment l'homme que Vendenheim recherchait, un mot de plus suffirait à éveiller ses soupçons. Elle tournoya sur elle-même et rit de bon cœur.

— Pourquoi parlons-nous de ces sottises ? Je dois vous ennuyer avec mes histoires. Dites-moi, Nash, pourquoi êtes-vous venu, cet après-midi ? Sûrement pas pour discuter des agents des douanes ?

Il se leva à son tour.

— J'avais juste envie de voir tout ça, dit-il avec un large geste de la main.

— Voir quoi ? Une femme faire son travail quotidien ? Vous n'avez donc pas de domestiques que vous puissiez observer, monsieur ?

Il s'approcha d'elle, fronçant ses sourcils noirs et fournis.

— Je pense que vous êtes une chipie, mademoiselle Neville.

— Merci, répliqua-t-elle en souriant. Je croyais que vous étiez venu me dire que vous acceptiez ma proposition.

Il hésita, visiblement déconcerté.

— Je crains que ça ne soit pas le cas, ma chère.

— Eh bien ! fit-elle d'un ton vif en se dirigeant vers la grande carte murale. S'il en est ainsi, je ne vais pas la réitérer, ce serait humiliant.

— Oh, j'aimerais pourtant que vous le fassiez. Il n'y a rien de plus flatteur pour un homme que de voir une belle femme quémander ses faveurs.

Xanthia retira une épingle à tête jaune, qui représentait le *Mae Rose*, et la replanta un centimètre plus près du détroit de Gibraltar.

— Je ne quémande rien, Nash, dit-elle avec froideur. Et je ne suis pas spécialement belle…

— Non, vous n'êtes pas d'une beauté conventionnelle.

Bon sang. Elle aimait sa franchise.

— Et si vous me voulez, Nash, parvint-elle à ajouter, ce sera à vous de me faire une proposition. Je ne vais pas continuer de me lancer à la tête d'un homme qui laisse des idées conventionnelles restreindre ses désirs.

Xanthia ne s'était pas rendu compte que Nash s'était approché d'elle, et soudain elle perçut la chaleur de son corps. Son souffle souleva les cheveux sur sa nuque.

— Vous savez, dit-il, je crois que nous avons assez parlé.

Xanthia se figea. Elle sentit ses mains chaudes et solides lui entourer la taille.

— Mademoiselle Neville, murmura-t-il, vous m'intriguez beaucoup.

Puis ses lèvres brûlantes se posèrent sur sa nuque. Elle émit un soupir de pur plaisir.

Nash laissa ses lèvres courir sur sa gorge, sur ses joues. Quand il effleura le pouls qui battait follement sous son oreille, Xanthia eut l'impression de fondre. Elle laissa tomber l'épingle qu'elle tenait à la main et s'abandonna contre le torse de Nash, renversant la tête sur son épaule, comme pour mieux s'offrir à son étreinte.

Ses mains glissèrent sur elle, lui caressant la taille, le buste, remontant plus haut. Il cueillit ses seins au creux de ses paumes, et taquina les pointes déjà gonflées de désir. Ils demeuraient silencieux dans les rayons obliques de la lumière d'après-midi, comme s'ils craignaient de détruire la magie du moment. Il continua de déposer une nuée de baisers le long de son cou, jusqu'à son épaule.

Lorsqu'il lui effleura le lobe de l'oreille du bout de la langue, elle laissa échapper un soupir. Nash plaqua alors une main sur son ventre et fit glisser l'autre plus bas. Et encore plus bas... jusqu'à ce que Xanthia éprouve le besoin fou d'arracher ses vêtements pour lui faciliter la tâche. Pour sentir sa bouche chaude et passionnée au plus secret de son corps.

Apparemment, il devina ses pensées. La jeune femme frissonna quand l'air frais lui effleura les mollets. Nash remonta lentement un côté de sa jupe, rabattant ses jupons sur sa cuisse.

Elle posa les mains à plat sur la carte, pour maintenir son équilibre. Il lui mordilla la nuque, et sa main... oh, sa main... Les dentelles de son jupon et la fine batiste de son pantalon n'offraient pas une barrière infranchissable. Déjà, Nash insinuait un doigt dans la chaleur humide et soyeuse de sa chair. Avec adresse, il l'amena en quelques secondes au bord du gouffre.

Xanthia poussa de petits soupirs de plaisir. Nash fit glisser son doigt un peu plus haut, effleurant le bouton de sa féminité. Elle s'abandonna contre le mur, plaquant la joue contre le papier glacé de la carte.

— Mon Dieu, murmura-t-il en pressant contre elle son sexe dressé. Mon Dieu, je donnerais cher pour vous arracher ces vêtements et vous...

Mais il était trop tard. Les soupirs de Xanthia se transformèrent en sanglots suppliants. Tout son être était en proie à un tremblement convulsif. Elle écarta les mains sur le mur, envoyant des dizaines d'épingles rouler par terre. Puis elle sentit le monde vaciller. Les parois du bureau se mirent à tournoyer, avant d'exploser en éclairs de lumière. Une sensation enivrante la submergea.

Quand elle reprit ses esprits, encore tremblante, Nash l'avait fait pivoter entre ses bras.

— Chut, chut, murmura-t-il d'une voix apaisante, tout en l'embrassant. Doucement, mon amour.

Et tout à coup, elle prit conscience de la réalité. Le bureau. Les employés. Seigneur...

Nash choisit cet instant pour s'emparer de ses lèvres. Elle s'offrit aussitôt, sentit la chaleur de sa langue l'envahir. Il crispa de nouveau le poing sur ses jupes et la maintint contre lui, comme un homme sur le point de se noyer agrippe son seul espoir de salut. Il l'embrassa encore et encore, haletant. Puis il détacha sa bouche de la sienne, et un mélange de regret et de chagrin apparut dans son regard.

Xanthia posa le front sur son épaule.

— Je croyais que vous étiez un sybarite, murmura-t-elle. Que vous ne pensiez qu'à votre propre plaisir.

— Le plaisir de vous regarder était suffisant, répondit-il, les lèvres dans ses cheveux.

— Menteur.

Elle releva la tête et le regarda droit dans les yeux.

— Je pense que j'aimerais faire l'amour avec un sybarite. Être caressée par un homme qui ne songe qu'à son plaisir… et au mien.

— Est-ce une invitation ? s'enquit-il d'une voix sourde.

Xanthia ferma les yeux.

— Non. Je… je ne le demanderai plus, Nash. Vous savez ce que je veux.

— De toute évidence, je sais ce que vous désirez, dit-il en repoussant une mèche de cheveux derrière son oreille. Quoique ce que vous…

Quelqu'un frappa à la porte d'un coup sec.

Ils se séparèrent brusquement, tels deux conspirateurs pris sur le fait. Gareth Lloyd entra et déposa une pile de livres de comptes sur son bureau. Il n'adressa pas la parole à Nash, qui était retourné à la fenêtre pour contempler le fleuve. Avec un bref signe de tête à Xanthia, il alla examiner la carte et fronça les sourcils.

— J'ai fait appeler la voiture, Zee, dit-il sans la regarder. Sinon, tu seras en retard.

Xanthia retourna à son bureau et fit courir le doigt sur la page de son agenda.

— Oh, mon Dieu ! Mon essayage pour le bal de lady Cartselle ! Quelle heure est-il ?

— Trois heures et demie.

— Vous avez l'intention d'assister au bal masqué de lady Cartselle, la semaine prochaine ? questionna Nash.

Xanthia fourra des documents dans sa sacoche de cuir.

— Oui. Louisa se croit désespérément amoureuse du fils Cartselle. Pourquoi ? Vous y serez ?

Nash esquissa un pâle sourire.

— Je ne me rends jamais à ce genre de soirées. Mais pardonnez-moi, mademoiselle Neville. Je vous empêche de travailler.

Il pivota vers Gareth et s'inclina avec raideur.

— Monsieur Lloyd. Enchanté d'avoir fait votre connaissance.

Gareth répondit d'un grognement sourd. Il était en train de ramasser les épingles jaunes éparpillées sur le sol. Il les piqua au hasard dans la mer d'Arabie.

Nash prit son chapeau sur le bureau de Xanthia.

— Bon après-midi, ma chère, dit-il à voix basse. Et merci encore de m'avoir montré cette vue... adorable.

La porte se referma sans bruit derrière lui.

Gareth se tenait dans une posture rigide qui trahissait sa colère. Il finit par gagner son bureau.

— Allons-nous déclarer la guerre à l'Arabie ? lança Xanthia avec désinvolture.

— Bon sang, Xanthia ! s'exclama-t-il, soulevant l'un des livres pour le reposer avec violence.

Une mèche blonde retomba sur son front, masquant son regard.

— Qu'est-ce que tu es en train de faire ? Hein ?

— Je te demande pardon ? De quoi parles-tu ?

— Tu te comportes comme une traînée. Pour l'amour du Ciel, sais-tu qui est cet homme ?

Sans prendre le temps de réfléchir, Xanthia leva la main et frappa Gareth au visage.

— Oui, je sais qui il est, dit-elle d'une voix vibrante de colère. Comment oses-tu me parler sur ce ton, Gareth ?

— Tu sais pourquoi je le fais, répondit-il avec tristesse. Parce que tu devrais être *à moi*, Xanthia.

Elle se pencha par-dessus le bureau de Gareth.

— Laisse-moi réfléchir... si je t'accorde certaines faveurs, je suis « à toi ». Mais si je les accorde à un autre, je suis une traînée ? Ai-je bien compris, Gareth ?

Il détourna les yeux, et elle fut horrifiée en voyant la trace rouge que ses doigts avaient laissée sur sa joue.

— Je n'ai pas dit que tu étais une traînée, Zee. Je voulais dire que...

— Peu importe ce que tu voulais dire.

Xanthia retourna à son bureau et souleva sa sacoche bourrée à craquer de documents.

— Au fait, Gareth, j'avais des raisons de penser que lord Nash aurait sans doute besoin de nos services. Notre conversation était professionnelle. Du moins au début. Si le sujet a dévié en cours de route... eh bien, ça ne te regarde pas, n'est-ce pas ?

Il posa sur elle un regard peiné.

— Non, admit-il à voix basse. Apparemment, cela ne me regarde pas.

— Au revoir, Gareth. Je suis désolée de t'avoir giflé. Mon geste n'est pas plus excusable que tes paroles.

Sur ces mots, elle franchit la porte et descendit l'escalier. Son corps était parcouru d'un tremblement irrépressible. Au rez-de-chaussée, les peintres étaient toujours au travail. Cette fois, ils appliquaient sur les murs une peinture jaune pâle. La tête penchée sur leur bureau, les comptables alignaient consciencieusement des chiffres dans les registres. Mais M. Kemble avait disparu.

Elle sortit dans la lumière dorée de l'après-midi et grimpa dans sa voiture tout en ravalant ses larmes.

Elle était en proie à une telle confusion ! Elle ne voulait pas faire de mal à Gareth. Elle avait souhaité si souvent *l'aimer*. Devenir ce qu'il souhaitait qu'elle soit : une bonne épouse, une mère bienveillante.

Mais elle ne l'aimait pas assez pour cela, et c'était vraiment regrettable. Gareth était un homme bon. Un associé avisé. Et de son point de vue, ce qu'elle venait de faire était inacceptable. Elle considéra les différentes possibilités qui s'offraient à elle, tandis que le cocher faisait claquer son fouet et que le carrosse s'ébranlait.

Non, elle ne voulait pas faire part à Gareth des soupçons de Vendenheim au sujet de lord Nash. Il n'y avait aucune raison de noircir la réputation du marquis, alors que celui-ci n'avait peut-être rien fait de répréhensible. Et tout à coup, elle fut certaine qu'il n'était pas coupable.

Certes, Nash était attaché à son pays d'origine. Un tel sentiment n'était-il pas parfaitement honorable ? Il souhaitait que les Grecs remportent la lutte... comme la majorité des Anglais. C'était un joueur impénitent, et un libertin... un comportement qui n'avait rien d'inhabituel à Londres.

Mais était-il un traître envers son pays d'adoption ? Non. Il n'avait pas mordu à l'hameçon qu'elle lui tendait. Oh certes, elle avait piqué sa curiosité, et elle aurait mis sa main au feu que c'était à elle qu'il s'intéressait. Il avait scruté son visage. Jaugé sa personnalité. Il s'était demandé s'il devait la prendre au mot.

Mais Vendenheim ne la croirait pas. De fait, il ne pouvait se permettre de se fier uniquement à l'intime conviction de Xanthia. L'enjeu était d'importance pour le ministère de l'Intérieur. Donc, il n'y avait qu'une solution : elle devait trouver la preuve de l'innocence de lord Nash. Puisqu'elle avait envisagé d'obtenir la preuve de sa culpabilité, pourquoi l'inverse ne serait-il pas possible ?

À moins qu'elle ne soit qu'une idiote ? Qu'elle se soit laissé tourner la tête par ses caresses et les mots doux qu'il lui avait susurrés ?

Xanthia se laissa retomber contre le dossier de la banquette. Soudain, elle se sentit accablée de fatigue. Elle avait une affaire à diriger, et peu de temps pour penser à sa vie personnelle. Peu de temps aussi à consacrer aux intrigues de Vendenheim. En outre, on était mercredi. Le jour de la semaine qu'elle redoutait le plus... car ce soir Kieran et elle accompagneraient lady Louisa chez Almack's.

Maudissant les hommes en général, et Nash en particulier, et priant pour que le bâtiment d'Almack's soit anéanti par la foudre, Xanthia ferma les yeux.

7

Panique à Park Lane

— Nous avons reçu une lettre de Swann, monsieur.
Campé devant la fenêtre ouverte, Gibbons était en train de brosser vigoureusement la veste de costume que Nash avait portée le soir précédent.
— Les nouvelles sont mauvaises, je le crains.
Vêtu de sa robe de chambre et de ses pantoufles, Nash leva les yeux de son journal.
— Allons bon ! Que se passe-t-il ?
— C'est sa mère, dit Gibbons en secouant énergiquement la veste par la fenêtre.
— Je sais bien que sa mère est malade. Bon sang, mon vieux, que faites-vous à cette pauvre veste ?
Gibbons se redressa et se cogna la tête au châssis.
— Je tente désespérément de faire partir l'odeur de tabac et d'eau de toilette bon marché dont elle est imprégnée, monsieur. C'est une *puanteur*. Où donc avez-vous pu aller, hier soir ?
Nash émit un grognement de dégoût.
— Dans un tripot de Soho avec Struthers, marmonna-t-il en reportant son attention sur le journal. Et cessez d'agiter ma veste dans tous les sens, vous allez finir par effrayer un cheval et créer la panique dans Hyde Park.
— Monsieur, elle empeste.

— Emportez-la à la buanderie.
— Je ne peux pas, répliqua Gibbons. Agnès a de l'asthme, et si je descends ce veston, elle sera malade pendant une semaine.

Nash reposa son journal.

— Gibbons, depuis quand brossez-vous les vêtements dans ma chambre ? Serais-je devenu l'esclave de mes domestiques sans m'en apercevoir ?

Gibbons ramena vivement la veste à l'intérieur.

— Très bien, monsieur. Puisque vous n'avez pas pitié de cette pauvre Agnès, je vais descendre tout de suite.
— Oh, pour l'amour du Ciel ! fit Nash en l'arrêtant d'un geste. Je ne le pensais pas vraiment. C'est juste que… je ne me sens pas très bien.

Gibbons parut fort content de lui.

— Je sais, monsieur, dit-il d'un ton radouci. Nous l'avons tous remarqué.
— Oui, et je suppose que cela vous a fait abondamment parler, grommela Nash. Que disiez-vous, au sujet de cette lettre ?
— Elle est morte.
— Qui est morte ?
— La mère de Swann, répondit Gibbons avec un froncement de sourcils. Celui-ci sera donc absent une semaine de plus pour s'occuper de l'enterrement et louer le cottage. Il vous envoie ses excuses, et espère que vous n'aurez pas besoin de ses services dans l'intervalle.

Nash contempla son café d'un air renfrogné. Cela ne lui plaisait pas. Il avait très envie de savoir ce que la comtesse de Montignac tramait ces jours-ci. Et puis, il y avait les papiers qui s'accumulaient sur son bureau.

Toutefois, la mort d'une mère était une épreuve, quel que soit l'âge, et Swann aimait probablement sa mère autant que Nash avait aimé la sienne… c'est-à-dire beaucoup.

Elle avait parfois été cruelle, et toujours égoïste, mais il l'aimait malgré tout. Sa mort avait sonné pour lui le glas de l'innocence, et marqué le début de sa nouvelle vie. De sa vie d'héritier en Angleterre.

Il s'éclaircit la gorge.

— Avez-vous l'adresse de Swann sous la main, Gibbons ? demanda-t-il en gagnant le secrétaire d'acajou. Je vais lui envoyer mes condoléances, et lui dire de prendre son temps.

Il y avait cependant une petite question que Swann avait laissée en suspens, songea-t-il pendant que Gibbons allait chercher la lettre de son homme de confiance. Mais il pensait avoir obtenu la réponse qu'il cherchait, lors de sa visite à Mlle Neville mercredi dernier. Son ancien fiancé, en admettant que ce soit le terme approprié, était M. Gareth Lloyd. Nash en était certain.

— Un engagement ancien, avec un ami de la famille, avait dit Rothewell.

Combien de gens à Londres avaient connu Mlle Neville à la Barbade ? Très peu. Lloyd s'était trahi avec son regard froid et dur, ses manières abruptes. Il avait détesté Nash au premier regard, et tous ses gestes envers Xanthia avaient été imperceptiblement possessifs.

Le plus étonnant était que Xanthia supporte cela. Éprouvait-elle encore de la tendresse pour ce type ? Cette pensée fit frissonner Nash. Il se ressaisit aussitôt. Le passé de cette demoiselle ne le regardait pas... pas plus que son futur. S'il devait y avoir quelque chose entre eux, ce dont il doutait fort, ce serait passager.

Nash s'était tenu à distance de Xanthia ces derniers temps, et il s'était remis à jouer aux cartes. Il avait aussi commencé à chercher une remplaçante pour Lisette, même si, à ses yeux, personne ne pouvait se mesurer à l'étrange Mlle Neville. Toutefois, en ce qui la concernait, il ne savait pas encore ce qu'il devait faire.

Elle n'était pas mariée, ce qui n'était pas sans danger, et il avait toutes les peines du monde à percer sa personnalité. Ce qui était d'ailleurs une drôle de préoccupation ! Car il ne voulait rien d'autre que mettre Xanthia Neville dans son lit... et la personnalité d'une femme avec laquelle on voulait coucher importait peu.

Bon sang... Il n'aimait pas ces mots, associés au nom de la jeune femme. D'où diable venaient ces sentiments ? C'était bigrement agaçant. D'autant que Xanthia elle-même ne devait pas être aussi délicate. À en juger par ce qu'elle lui avait dit, ses notions de morale étaient assez ambiguës.

Non seulement elle semblait disposée à avoir des relations sexuelles sans passer par le mariage, une idée déjà choquante, mais elle semblait aussi libre dans ses affaires. Elle agissait comme un homme.

Nash reposa sa plume sur le secrétaire. De quel droit jugeait-il la moralité d'autrui ? Il s'amusait depuis toujours à ruiner ses congénères au jeu. Il ne dédaignait pas de coucher avec les femmes des autres. Au cours des années passées, il avait mené une vie de débauche. Se situait-il vraiment au-dessus de Mlle Neville ? Quelle différence y avait-il entre eux ?

Ah, du point de vue de la société, la réponse était évidente. C'était une femme qui appartenait à l'aristocratie, et elle n'était pas mariée. Elle aurait dû être modeste, douce, et non seulement vertueuse mais aussi naïve. Toutefois, lorsqu'elle serait mariée, Mlle Neville aurait la possibilité de coucher avec qui elle voulait. C'était le vilain petit secret de la haute société britannique.

Il fallait espérer que personne n'imposerait un mariage de raison à cette créature passionnée. Ce serait comme prendre au piège un oiseau exotique. Un enfer pour elle. Mais elle avait presque trente ans, et elle faisait partie des laissées-pour-compte, à présent.

Qui était Xanthia Neville ? Était-ce une femme d'affaires astucieuse, qui jouait peut-être un double jeu ? Ou bien la femme sensuelle et presque innocente qu'il avait tenue entre ses bras ? Cette dualité était troublante. Il y avait quelque chose qui lui échappait. Quelque chose qui sonnait faux... mais il finirait bien par comprendre ce que c'était.

Gibbons revint à ce moment dans la chambre, tenant à la main une feuille pliée en quatre.

— Voilà, monsieur, dit-il en la posant sur le bureau.

— Gibbons, c'est vous qui vous êtes occupé du courrier, en l'absence de Swann. Qu'est devenu le carton d'invitation pour le bal masqué de lady Cartselle ?

— Il est toujours en bas, répondit le valet en se remettant à brosser la veste. Je suppose que je dois envoyer un mot de refus ?

Nash tapota le bord du secrétaire avec la lettre.

— En fait, je pense que j'irai.

— Monsieur, je crains que cette soirée ne soit un peu terne... à votre goût.

— Mes goûts ont peut-être changé, suggéra Nash avec un sourire désabusé. À moins que je n'aie vieilli. Quoi qu'il en soit, il me faudra un déguisement... quelque chose qui ne soit pas trop ridicule.

— Très bien, monsieur, répliqua le valet avec un soupçon d'excitation dans la voix. Quelque chose en harmonie avec votre personnalité ?

— Tout à fait. Vous avez une idée ?

Gibbons avait posé le veston sur le lit et il était déjà en train de fouiller dans l'armoire.

— Vous n'avez qu'à vous en remettre à moi, monsieur. Je vais trouver exactement ce qu'il vous faut.

— Vraiment, Xanthia, vous avez un esprit très créatif.

Debout dans le salon de son épouse, Sharpe tourna à droite et à gauche, admirant son reflet dans le miroir.

Pamela, assise sur le divan, battit des mains.

— Oh, Sharpe, la flanelle rose te va à merveille !

Louisa s'agenouilla derrière son père.

— Ne bouge plus, papa. Je vais épingler la queue.

— Une queue ? répéta Sharpe en se tordant le cou pour regarder dans son dos. Oh, tu crois que c'est vraiment nécessaire ?

— Voilà, c'est fait, annonça sa fille en se relevant.

— Faites attention à vos plumes, Louisa, dit Xanthia en se penchant pour rajuster le costume de la jeune fille. Elles se sont accrochées à ma traîne.

Pamela éclata de rire.

— J'espère que vous arriverez chez lady Cartselle entiers ! dit-elle. Circé et la sirène ! Et le cochon de Circé ! Vous faites un beau trio mythologique. Quelle sirène es-tu censée représenter, Louisa ?

— Pisinoé. Celle qui joue du luth.

Xanthia lui lança un regard admiratif.

— Vous êtes superbe, avec ce costume d'oiseau, ma chère. Ces ailes, ces plumes... le fils de lord Cartselle sera obligé de vous remarquer.

— Espérons qu'il la remarquera vite, dit Sharpe d'un air penaud. Je n'ai pas fini d'entendre parler de ce costume à la Chambre.

— Mais il faut être audacieux et sûr de soi pour se déguiser en pourceau, mon chéri, déclara sa femme avec solennité. D'autre part, tu porteras un masque. Oh, comme je regrette de ne pas pouvoir venir !

Le sourire de lady Louisa s'effaça, et elle se pencha pour embrasser sa mère. Un des valets entra et annonça :

— Le carrosse vous attend, monsieur.

— Une seconde ! s'écria Pamela. N'oubliez pas les herbes magiques de Circé. Ah, et la laisse de Sharpe !

Xanthia prit la chaîne dorée, et la coupe que le cuisinier de Pamela avait remplie de feuilles de laurier et de thym. Sharpe se pencha à son tour pour embrasser sa femme.

— Merci, ma chère, marmonna-t-il. Mais je pense pouvoir aller jusqu'à Belgravia sans avoir besoin de laisse.

Ils partirent en riant et montèrent dans le carrosse. Quand ils arrivèrent à Belgrave Square, des dizaines de voitures encombraient la chaussée. Toutes sortes de personnages remontaient le tapis rouge, pour entrer chez lady Cartselle.

Louisa pressa le nez contre la vitre du carrosse.

— Regardez, une Marie-Antoinette! Et un Robespierre! Et qui est cet homme, qui distribue des pommes?

— Sir Isaac Newton, sans doute? répondit Xanthia. Venez, Louisa, je vais arranger vos ailes avant de descendre.

Nash arriva parmi les derniers chez lady Cartselle, causant un grand émoi parmi les filles de cette dame lorsqu'il pénétra dans le hall. Lady Cartselle elle-même parut abasourdie et extrêmement fière de le voir chez elle. Nash participait rarement aux divertissements de la bonne société. Sa déplorable réputation n'avait que peu d'importance. Un marquis célibataire et fortuné faisait forcément partie des invités très recherchés.

Dans la salle de bal, l'orchestre jouait une valse. Nash ajusta son masque et avança dans la foule. Une poignée d'invités s'étaient éparpillés dans l'escalier et dans l'étroite galerie qui dominait la salle. Un point stratégique, d'où l'on pouvait observer sans être vu. Nash n'avait pas l'intention de révéler son identité. Surtout avec l'accoutrement que Gibbons lui avait imposé ce soir. En harmonie avec sa personnalité? Tu parles! Il se sentait si ridicule qu'il n'oserait jamais aborder Mlle Neville, en admettant qu'il la reconnaisse sous son déguisement.

Il n'avait pas remarqué la Marie-Antoinette qui était entrée juste derrière lui et qui n'avait cessé de le suivre. Nash finit par sentir son parfum, fort et désagréable. Elle lui agrippa le bras au pied de l'escalier.

— Alors, quand on parle du démon! s'exclama-t-elle avec un fort accent français. *Bonsoir*, monsieur Satan. Vous êtes splendide, avec votre cape de soie noire. Et ces cornes!

Malgré la poudre, les mouches et la perruque blanche, la comtesse de Montignac était facilement reconnaissable.

— Bonsoir, madame, dit Nash avec raideur.

Elle ne lui lâcha pas le bras, et il s'aperçut que sa main tremblait légèrement.

— Venez, monsieur. Dansez avec moi, *s'il vous plaît*.

— Non, merci, répliqua-t-il, glacial.

La comtesse sourit, mais son regard était sournois.

— Ah, monsieur, vous ne devriez pas refuser. J'ai quelque chose à vous montrer. Il vaudrait mieux en discuter sur la piste de danse.

Nash ne voulait surtout pas provoquer de scène, et il finit par céder, attirant la jeune femme entre ses bras.

— Très bien. Combien cela va-t-il me coûter ?

— Nous pourrons négocier de façon à en tirer chacun un bénéfice. Mon seul souhait est de vous aider, Nash. Dites-moi, verrons-nous votre frère, ce soir ?

— Je n'en ai aucune idée, répondit-il en l'entraînant parmi la foule des danseurs. Les allées et venues de mon frère ne me concernent pas.

— Oh, voyons, Nash ! s'exclama-t-elle en riant. Nous savons tous les deux que ce n'est pas vrai !

Ils virevoltèrent, sans se lâcher des yeux. Sa peau était pâle comme du parchemin, son cou aussi fin que celui d'un cygne. Oui, la comtesse avait été d'une beauté éthérée, mais elle était désormais plus frêle que belle.

Elle se lécha les lèvres, d'un air lascif.

— Je veux vous voir, Nash, dit-elle d'une voix sensuelle. Et pas seulement pour… affaires.

— Je crains que ce ne soit pas possible.

La comtesse se pressa contre lui et approcha les lèvres de son oreille.

— J'ai invité un groupe d'amis, *mon cher*… des amis intimes, chuchota-t-elle. Et Pierre m'a rapporté une délicieuse absinthe de Paris… c'est sa façon à lui de se faire pardonner ses péchés. Mes amis ont certaines... prédilections. Donc, apportez votre masque, monsieur Satan. Je pense que vous comprenez ce que je veux dire ?

Il la regarda avec un dégoût à peine voilé.

— Et en échange de ma... performance, que ferez-vous ? Vous me récompenserez avec vos trésors ?

— *Oui,* je me laisserai certainement persuader. Est-il vrai, Nash, que vous vous êtes lassé de la jolie Lisette ?

— Certainement pas. Mlle Lyle s'est elle-même lassée de moi.

La comtesse rit si fort que les regards se tournèrent vers elle.

— Oh, il n'y a pas un homme sur cent, ici, qui admettrait une chose pareille, commenta-t-elle. Même si c'était vrai. Or, je ne vous crois pas.

— Madame, vous connaissez si peu la vérité que vous ne la reconnaîtriez même pas si elle vous mordait les fesses.

La comtesse se figea.

— Je vous demande pardon ?

Il s'arrêta et lui lâcha la main.

— Non, c'est moi qui vous demande pardon, dit-il avec raideur. Je n'ai plus envie de danser avec vous, madame la comtesse de Montignac. Quel que soit le prix que je devrai payer.

Sur ces mots, il s'inclina.

— Bonsoir, madame.

— Nash ! lança-t-elle à mi-voix. Nash, vous le regretterez. Je le jure devant Dieu.

Elle lui ferait certainement payer ce qu'il venait de faire, songea-t-il en s'éloignant. Mais il s'en moquait. Les danseurs autour d'eux les dévisageaient avec insistance. Son désir de passer inaperçu était réduit à néant. Seigneur... il avait envie d'étrangler cette femme.

Il gravit les escaliers de la galerie, s'empressant de mettre le plus possible de distance entre eux. C'est alors qu'il la remarqua... Non, ce n'était pas Xanthia

Neville. Le petit bout de femme qui attira son attention ressemblait étrangement à la fille de Sharpe. Pourtant il n'avait vu celle-ci qu'une fois. Quoi qu'il en soit, la jeune fille était toute vêtue de blanc. Elle ne portait pas de masque, mais son visage était peint en blanc. Elle tenait à la main un luth doré et était parée d'un superbe plumage chamarré.

Mais la femme qui se tenait à côté d'elle... Ah, il était moins certain de la reconnaître. Elle était grande, et sa minceur était accentuée par sa robe drapée à l'antique. Un corsage blanc dévoilait largement sa gorge, et elle portait par-dessus une robe pourpre, dont elle tenait la traîne entre ses doigts. La robe était serrée à la taille par une large ceinture, qui remontait en pointe entre ses seins, mettant merveilleusement leur rondeur en valeur. Ses cheveux sombres, ornés de rubans dorés, retombaient sur ses reins en une lourde cascade. Elle tenait dans une main une coupe d'or, et dans l'autre une longue chaîne reliée à... à un cochon rose.

Oui, un homme déguisé en cochon.

Juste à ce moment-là, quelqu'un passa à côté de lui.

— Un groupe impressionnant, n'est-ce pas ? lui glissa Napoléon Bonaparte. Le type a un sacré cran !

— Oui, mais cette femme... qui diable est-elle ?

— Quelqu'un m'a dit qu'il s'agissait de la magicienne Circé, expliqua Napoléon. Et parbleu, elle peut bien me jeter un sort, si elle veut. La jeune fille sur sa gauche est une sirène, et le cochon un des marins de *L'Odyssée*. Circé les a changés en pourceaux, n'est-ce pas ?

— C'est ce que raconte la légende, admit Nash.

Il descendit l'escalier derrière Napoléon et plongea dans la foule. Lorsqu'il eut atteint l'entrée de la salle de bal, le cochon, l'oiseau et la femme avaient disparu. C'était peut-être aussi bien, se dit-il.

Cependant, c'était Xanthia qu'il avait vue, il en avait à présent la certitude. Nash décida de retourner sur la galerie pour observer la salle. Il était tard. Si elle n'apparaissait pas dans l'heure suivante, il se débarrasserait de son costume et de ses accessoires, et irait chez White retrouver Tony.

L'orchestre entama une danse campagnarde très entraînante, et les accents joyeux des violons se répandirent dans la galerie. Au-dessous, les danseurs tourbillonnaient en tapant dans leurs mains. Nash déambula le long de la balustrade, prêtant une oreille distraite aux conversations des invités. Il gardait ses distances, demeurait en retrait. Parfois, il se disait que c'était une chose qu'il avait en commun avec Xanthia Neville, et probablement ce qui expliquait l'attirance qu'il éprouvait pour elle. Ils étaient, d'une certaine façon, des étrangers.

La jeune femme le hantait. Ses yeux d'un bleu profond le poursuivaient dans ses rêves, et même lorsqu'il était bien éveillé. Si seulement elle n'avait pas eu l'air si... sensée. Si stable, si sérieuse. C'était une femme en qui un homme pouvait avoir confiance... et Nash n'en avait pas connu beaucoup dans sa vie.

Deux pirates passèrent près de lui en riant bruyamment. Tiré de sa rêverie, il inspecta de nouveau la salle de bal, et ne vit pas trace de la Circé. Mais du coin de l'œil, il aperçut une reine Élisabeth aux cheveux roux, vêtue de satin vert et parée de plusieurs rangs de perles.

Seigneur, c'était Jenny. Les perles étaient celles qu'il lui avait offertes en cadeau de mariage. Il se demanda un bref instant si Tony était là, puis chassa cette idée. Ils menaient tous deux des vies séparées, et cet arrangement semblait leur convenir. Nash ne l'approuvait pas, sans pouvoir très bien s'expliquer pourquoi. Il ne pouvait pourtant pas prétendre qu'il croyait aux liens sacrés du mariage... Il avait aidé trop de femmes à les briser.

Tony s'était probablement marié pour des raisons politiques. Jenny était issue d'une grande famille, et son nom avait aidé à lancer la carrière de son mari.

Mais Nash avait le sentiment que Tony avait passé une sorte de pacte avec le diable. Et il craignait fort qu'un autre marché diabolique soit en passe d'être conclu en ce moment même, car la comtesse de Montignac murmurait quelque chose à l'oreille de Jenny. À côté de la jeune femme au teint animé, la comtesse paraissait plus pâle que jamais. Elle avait une allure… spectrale. Et dangereuse.

Jenny et la comtesse avaient été des amies intimes. Mais, quelques semaines auparavant, Nash avait eu l'impression qu'elles s'éloignaient. Leur amitié avait-elle resurgi ? Et quand ? Il crispa les mains sur la balustrade. L'absence de Swann ne pouvait plus mal tomber. Les deux femmes se dirigèrent vers un groupe de jeunes dandys qui s'attardaient près de la fontaine à champagne.

Bon sang. Cela n'allait pas du tout. Il fallait qu'il ait une discussion avec Tony.

Aux alentours de minuit, Xanthia se retrouva seule. Lady Louisa avait rejoint une troupe de jeunes gens, dûment chaperonnés par la sœur de lady Cartselle. Sharpe, débarrassé de sa laisse, s'était enfui dans la salle de billard.

Xanthia fit le tour de la salle. Elle ne connaissait presque personne, et n'avait pas envie de faire de nouvelles connaissances. Au bout du troisième tour, elle décida de s'aventurer sur la terrasse. Ramassant la traîne de sa robe, elle se faufila par la porte-fenêtre la plus proche, troublée au souvenir de ce qui s'était passé la dernière fois qu'elle en avait fait autant.

Il lui semblait qu'une éternité s'était écoulée depuis, songea-t-elle alors que la brise nocturne soulevait ses cheveux. Son comportement avec lord Nash ce soir-là avait été d'une grande stupidité. Mais elle n'était pas certaine d'avoir des regrets. Elle avait rencontré un homme qu'elle n'aurait peut-être jamais connu sans cela, un homme qui la stimulait comme rien ne l'avait jamais stimulée auparavant, pas même son travail. Et elle avait aussi appris plusieurs choses sur elle-même, et sur le désir.

Il faisait frais à l'extérieur, mais cela lui était égal. Elle s'adossa à l'une des colonnes massives de la terrasse, et pensa à la façon dont Nash l'avait embrassée ce soir-là... et aussi à la façon dont il l'avait caressée, l'autre jour. Au souvenir de ce qu'ils avaient fait dans son bureau, une chaleur envahit son cou et ses joues. Un frisson sensuel se répandit dans son dos. Non, elle n'avait pas honte. Si seulement il était...

Un bruit derrière elle la fit tressaillir.

— Vous êtes Circé, je crois ? lança une voix grave.

Xanthia tourna sur elle-même, pressant une main sur ses lèvres. L'espace d'un instant, elle crut que son cœur allait cesser de battre. Était-ce... ? Non. Ce n'était pas lui.

— Je connais peu de femmes aussi grandes que vous, mademoiselle Neville, dit le vicomte Vendenheim, dont le visage disparaissait sous son capuchon de moine. Et encore moins qui aient votre élégance.

— Bonsoir, monsieur, murmura-t-elle. Je vois que vous avez intégré l'ordre des Franciscains.

— Non, madame, celui des Jésuites, corrigea-t-il. Leur philosophie me convient mieux.

Xanthia eut un sourire entendu.

— Oui, je vous crois volontiers. Que puis-je faire pour vous, monsieur ?

Vendenheim se pencha, et leurs épaules s'effleurèrent.

— Ne vous mettez pas en danger, dit-il d'une voix à peine audible. D'après ce que M. Kemble m'a rapporté, je crains que vous ne montriez trop de zèle à accomplir votre mission.

Elle secoua la tête.

— Non, je vous assure...

— Voyez-vous ce gentleman en costume de bouffon, juste derrière la porte-fenêtre ? l'interrompit-il.

Xanthia acquiesça d'un signe de tête. Impossible de ne pas remarquer son immense chapeau orné de grelots et ses bas verts.

— C'est M. Kemble, révéla le vicomte. Lord Sharpe est dans la salle de billard. Ne vous éloignez pas de nous, mademoiselle Neville, je vous en supplie.

— Alors... vous avez vu lord Nash ? demanda-t-elle, le souffle court.

Vendenheim secoua négativement la tête.

— Non, et il me paraît peu probable qu'il se montre dans ce genre de soirée. Mais son frère, M. Hayden-Worth, est là... et cela me met inexplicablement mal à l'aise.

— Son frère ? répéta Xanthia, interdite. Oh, oui ! J'avais oublié. Le membre du Parlement que vous voudriez éviter de contrarier.

Malgré l'ombre projetée par le capuchon, elle vit l'expression morose du vicomte.

— Cet espoir semble s'éloigner de jour en jour. Il y a du nouveau. Nos cryptographes ont réussi à percer en partie le code. Mais je ne peux parler plus clairement ici.

Il se pencha vivement sur la main de la jeune femme, qu'il fit mine d'embrasser.

— Bonsoir, mademoiselle Neville. Je vous rendrai visite à Berkeley Square dès que je le pourrai.

Xanthia le regarda partir avec un brin d'inquiétude. Manifestement, ses soupçons avaient été ravivés, et le vicomte était un homme déterminé. Il ne serait pas facile de le convaincre que son hypothèse était fausse. Xanthia devrait lui fournir des preuves. Mais pour cela, il fallait qu'elle en ait au moins une ! Ce qui voulait dire qu'elle devrait s'introduire chez Nash.

L'affaire devenait urgente. Vendenheim bouillait d'impatience, et il n'attendrait pas très longtemps avant de porter un premier coup. Il fallait donc qu'elle trouve un moyen de se rapprocher du marquis de Nash.

Ce fut finalement dans le vestiaire des hommes que Tony fut démasqué. Apercevant un homme en costume élisabéthain dont la silhouette lui paraissait familière, Nash le suivit. Quand il le vit, Tony tressaillit violemment.

— Seigneur! s'exclama-t-il en regardant le costume de Nash. Que diable...

Son frère eut un sourire désabusé.

— Oui, c'est bien moi. Le prince des Ténèbres...

— Tu surgis là où on t'attend le moins, mon vieux! dit Tony. Difficile de ne pas te voir, avec ce gilet de damas rouge et cette longue cape noire.

— Oui, mon valet est un sadique, déclara Nash en examinant le costume de son frère. Des bas blancs? Heureusement pour toi, tu n'as pas les genoux cagneux. Qui diable es-tu censé être?

— Le comte de Leicester. C'était l'amant de la reine Élisabeth.

— Oui, je sais. J'ai un peu appris l'histoire de votre pays.

— Jenny a insisté, car elle est habillée en Élisabeth. Avec les cheveux roux, et tout le reste.

— Oui, je l'ai aperçue.

Tony ne parut pas déceler la note d'inquiétude qui perçait dans la voix de son frère.

— Au fait, Nash, j'espère que tu n'as pas oublié la réception d'anniversaire de maman? demanda-t-il alors qu'ils retournaient vers la salle de bal.

Nash marqua une hésitation.

— Nash! Au moins une petite visite! gronda son frère. Phaedra et Phoebe seront aux anges si tu viens!

Nash sentit sa conscience le tirailler. Il était le tuteur de ses demi-sœurs, et il aurait dû leur rendre visite plus souvent.

— Quel jour comptes-tu y aller?

— Jeudi prochain, je pense. Les invités arriveront samedi pour le dîner, et certains resteront un jour ou deux. Nous organiserons une soirée dansante, une partie de cricket dans la journée, et peut-être un pique-nique dans les ruines.

Nash soupira intérieurement. Ce n'était pas son programme de distractions préféré. Mais c'était l'anniversaire d'Edwina, et bien que sa belle-mère soit un peu bécasse, il l'aimait bien.

— J'essayerai de vous retrouver là-bas, dit-il en balayant la salle du regard. Dis-moi, Tony, où est Jenny ?

Une expression d'amertume voila le regard de son frère.

— Comment diable le saurais-je ?

— Tu devrais le savoir, car tu es son mari, rétorqua Nash. Qu'est-ce qui ne va pas, Tony ?

Ce dernier eut une brève hésitation, puis marmonna :

— C'est cette bande de viveurs qu'elle fréquente. La dernière fois que je les ai vus, ils étaient dans la salle de jeu, et Dieu sait combien elle va perdre aux cartes avant la fin de la soirée. Qu'attend-elle de moi, Nash ? Croit-elle que si je m'ouvre les veines, il en sortira de l'or ?

Nash fut touché par la franchise de son frère.

— Je l'ai vue avec la comtesse de Montignac tout à l'heure. Cette amitié ne me plaît pas, Tony. Tu sais mieux que quiconque à quel point cette femme peut être dangereuse.

— Tu exagères, Nash. Jenny et elle sont de simples connaissances.

Nash sentit la moutarde lui monter au nez.

— Bon sang, Tony, ne me mens pas ! Je suis ton frère. Je suis de ton côté. Tu dois interdire à Jenny de revoir cette femme.

— Lui interdire ? C'est plus facile à dire qu'à faire, Nash. D'autre part, il faut que je reste en bons termes avec son mari.

— Avec Montignac ? Tony, ne fais pas l'idiot. Tout le monde sait que ces gens sont des intrigants.

— Je suis obligé de le ménager. En plus, j'aurais du mal à expliquer à Jenny pourquoi elle doit renoncer à son amitié avec cette femme.

— Je m'étais promis de ne jamais me mêler de ta vie conjugale, Tony. Mais cette fois, je suis obligé de faire une exception. Soit tu le lui dis, soit c'est moi qui le ferai. Toi et elle devez vous tenir à bonne distance de la comtesse et de son mari... et si possible, de tout le corps diplomatique français.

Tony blêmit.

— Très bien, Nash, dit-il d'un ton crispé. Puisque tu l'exiges. Je te dois bien ça, je suppose.

— Oui, Tony, répondit le marquis en tournant les talons. Je pense que tu me dois bien ça.

Nash regagna la salle de bal alors que les danseurs se dispersaient. Il vit la jeune fille qu'il pensait être lady Louisa s'écarter à regret d'un garçon blond vêtu d'une toge romaine et d'une couronne de lauriers. Lady Cartselle les encouragea à rejoindre un groupe de jeunes gens qu'elle poussa gentiment vers le buffet.

Bien. Si Xanthia était là ce soir, elle était libérée pour quelque temps de son devoir de chaperon. Il avait plus que jamais envie de la voir. Il voulait oublier sa colère, et la stupidité de son frère. Oublier ses obligations et ses contrariétés... se perdre dans l'océan de sa beauté.

Il fendit la foule, la cherchant du regard. Arrivé au centre de la salle, il la repéra enfin. La femme vêtue de blanc et de pourpre se dirigeait vers une des portes à l'arrière de la maison. Il sut d'instinct que c'était elle. C'était sa façon de bouger, son élégance, son port de reine.

Nash prit la même direction qu'elle. Les portes à l'arrière de la salle de bal donnaient sur un corridor sombre. Il se demanda où elle allait.

Ils pénétrèrent dans le couloir l'un à la suite de l'autre. Elle se retourna, et il sortit de l'ombre.

— Vous cherchez votre Ulysse, chère Circé ?

— Ah, mais Ulysse était insensible aux charmes de Circé, n'est-ce pas ? murmura-t-elle d'une voix sensuelle. Je préférerais un homme qui se laisse envoûter par mes incantations magiques.

— Vous avez raison, madame. Avez-vous quelqu'un en vue ?

— J'avais un homme en tête, en effet. Mais hélas, il n'apprécie pas ce genre de soirée.

— Dans ce cas, il n'est pas digne de vous, belle magicienne. En son absence, vous serez peut-être tentée par un autre ?

— J'imagine que le démon pourrait pousser une femme à être très coquine, en effet, répondit Circé, un sourire au coin des lèvres. Vos cornes et votre cape noire sont très impressionnantes, lord Lucifer. Mais dites-moi… avez-vous apporté votre fourche ?

Nulle autre femme n'aurait été aussi audacieuse.

— Venez avec moi, ma belle sorcière, dit-il en lui prenant le bras. Je vous montrerai ma fourche, et vous me direz si elle est à votre goût.

Sans un mot, Xanthia lui emboîta le pas. Il se dirigea vers l'extrémité du corridor, où se trouvait un escalier aux marches étroites qui s'enfonçait dans les sous-sols. Sans la moindre hésitation, ils descendirent, les pans diaphanes et vaporeux de la robe de Xanthia flottant derrière elle.

Au bas des marches, ils se retrouvèrent dans un passage dallé de pierre, éclairé par la flamme d'une seule applique. Les logements des domestiques. Il faudrait qu'ils s'en contentent. Nash ouvrit la première porte.

Ils découvrirent un salon exigu, probablement celui de l'intendante. Une flamme vacillante révélait des fauteuils recouverts de chintz, un vieux rouet, et une petite cheminée dans laquelle aucun feu ne brûlait. Sur la table était posé un panier à ouvrage. Nash referma la porte derrière eux et cala le dossier d'une chaise sous la poignée pour la bloquer.

— Voilà, déclara-t-il, triomphant. À présent, laissons l'enchantement agir.

Circé posa sa coupe d'herbes odorantes et avança vers lui. Nash engloba d'un coup d'œil la tunique de soie blanche qui dévoilait sa gorge, et la ceinture dorée qui encerclait sa taille et soulevait ses seins. Son masque de satin pourpre était parsemé de poudre d'or. Des bracelets entouraient ses poignets, et elle portait au cou une chaîne d'or à laquelle était accrochée une améthyste qui tombait juste au-dessus des seins. Si l'ensemble était destiné à attirer le regard, l'effet était réussi.

Nash l'attira vers lui. Elle n'opposa aucune résistance, plaquant son corps contre le sien et lui offrant ses lèvres. Il l'embrassa longuement, sensuellement, jusqu'à ce qu'elle s'écarte, déjà haletante.

— Ne craignez-vous pas que les domestiques reviennent?

— Ils sont occupés ailleurs. De toute façon, la porte est bloquée, et nous sommes masqués. Nous sommes... anonymes, madame Circé.

Elle frissonna entre ses bras.

— Savez-vous qui je suis? demanda-t-il en pressant les lèvres contre son oreille.

Elle eut une brève hésitation.

— Oui.

— Ah, mais vous vous trompez peut-être, répondit-il avec un sourire malicieux. Voulez-vous quand même de moi?

Xanthia se haussa sur la pointe des pieds et posa les lèvres au creux de son cou.

— Tentez-moi, dit-elle d'un ton de défi. N'êtes-vous pas le diable en personne?

Il resserra son étreinte et reprit ses lèvres. Son masque était follement érotique, et ses paroles davantage encore. Pourtant, il avait embrassé un grand nombre de femmes et avait fait beaucoup plus, sans voir leur visage ni connaître leur nom. Car les dames de la haute société aimaient prendre leur plaisir incognito, et l'anonymat ne faisait qu'intensifier le plaisir sexuel.

Circé avait renversé la tête en arrière, exposant son cou long et mince, ses épaules et sa gorge laiteuse. Il effleura la large ceinture dorée puis souleva ses seins bombés. Comme il s'en doutait, elle était nue sous la tunique de soie. Les globes blancs et crémeux s'offrirent comme des fruits mûrs dans ses mains, leur pointe brune et délicate déjà dressée sous le tissu arachnéen de la robe.

Il baissa la tête, aspira un mamelon entre ses dents, le taquina doucement à travers le voile pourpre. Poussant un petit cri, Xanthia glissa les mains dans ses cheveux bruns. Alors il repoussa la robe sur ses épaules et plaça une main sous ses hanches pour la hisser sur la table.

Mais elle se déroba à son étreinte.

— Vous êtes trop impatient, démon. Avant tout, il vous faut prouver quelque chose.

Pendant un bref instant, il ne comprit pas ce qu'elle voulait dire. Mais elle revint se nicher contre lui, si près qu'il perçut l'odeur de son corps lorsqu'elle insinua une main sous les pans de sa cape.

— Mmm, fit-elle en frôlant son sexe tendu de désir. Très tentant.

Ses doigts habiles trouvèrent la fermeture du pantalon noir et dégrafèrent un bouton.

Seigneur, elle n'avait pas froid aux yeux ! Nash fit mine de l'aider, mais elle le repoussa et défit rapidement les autres boutons. Puis elle caressa son sexe dénudé avec un grognement sourd et appréciateur.

— Je pense que nous pouvons poursuivre l'enchantement, murmura-t-elle.

Elle s'agenouilla et referma les doigts sur son sexe.

Nash eut le souffle coupé. Circé... ou plutôt *Xanthia* tourna la tête et pressa sa joue contre son sexe dur. Il manqua défaillir. On lui avait prodigué ce genre de caresse des milliers de fois, mais ceci était plus... *intime*. Une flèche le transperça, brûlante.

Elle dut percevoir son trouble, car elle leva les yeux.

— Est-ce que... vous aimez ? balbutia-t-elle.

— Faites tout ce que vous avez envie de faire, ma belle sorcière, marmonna-t-il.

Quand elle referma les lèvres sur lui, Nash eut du mal à respirer. Ses doigts rencontrèrent un meuble et l'agrippèrent.

Elle battit des cils, l'air incertain.

— Est-ce que... je m'y prends bien, lord Lucifer ? Je crains d'être novice pour ce genre... d'enchantement.

— Vous m'avez bel et bien ensorcelé, murmura-t-il, haletant.

Elle reprit ses caresses érotiques, le dévorant de ses lèvres douces et soyeuses. Jusqu'à ce qu'il fût convaincu qu'elle était bien une sorcière, et qu'il était irrémédiablement perdu.

Ses gestes étaient à la fois tendres et érotiques. Il renversa la tête en arrière, savourant ce plaisir indescriptible. Il était tout près de céder...

Gentiment, il glissa une main dans ses cheveux, l'obligeant à se relever. Alors il l'embrassa, plongeant dans la douceur de sa bouche.

— Je te veux, dit-il.

— Oui, chuchota-t-elle d'un ton fiévreux.

Cette fois, elle se laissa soulever et déposer sur la table. Ses longs cheveux noirs retombaient sur son épaule et caressaient un mamelon tendu. Il les repoussa et reprit la pointe dans sa bouche. Puis l'univers bascula, et ils eurent l'impression d'être seuls au monde, dans cette pièce à peine éclairée.

N'y tenant plus, il releva les jupons de soie de sa robe et fit descendre son pantalon de batiste. Elle avait des jambes interminables, faites pour se nouer sur les reins d'un homme. Oui, vraiment, c'était une sorcière.

Il la renversa sur la table, et sa chevelure se répandit sur la surface de bois lisse, comme un éventail de soie. Puis il posa les mains à l'intérieur de ses cuisses pour les écarter. Elle émit un cri étouffé quand il plaqua les lèvres au plus secret de sa féminité, et il devina à sa réaction que ceci était totalement nouveau pour elle.

— Laisse-moi te charmer à mon tour, ma douce Circé.

Il la tourmenta et la taquina de ses lèvres avec habileté. Elle cria de nouveau, son corps fut secoué de frémissements. Alors il recula et immisça un doigt dans le fourreau chaud et étroit de sa féminité. Elle était prête.

Incapable d'attendre plus longtemps, il s'allongea sur elle souplement. Sous le masque, il vit son regard un peu affolé, incertain.

— Tu veux ? demanda-t-il.

— Oui, chuchota-t-elle.

Il pénétra dans la chaleur de sa chair. Elle étouffa un petit cri, mais souleva les hanches pour mieux s'offrir. Ce mouvement délicieusement spontané eut raison du sang-froid de Nash. Son instinct prit le dessus et il plongea en elle avec un grognement de triomphe.

Bon sang. Si elle n'était pas vierge, elle était assez innocente pour bouleverser un homme. Elle se crispa.

— Est-ce que... tu... tu es bien ? s'enquit-il.

Elle hocha faiblement la tête.

Pendant un moment il se tint parfaitement immobile, se mordant les lèvres pour ne pas céder à la vague qui lui brûlait les reins. Peu à peu, il la sentit se détendre sous lui. Il répondit en bougeant légèrement.

— Ah, soupira-t-elle. Lord Lucifer, c'est... exquis.

Ses mouvements prirent un rythme plus rapide, et elle vint à sa rencontre, l'entraînant dans un bonheur indicible. Elle passa une jambe sur ses reins. Le panier à ouvrage bascula et tomba sur le sol. Soudain, il la sentit frémir, et il sut que le moment était arrivé.

Alors il plongea en elle avec une ardeur qu'il n'avait encore jamais connue. Elle poussa un long gémissement, et il la maintint tremblante contre lui.

Xanthia demeura blottie dans les bras de son amant pendant un moment qui lui parut durer à la fois une éternité et une fraction de seconde. Lentement, leur respiration retrouva un rythme normal. Et quand elle revint enfin à la réalité, elle se rendit compte avec un choc qu'elle venait de faire l'amour avec l'homme de ses rêves, sur une table. Mortifiée, elle étouffa un grognement.

Au même moment, un claquement de talons retentit dans l'escalier de pierre. Les voix des domestiques résonnèrent dans le couloir.

Nash se redressa et aida Xanthia à en faire autant.

— Bon sang, c'était de la folie, marmonna-t-il en rajustant ses vêtements. D'une minute à l'autre, un domestique va vouloir entrer pour chercher quelque chose.

— Ne vous affolez pas. Comme vous l'avez dit tout à l'heure, nous sommes masqués.

Il croisa son regard.

— Partez. Il faut que vous sortiez seule.

Il ôta la chaise qui bloquait la porte, tourna délicatement la poignée de cuivre et jeta un coup d'œil prudent dans le couloir.

— Il n'y a personne ? chuchota-t-elle.

— Ils doivent être dans les cuisines. Retournez vite dans la salle de bal. Si quelqu'un vous voit, dites que vous vous êtes perdue dans les couloirs.

— Oh, je crains d'être réellement perdue, murmura-t-elle en lui lançant un regard grave. Merci, lord Lucifer, pour cette soirée coquine.

Il détourna les yeux, comme s'il était gêné par la remarque, et ouvrit la porte plus largement.

— Allez-y. Je vous suivrai un peu plus tard.

Xanthia s'engagea dans le couloir, tout en sachant très bien qu'elle ne reverrait pas son prince des

Ténèbres ce soir. Il s'évanouirait dans l'obscurité, disparaissant aussi mystérieusement qu'il était venu. Et rien n'était vraiment changé entre eux.

Elle entendit le lourd battant de chêne se refermer derrière elle. La magie de la soirée s'était dissipée.

8

Un rendez-vous galant à Horseferry Wharf

Le mois de mai arriva, avec dans son sillage une période de calme. Lady Louisa et son père étaient invités à passer quelques jours chez des amis à Brighton. Xanthia profitait donc de ce répit, échappant au tourbillon des invitations mondaines. Elle n'avait pas de nouvelles de lord Nash, et se reprochait chaque jour d'espérer en recevoir.

Refusant de se laisser démoraliser, elle passait de longues heures à travailler. Gareth devenait de jour en jour plus silencieux, et plus irritable. Et Rothewell menait une vie de débauche. Il était désormais impossible de ne pas voir les rides qui se creusaient autour de ses yeux.

Rien de tout cela n'échappait à M. Kemble, qui semblait se faire un devoir de se mêler de la vie des autres. Un soir où Xanthia tardait à descendre pour le dîner, Rothewell se trouva confronté à Kemble et à ses manières empressées. Il tomba nez à nez avec lui dans le bureau, alors que le gentleman en question tentait d'organiser le contenu de la sacoche de Xanthia.

— C'est sans espoir, monsieur Kemble, dit-il en allant se servir un verre de cognac. Elle la remplira de nouveau à sa façon dès que vous aurez le dos tourné. Au fait, quand comptez-vous rentrer chez vous ?

— Dès que Max m'aura libéré, grommela l'autre.

Ayant sorti tous les documents de la sacoche, il avait un mal fou à les y ranger de nouveau. Rothewell avala une gorgée de cognac.

— Si Nash avait dû entreprendre une action quelconque, ce serait déjà fait, remarqua-t-il, le regard perdu dans la contemplation du liquide ambré. Xanthia lui en a amplement laissé l'opportunité, n'est-ce pas ?

— Oh, elle lui a offert toutes les opportunités possibles, confirma Kemble. Mais de faire quoi ? Là est la question.

Rothewell reposa son verre avec brusquerie.

— Je vous demande pardon ?

— Oh, ne faites pas attention.

Kemble finit par poser la sacoche sur le bureau et s'asseoir dessus.

— Victoire ! s'exclama-t-il en parvenant enfin à la fermer.

— Vous êtes très astucieux, monsieur Kemble, dit Rothewell. Toutefois, pour le tact...

— J'en manque totalement, n'est-ce pas ? Hélas, c'est le fléau de mon existence. Je ne peux pas m'empêcher de dire ce que je pense. Je me dis parfois que ce doit être ma mission dans la vie, d'aider les autres à discerner la vérité.

— Comment cela ?

— Eh bien, vous par exemple, monsieur le baron...

Kemble attachait les lanières de la sacoche.

— J'ai appris que vous aviez passé beaucoup de temps au Satyr's Club.

Rothewell posa sur lui un regard vide d'expression.

— Cela ne vous regarde pas.

Kemble haussa les épaules.

— Peut-être, admit-il. Mais le Satyr's Club est un lieu que je ne vous recommanderais pas, lord Rothewell. Vous feriez mieux de trouver un autre établissement pour... pour vos distractions. Je peux vous suggérer deux ou trois bordels assez intéressants...

Rothewell sentit le sang lui battre aux tempes.

— Qui diable êtes-vous pour me donner des conseils ?

— Un homme qui a une vaste expérience dans cette ville, répondit posément Kemble. Dans toutes les couches de la société. Et je peux situer sur un plan de Londres toutes les maisons closes, les tripots et les receleurs, de Stepney jusqu'à Chelsea.

— Seigneur, mon vieux ! Venez-en au fait.

— J'ai pratiquement grandi dans les rues de Londres, monsieur, poursuivit doucement Kemble. En revanche, vous n'êtes là que depuis... combien ? Quatre ou cinq mois ? Pardonnez-moi mais, dans cette ville, vous êtes comme un bébé perdu dans la forêt.

Rothewell posa son verre et avança vers lui d'un pas lourd.

— Vous n'êtes qu'un petit imbécile pompeux, lança-t-il. Comment osez-vous...

Kemble leva le doigt d'un air de réprimande, et étrangement, cela suffit à arrêter Rothewell.

— Je suis aussi l'homme qui a été désigné pour protéger votre sœur, dit-il. Or, un frère mort serait selon moi une catastrophe, car cette dame semble très attachée à vous, ce que je ne m'explique pas vraiment. Elle est pourtant plus clairvoyante, d'ordinaire.

Ce diable d'homme avait le sens de l'humour, il fallait lui accorder cela. Et malgré son allure efféminée, il ne se laissait pas facilement intimider. Rothewell se détendit.

— Vous ne dramatisez pas un peu ? dit-il en gagnant son propre bureau. Je pense être capable de me préserver, quel que soit le lieu où je trouve mes « distractions ».

— Savez-vous, monsieur, combien d'hommes sont morts à Londres le mois dernier à cause de l'opium ?

— Je n'en ai pas la moindre idée.

— Il y en a eu six, monsieur. Trois ont été repêchés à Limehouse Reach, et trois autres plus bas. Et sur ces six hommes, quatre avaient été vus récemment au Satyr's Club. En outre, les Françaises que vous trouvez là-bas risquent de vous laisser un souvenir. Je parle de la syphilis. Cela prive un homme de son raisonnement, vous savez. Mais la maladie progresse lentement, elle vous laisse le temps de prendre conscience de l'horreur que vous vivez.

Rothewell vida son verre d'un trait.

— Vous êtes un rabat-joie, grommela-t-il. La vie est pleine de dangers, Kemble. Nous finirons tous par mourir.

— Certains plus tôt que d'autres. Et vous faites tout pour ça.

— Que dites-vous ?

Kemble déposa la sacoche sur le sol.

— Votre physique se dégrade. Franchement, vous êtes-vous regardé ces temps-ci ? Votre teint est blafard, vos yeux injectés de sang, et vos traits sont creusés de rides.

— De rides ? répéta Rothewell en passant une main sur ses joues couvertes d'une barbe de deux jours. Et je suis blafard ?

Kemble se pencha au-dessus du bureau et pinça brièvement la joue de Rothewell.

— Votre peau n'a aucune vigueur ! Et cette pâleur. S'il ne vous restait pas un peu de bronzage ramené des Antilles, vous n'auriez pas de couleur du tout. Que ferez-vous dans six mois ?

— Je pourrais me pendre, suggéra Rothewell. Quand un type a perdu sa beauté, que lui reste-t-il ?

— Absolument ! répondit Kemble.

Un mouvement à la porte attira l'attention de Rothewell. Il se tourna et vit Xanthia entrer.

— Doux Jésus, monsieur Kemble ! Vous êtes encore là ?

Kemble s'inclina avec raideur.

— Si vous passez la soirée chez vous, mademoiselle Neville, je peux vous laisser.

— Je ne ressortirai pas, assura-t-elle. Mais ne voulez-vous pas dîner avec nous ?

— Non, merci. Je vous souhaite une bonne soirée, à tous les deux. Ne vous dérangez pas, je connais le chemin.

— Bon débarras, marmonna Rothewell en allant remplir son verre.

Xanthia le retint par le bras.

— Ce n'est pas le moment de boire, Kieran. Nous devons dîner.

— Comme tu voudras, céda-t-il avec un sourire contraint. On ne fait pas attendre une dame.

— Désolée de t'avoir fait attendre, toi ! répliqua-t-elle avec un petit rire forcé. Pendant ce temps, tu as dû subir les sermons de M. Kemble.

— Oh, ça, tu me le payeras, ma vieille.

— C'était si affreux que ça ?

— Oui. Apparemment, je ne suis qu'un débauché vieillissant, dit-il en entraînant sa sœur vers la salle à manger. Un ivrogne qui a perdu la fraîcheur de sa jeunesse, et ne se nourrit que d'opium et de l'affection de prostituées porteuses de vérole.

— Doux Jésus. Je suis contente de ne pas avoir assisté à cette conversation.

Ils dînèrent en silence. Xanthia se demanda ce que Kemble avait dit à Kieran, en réalité. Son frère semblait ruminer cette conversation. À moins qu'il ne soit torturé par ses propres démons intérieurs. Elle soupira et fit signe au valet de remplir son verre. Kieran devrait combattre ses démons sans elle, ce soir. Elle n'avait pas la force de l'aider.

La journée de travail avait été longue et difficile. Elle avait tout de même pris le temps d'écrire deux lettres à Nash, qu'elle avait aussitôt déchirées, bien entendu. Puis Gareth et elle s'étaient querellés au sujet des prévisions qu'il avait établies, et elle avait fini par annuler plusieurs de ses décisions. Ses exigences vis-à-vis des navires et de leurs capitaines devenaient intolérables. C'était inhumain de disposer des équipages à un tel rythme.

Certes, Xanthia éprouvait de l'affection pour Gareth. Elle l'avait même aimé. C'était un homme intelligent, quelque peu arrogant, honnête à l'excès, et très beau. Mais il manquait quelque chose. Elle voulait pouvoir aimer un homme de toutes ses forces... et quand cela arriverait, les sacrifices exigés par le mariage ne lui paraîtraient peut-être pas insurmontables.

Elle avait plusieurs fois envisagé d'accepter la proposition de Gareth. Mais elle était obsédée par les conséquences que ce mariage aurait sur la Neville Shipping. Gareth insisterait-il pour prendre la direction totale de la société, une fois qu'ils seraient mari et femme ? Probablement. Il avait une fois laissé entendre que Xanthia serait plus heureuse si elle avait une maison et des enfants pour s'occuper.

Gareth méritait mieux qu'une femme qui ne l'aimait pas assez pour lui donner la priorité absolue.

Tout à coup, la voix de Kieran la sortit de ses pensées.

— Qu'est-ce que c'est que cette affaire avec Nash ? demanda-t-il de but en blanc. Que se passe-t-il, Zee ?

Xanthia sentit sa gorge se nouer.

— Avec... lord Nash ?

— Oui. Est-ce qu'il s'est passé quelque chose au bal masqué, la semaine dernière ?

Xanthia feignit l'étonnement.

— Eh bien... j'ai vu lord Nash. Je lui ai parlé. Il s'est montré... aimable. Mais il ne m'a pas mis une liasse de billets dans la main en me demandant de transporter une cargaison d'armes à Kotor. Et si tu veux mon avis, il ne le fera jamais.

— Ah ? Il n'a donc pas d'intérêts dans ce conflit ?

— Je ne dirais pas ça, concéda-t-elle. Je pense qu'il ferait ce genre de choses, si quelqu'un le lui demandait. Mais je suis sûre que personne ne l'a fait.

— Tu en es certaine ?

— Absolument. Si Nash voulait aider son pays natal, il irait s'engager dans la garde impériale de Russie. Il faut que j'arrive à faire comprendre cela à Peel et Vendenheim.

— Si tu dis que Nash est innocent, je te crois. Alors, laisse tomber Peel et Vendenheim. Ils ne sont rien pour nous. Nash non plus, d'ailleurs. Quant à ce poseur de Kemble, j'aimerais bien me débarrasser de lui. D'ailleurs, je vais peut-être le faire...

— Tu as trop bu, fit remarquer Xanthia.

— Non, ma chère, répondit son frère en se levant. Je n'ai pas encore assez bu. C'est cela, le problème.

Xanthia crispa les poings sur sa serviette.

— Kieran, arrête. Tu es tout ce que j'ai au monde. Mais tu... tu deviens de plus en plus comme notre oncle.

Rothewell abattit violemment le poing sur la table.

— Par Dieu, Zee, je n'ai pas besoin de ça! rugit-il. Comme notre oncle, vraiment? Je ne t'ai pas encore battue à coups de cravache, n'est-ce pas? Ni enfermée dans la cave avec les rats?

Ses yeux étaient noirs de fureur.

— Ce n'est pas ce que je voulais dire, répliqua posément Xanthia. Et je pense que tu le sais.

Kieran agrippa le bord de la table.

— Je sais que je n'ai pas besoin de tes conseils, bon sang, grommela-t-il en retombant sur sa chaise. Tu n'as pas à diriger ma vie, Zee. Je ne suis pas la Neville Shipping. Je mène ma vie comme je l'entends. Je te serais reconnaissant de ne pas t'en mêler.

Xanthia refusa le verre de porto qu'il lui offrit et se retira. Elle passa prendre sa sacoche dans le bureau et monta dans sa chambre. Mais une fois seule, elle se trouva en proie à une intense frustration. Elle arpenta la pièce pendant quelques minutes, puis décida de parcourir les lettres qu'elle avait rapportées du bureau. Elle en lut quatre à la suite... sans comprendre un seul mot.

Agacée, elle referma le dossier et le jeta sur le lit. Kieran allait-il l'obliger à mettre fin à sa relation avec

Nash ? Malgré son attitude désinvolte, son frère faisait toujours passer son bonheur et sa sécurité avant toute autre chose. Or, il avait manifestement décidé qu'elle perdait son temps avec Nash. Xanthia aurait aimé partager cette opinion. Mais peu à peu, elle en était arrivée à croire qu'aucun des moments passés en compagnie de Nash n'était perdu.

Toutefois, cet homme était dangereux. Joueur invétéré, libertin... Pourtant ce n'était pas un traître à la Couronne. Elle se demanda si Vendenheim comptait procéder bientôt à une arrestation. Il lui faudrait des preuves, pour cela ! Peut-être pas. Il avait laissé entendre qu'il n'était même plus retenu par l'influence de Hayden-Worth au Parlement.

Et pendant ce temps, les vrais contrebandiers continuaient tranquillement leur trafic. L'équilibre fragile des pouvoirs en Méditerranée pouvait rapidement basculer dans le chaos. Xanthia compta sur ses doigts le nombre de navires appartenant à la Neville qui franchiraient le détroit de Gibraltar au cours des quinze prochains jours. Elle n'eut pas assez de ses deux mains.

Sur une impulsion, elle alla à son bureau et rédigea une troisième lettre, qu'elle ferma avec un cachet de cire rouge. Puis, avant de revenir sur sa décision, elle enfila son manteau de laine et chercha dans son armoire un chapeau qui dissimulerait son visage.

Le silence régnait dans la maison. Kieran avait dû sortir, car la lampe de son bureau était éteinte. Elle songea à se glisser par la porte de service, mais ce n'était pas nécessaire. Les domestiques se trouvaient tous à l'office pour prendre leur repas. Xanthia sortit et referma la porte derrière elle. Elle s'engagea d'un pas vif dans Upper Brook Street, éclairée par les réverbères qui parvenaient à peine à percer le brouillard.

Le marquis de Nash habitait au 6, Park Lane. Xanthia l'avait appris par M. Kemble, et cette adresse ne se trouvait qu'à quelques minutes de Berkeley Square.

La brume lui collait au visage comme un tampon de laine humide, et l'odeur âcre et métallique de la fumée de charbon assaillait ses narines. Frissonnante, Xanthia resserra les pans de son manteau et tourna dans Park Lane. La rue était calme. Elle avança de quelques mètres, puis revint sur ses pas. Au bout de cinq minutes environ, un jeune garçon vêtu d'un manteau râpé s'avança en sifflotant gaiement.

Elle l'appela et sortit un réticule de sa poche.

— Petit, je voudrais que tu fasses une course pour moi. Tu veux bien ?

— Vous payez combien ? demanda-t-il en contemplant la bourse avec avidité.

Xanthia lui tendit une pièce de six pence, avec la lettre.

— Apporte cela au numéro 6. Reviens quand tu l'auras remise, et tu auras encore un shilling pour ta peine.

— Et comment !

Il partit en courant.

Xanthia distinguait à peine sa silhouette dans l'obscurité. Il demeura sur le pas de la porte pendant une éternité. Enfin, on dut lui ouvrir, car elle entendit le battant se refermer avec un bruit sourd. Le jeune garçon dévala les marches et rejoignit la jeune femme.

— À qui l'as-tu donnée ?

— À un genre de majordome, raide comme un piquet, répondit le garçon en haussant les épaules.

— Rentre chez toi retrouver ta mère, à présent. Il est tard.

Le garçon sourit, prit le shilling qu'elle lui tendait et s'enfuit à toutes jambes dans le brouillard.

Xanthia traversa quelques rues désertes, passa par Piccadilly et par les parcs. De l'autre côté de St. James's Park, le quartier de Westminster était calme, mais loin d'être désert. De luxueux carrosses continuaient d'aller et venir, transportant des membres du Parlement. Xanthia préférait marcher et s'éloigner de Mayfair. Ici, nul ne la connaissait.

Il ne lui fallut pas plus de quelques minutes pour atteindre les quais de Westminster. C'était là qu'étaient déchargées de grandes quantités de bois et de pierres, qui étaient ensuite transportées dans les beaux quartiers de Londres afin de construire maisons et boutiques. Des palettes de briques et des carrioles de charbon étaient alignées le long de la rue. La marée était haute, le silence régnait sur la Tamise.

Elle revint sur ses pas et attendit. Il ne viendrait pas, songea-t-elle en se mordant les lèvres. Il ne se trouvait probablement pas chez lui quand on avait remis la lettre. Elle inspira profondément. L'odeur nauséabonde de la boue était forte, mais Xanthia y était habituée. Ramenant les pans de son manteau devant elle, elle s'avança au bord de l'eau. Celle-ci clapotait doucement contre les marches de pierre qui s'enfonçaient dans l'obscurité. Elle discerna au loin les lumières de Lambeth, brillant comme des boules jaunâtres.

Il devait quasiment être minuit à présent. Un sybarite digne de ce nom ne pouvait être seul à une heure pareille. Il était probablement en train de lancer les dés à Covent Garden… ou de se prélasser dans les bras d'une femme. À cette pensée, Xanthia ferma les yeux. Elle n'était qu'une oie pathétique ! Naturellement, cet homme avait des maîtresses. Beaucoup de maîtresses… et il se lassait d'elles rapidement. Il le lui avait dit de façon claire.

Non, il ne viendrait pas. Et c'était aussi bien.

Elle entendit un veilleur de nuit annoncer l'heure, un peu plus loin, dans Abingdon Street. Sa voix, qui sortait du brouillard, paraissait irréelle. Une heure s'était écoulée depuis qu'elle était si imprudemment sortie de chez elle. Une éternité.

Elle s'apprêtait à rentrer quand elle entendit des pas sur les pavés, résonnant aussi étrangement que la voix du veilleur de nuit. Elle n'aurait su dire d'où ils venaient. Mais soudain, une silhouette se matérialisa dans le brouillard et passa devant elle. Sa taille élancée, son allure élégante étaient reconnaissables entre mille. Xanthia tendit la main et saisit au passage le bras du marquis de Nash.

Ce dernier se figea, alors qu'elle repoussait le bord de son chapeau.

— Ma chère mademoiselle Neville, dit-il. Une fois de plus, vous me surprenez.

Elle l'attira près d'une carriole chargée de charbon.

— Avez-vous reçu ma lettre ?

— Non. Je suis venu faire la queue pour avoir du charbon, se moqua-t-il sèchement. Nous en manquons à Park Lane.

— Oh, je vous ai dérangé, supposa-t-elle. Je suis désolée.

— Non, dit-il d'une voix radoucie. Non, ma chère, jamais de la vie. Mais il n'est pas prudent pour une dame de se trouver dehors aussi tard. Je vous ramènerais chez vous sur-le-champ, si je ne craignais de compromettre votre réputation.

— Ne vous occupez pas de ma réputation. Je voulais vous voir… et je savais que vous ne viendriez pas de votre propre initiative.

— Oh, ma chère… pourquoi vouliez-vous me voir ?

Xanthia secoua la tête, incertaine.

— Depuis ce qui s'est passé la semaine dernière… ce que nous avons fait ensemble… je n'ai plus les idées claires.

— La semaine dernière, répéta-t-il à voix basse.

— Nash, nous ne pouvons pas faire comme si rien ne s'était passé.

Il garda le silence un moment, puis soupira.

— Non, ce n'est pas possible, n'est-ce pas ? marmonna-t-il comme pour lui-même. C'est arrivé, et il se peut que cela arrive de nouveau.

— Vous semblez le regretter, chuchota Xanthia. Ne faites pas cela, Nash… ce serait comme… comme souhaiter ne pas nous connaître du tout. Mais c'est déjà trop tard.

Il lui prit le bras et le serra avec force.

— Ma chère, c'est bien le problème. Vous ne me connaissez pas. Et je... je n'aurais jamais dû aller à votre bureau ce jour-là. Je n'aurais pas dû non plus vous suivre, au bal de lady Cartselle. Mes intentions étaient loin d'être honorables. Et par Dieu, elles ne le sont pas davantage à présent.

Poussée par une impulsion folle, elle se haussa sur la pointe des pieds et l'embrassa sur la bouche. Il eut un haut-le-corps, mais presque aussitôt ses lèvres s'adoucirent. Il enfouit les doigts dans la laine de son manteau, et la flamme de la passion surgit entre eux.

Avec un grognement sourd, il passa le bout de sa langue sur les lèvres pulpeuses de Xanthia. Celle-ci s'offrit aussitôt. Elle glissa les mains sous les pans de son pardessus et les plaqua au creux de ses reins. L'élégant chapeau de castor de Nash tomba et roula sur les pavés. Sans s'en préoccuper, il la maintint solidement d'un bras contre lui, et l'embrassa avec une douceur infinie et désespérée.

Ils se séparèrent à contrecœur, tout en continuant d'échanger de petits baisers.

— Ma chère, vous êtes dangereusement tentante, chuchota-t-il.

— Je veux vous revoir, Nash, dit-elle avec fièvre. Laissez-moi venir chez vous. Qui le saura ?

Il s'écarta pour mieux la contempler.

— Je suis trop mufle pour refuser, murmura-t-il. Mais je dois au moins vous rappeler que vous méritez mieux. Ou du moins, que vous méritez *plus*.

Elle soutint son regard sans flancher.

— Plus que ce que vous pouvez me donner ? C'est ce que vous voulez dire, je pense. Mais ne serait-il pas plus juste de me laisser décider ce que je veux ?

Il se pencha et posa le front contre le sien.

— Très bien. Je crois que vous connaissez l'adresse.

Elle lui effleura la joue et il la serra plus étroitement contre lui.

— Mon petit, venez là. Vous frissonnez.
— C'est cette horrible humidité, dit-elle.
— Je suppose qu'à la Barbade les fleurs tropicales sont en pleine floraison, les journées sont longues, et le soleil brûlant. Je sais ce que c'est de regretter un pays, ma chère.

Elle s'écarta en souriant.

— Ah, mais à la Barbade, les hommes ne sont pas aussi beaux. Ni aussi élégants. Finalement, je crois que je vais m'accommoder de ce vilain temps.
— J'espère que vous vous y habituerez, Xanthia, dit-il en l'embrassant de nouveau. Maintenant, pour l'amour du Ciel, rentrez chez vous.
— Demain soir, alors ? Je prétexterai une migraine pour aller me coucher tôt... et je porterai une voilette, c'est promis. Ainsi, personne ne pourra me reconnaître.
— Oui, mettez une voilette. Je renverrai mes domestiques.
— Vous ferez ça pour moi ?
— Je ferai tout ce qu'il faudra.
— Où vous retrouverai-je ? Et à quelle heure ?
— Passez par King Street Mews. Il y a un portail pour entrer dans le jardin, et la porte à l'arrière de la maison est toujours éclairée. Je vous y attendrai. Si à huit heures vous n'êtes pas là, je comprendrai que vous avez fini par vous raisonner. Et j'essayerai de m'en réjouir.
— Oh, je crains que la raison et moi ne nous soyons séparées définitivement dans les sous-sols de lady Cartselle, répliqua Xanthia avec franchise. Je serai là.

Les yeux de Nash s'attardèrent sur les traits de la jeune femme.

— Je vous attendrai. Maintenant, faites-moi plaisir, rentrez chez vous. Je vous promets que vous ne regretterez pas d'avoir attendu jusqu'à demain.

Xanthia frissonna, de froid et d'anticipation.

— Bonne nuit, chuchota-t-elle en l'embrassant rapidement.
— Bonne nuit... *Zee*.

Nash tourna les talons, ramassa son chapeau et, avec un dernier regard de regret, se fondit dans le brouillard.

Elle savait qu'il aurait voulu la raccompagner chez elle. Mais il ne fallait pas qu'elle soit vue au bras d'un homme, après minuit. Et encore moins au bras de Nash. Serrant les pans de son manteau autour d'elle, elle quitta les quais et remonta vers St. James d'un bon pas. Des pensées tourbillonnaient dans son esprit. Elle avait réussi. Elle l'avait convaincu.

Elle voulait naturellement prouver son innocence. Une fois chez lui, elle trouverait sûrement quelque chose qui démonterait la théorie de Vendenheim. Soudain, ses épaules s'affaissèrent. Que se passerait-il si elle ne trouvait rien ?

Au coin de Great George Street, elle tourna à gauche, mais le brouillard semblait s'être encore épaissi. Les becs de gaz ne servaient à rien. Les yeux prudemment fixés sur les pavés, Xanthia avançait d'un pas pressé. Un bruit derrière elle capta son attention. Un bruit de pas, dont l'écho se répercutait contre les hautes murailles de la rue.

Dans un mauvais réflexe, elle ralentit l'allure. Était-ce Nash ? Avait-il décidé de la suivre ? Ou bien son imagination s'était-elle brusquement emballée ?

Non. Les pas se rapprochaient. Xanthia accéléra. St. James's Park n'était pas loin, devant elle. Dans quelques minutes, elle serait de retour à Berkeley Square. Un bon feu brûlerait dans sa chambre, et il y aurait un flacon de sherry posé sur sa table de chevet. La chaleur. La sécurité. Le confort.

Soudain, quelqu'un lui agrippa le bras, la faisant brutalement tournoyer sur elle-même.

— Ta bourse, ou je te tue, souffla une voix rauque. Si tu cries, je t'égorge.

— Lâchez-moi, ordonna Xanthia en tentant de se dégager. Partez !

Loin d'obéir, l'homme l'attira vers lui. Elle perçut son haleine âcre.

— Donne-la-moi tout de suite, dit-il en plaquant sur sa gorge quelque chose de froid. Cette petite bourse pleine de pièces, tu sais ? Jette-la sur le trottoir, si tu ne veux pas avoir de vilaines taches de sang sur ton joli manteau.

Elle tressaillit.

— Lâchez-moi, chuchota-t-elle. Et je prendrai...

Tout à coup, le bras de l'homme se releva, comme si Dieu lui-même l'avait saisi dans sa main. Il hurla de douleur, et son poignard tomba avec un bruit métallique sur le trottoir.

— Que diable...

Il ne put prononcer un mot de plus. Quelque chose de noir et luisant, qui ressemblait à une botte de cuir, s'abattit sur sa gorge. Sa tête partit en arrière et il s'affaissa sur le sol, comme un pantin désarticulé.

— Seigneur ! s'exclama une voix profondément irritée. Qu'avez-vous fait de votre pistolet, mademoiselle Neville ?

M. Kemble surgit de l'obscurité, et une vague de soulagement submergea Xanthia.

— Oh, merci, mon Dieu ! Mon... mon pistolet ? Oh, je... je l'ai oublié.

— Et vous avez laissé votre bon sens lui tenir compagnie, j'imagine ?

Le dandy efféminé avait disparu, laissant place à un Kemble sérieux et terriblement efficace.

— Il ne faut jamais sortir sa bourse dans la rue, mademoiselle Neville. Surtout au milieu de la nuit.

Xanthia s'appuya à un réverbère, le temps de reprendre ses esprits.

— Mais... mais je ne l'avais pas montrée...

L'homme allongé sur le trottoir poussa un gémissement. Aussitôt, Kemble posa sa botte en travers de sa gorge.

— Le gamin à qui vous vous êtes adressée, dit-il avec agacement. Il prenait des repères.

— Des... repères ?

— Il cherchait des victimes à détrousser. Il fait partie d'une bande de pickpockets. Ils sortent la nuit... et parfois aussi en plein jour. Comment diable avez-vous réussi à survivre à Wapping ?

— Je... j'avais l'esprit ailleurs, ce soir, avoua-t-elle en rougissant.

— Oui, répliqua sèchement Kemble. J'ai remarqué.

— Vous m'avez suivie ? Vous m'espionnez ?

Xanthia cessa enfin de trembler, et sa peur fit place à l'indignation.

— Je veille sur vous, corrigea-t-il. Et apparemment, j'ai raison de le faire.

— Mais comment... comment osez-vous ?

— Rentrez chez vous, mademoiselle Neville, dit Kemble avec lassitude. Et ne commettez plus d'imprudence. Peel veut que vous serviez votre pays, pas que vous mouriez pour lui.

— Vous me suivez donc partout ?

— Max s'est arrangé pour que quelqu'un vous suive en permanence.

Xanthia fut parcourue d'un frémissement de colère.

— Dans ce cas, il faudra que quelqu'un me suive jusqu'à Park Lane demain soir, siffla-t-elle. Car je vais y retourner... et je prouverai une fois pour toutes que Nash n'a rien à voir avec ce trafic d'armes.

— Mademoiselle Neville, je vous engage à la plus grande prudence.

— Comme Vendenheim ? Il a d'ores et déjà condamné Nash.

L'homme allongé sur le trottoir gémit de nouveau. Son regard se posa sur Kemble, et l'effroi imprégna ses traits.

— Bonsoir, monsieur Tomkins, lança Kemble en l'aidant à se relever. Vous avez recommencé à travailler de nuit ?

— Georgie Kemble ! Sois damné, espèce de salopard !

— Oui, Tommy, vous m'avez manqué aussi, répliqua Kemble avec un sourire affable.

Tout en parlant, il tordit le bras de l'homme dans son dos.

— Si nous faisions une promenade jusqu'aux bureaux du magistrat de Queen's Square, mon vieux ? Ils se trouvent à deux pas. Et il fait si doux, ce soir. Allons, avancez.

L'homme obéit, jetant des regards effrayés derrière lui. De toute évidence, Kemble le terrifiait. Mais ce dernier, en revanche, semblait très à l'aise.

Stupéfaite, Xanthia les regarda disparaître dans les volutes de brouillard gris. Elle serra son réticule sur sa poitrine et murmura :

— Décidément, monsieur Kemble… vous êtes un homme très étrange.

9

Une tasse de café à Park Lane

Une belle journée se leva sur Westminster. Le soleil matinal eut tôt fait de chasser le brouillard de la nuit, baignant Hyde Park de ses rayons chauds, tandis que de petits nuages blancs filaient sous la brise. Au grand étonnement de ses domestiques, lord Nash se leva à l'aube pour faire quelques courses. Dans l'après-midi, il était de retour à Park Lane. Il s'habilla pour la soirée, et attendit.

Les mains sur l'appui de la fenêtre, il offrit son visage au vent, assez fort maintenant pour soulever les tentures. Le parc inondé de soleil lui rappela un tableau de Constable qu'il avait admiré à la Royal Academy. Un jour, il emmènerait Mlle Neville le voir.

Seigneur ! Quelle drôle d'idée !

— Là, dit Gibbons en tirant un peu sur le col de sa veste. C'est splendide, monsieur. Vous êtes sûr que vous pourrez enlever cette merveille sans mon aide ?

— Je me débrouillerai.

Nash se retourna pour se regarder encore une fois dans la glace, et prit sa tasse de café. C'était la troisième qu'il se servait.

Gibbons lui coula un regard en coin.

— Je peux parfaitement revenir plus tard pour vous aider à vous déshabiller, monsieur.

Nash le foudroya du regard.

— Je vous ai dit de prendre votre soirée. Allez-vous-en. Et ne revenez pas avant demain midi.

Feignant l'indignation, Gibbons répliqua d'une voix frémissante :

— Eh bien ! Quelle ingratitude !

— Puisque vous êtes encore là, soyez assez bon pour aller jeter ce café. Il est froid.

Avec un sourire crispé, Gibbons prit la tasse et alla en jeter le contenu par la fenêtre.

Quelqu'un, dans la rue, poussa un cri aigu.

— Bon sang ! s'exclama Nash en courant à la fenêtre.

— Bonne journée quand même ! cria Gibbons en agitant les doigts en direction de sa victime.

Nash s'écarta.

— Vous n'avez pas besoin de vous venger sur un pauvre passant innocent, dit-il. Si vous voulez gâcher la garde-robe de quelqu'un, prenez-vous-en à la mienne, comme d'habitude.

Gibbons croisa les bras d'un air offensé.

— Oh, vous faites allusion à votre cravate, je suppose ? Eh bien, c'est M. Vernon qu'il faut remercier. C'est lui qui a laissé chauffer les fers trop longtemps.

— Vernon dispose lui aussi de sa soirée, et il en est d'ailleurs fort content, répondit Nash en retournant observer les revers de son costume dans le miroir. Qu'en pensez-vous ? Est-ce que je n'aurais pas dû choisir plutôt la veste vert bouteille ?

— Cela dépend, monsieur. Sera-t-elle assez sobre pour remarquer les habits que vous portez ?

Nash se détourna du miroir, et le valet pâlit un peu en voyant son regard.

— Ce n'est pas ce genre de femme, dit-il froidement.

Gibbons croisa les mains.

— J'en étais sûr ! Vous avez un rendez-vous.

— Naturellement. Sinon, pourquoi aurais-je congédié les domestiques ?

Gibbons le contempla avec curiosité.

— Vous êtes-vous débarrassé de la maison de Henrietta Street ?

— Non, répondit Nash, sentant son visage s'enflammer. Ce n'est pas non plus ce genre de femme.

— Oh, mon Dieu ! Mon Dieu ! bredouilla Gibbons.

— Quoi, encore ?

— M. René ne sera pas d'accord.

— Je n'avais pas l'intention de lui demander son autorisation.

— Peu importe, monsieur. Il n'apprécie pas les femmes.

— Bon sang, c'est seulement le cuisinier ! Cela ne le concerne en rien.

— Il rendra son tablier, déclara Gibbons d'un ton d'avertissement.

— C'est moi le patron, lui rappela Nash. C'est moi qui décide. Et rappelez-moi quelque chose, Gibbons... pour quelle raison est-ce que je ne réclame pas *votre* tablier ?

— Parce que vos trois derniers valets vous ont déjà quitté, monsieur. Il est très difficile de travailler pour vous. Vous avez des sautes d'humeur, et des horaires fantaisistes. Vous rentrez dans un état lamentable, vos vêtements aussi. Et il est hors de question que vous donniez son congé à René.

— Il n'en saura rien, Gibbons, à condition que vous gardiez votre grande bouche fermée !

Le valet éclata de rire.

— Oh, monsieur, vous vous faites des illusions, si vous croyez que cela en restera là !

Nash lui lança un regard incrédule.

— Si *quoi* en restera là ?

Gibbons agita un doigt.

— Une femme dans la maison, monsieur. Une fois que vous avez fait entrer *ce genre de femme* dans la maison, elle n'en ressort jamais. Pas vraiment.

— Quel genre de femme ? Je vous ai dit qu'elle était extrêmement respectable.

— Justement, monsieur, c'est le problème. Avant de comprendre ce qui vous arrive, vous vous retrouverez devant le pasteur... et vous en serez enchanté, je suppose. Mais René ne le sera pas du tout. Il prendra le premier ferry en partance à Douvres.

Nash poussa un grognement.

— René n'a pas à s'inquiéter, répliqua-t-il en retournant devant le miroir. Il n'y aura pas de mariage.

Gibbons étouffa une petite exclamation.

— Monsieur ! Je suis choqué ! Tout simplement choqué.

— Vous n'avez pas été choqué une seule fois dans votre vie, marmonna Nash, en se demandant si un pantalon brun et des bottes n'auraient pas plus d'allure qu'un costume. Que voulez-vous dire ?

— Je suis choqué que vous invitiez une dame chez vous, alors que vos intentions n'ont rien d'honorable.

— Vous ne savez rien de mes intentions, Gibbons. Nous allons peut-être jouer au piquet.

— Cela m'étonnerait. Elle est mariée ?

— Eh bien... non, reconnut-il.

— Dans ce cas, c'est un scandale ! accusa le valet. Monsieur, j'insiste. Vous devez faire de cette jeune dame de la bonne société une femme honnête.

— Vous ne savez pas si elle est jeune, ni si elle appartient à la bonne société, ni même si elle a deux têtes, Gibbons. Aussi, occupez-vous de vos affaires.

Cependant, les remarques de son valet mirent Nash mal à l'aise. N'avait-il pas lui-même invoqué ces arguments une douzaine de fois, au cours des semaines précédentes ? Sans effet. Il avait cédé au désir.

Vernon entra.

— Je vous demande pardon, monsieur, mais une voiture vient de s'arrêter à l'arrière.

— Une voiture ?

— Oui, monsieur. Le livreur m'a dit qu'il s'est présenté à l'entrée principale, mais que quelqu'un lui a jeté du café sur la tête.

Nash lança un regard noir à Gibbons.

— Il est donc venu à la porte de derrière, monsieur. Et il décharge des cartons, conclut Vernon.

— Des cartons ? répéta Gibbons lorsque le valet se fut retiré. Quel genre de cartons ?

— Bon sang, les fleurs, grommela Nash.

— Je vous demande pardon, monsieur ?

Nash haussa les épaules, un peu piteux.

— Je crois que je me suis laissé entraîner... Et le gars est arrivé une heure plus tôt que prévu.

— Je crois, déclara Gibbons en détachant les syllabes, que vous avez perdu la tête.

Nash se garda bien de répondre. Depuis quelque temps, rien de ce qu'il faisait ne lui ressemblait. Le plan qu'il avait échafaudé était scandaleux, dangereux... pour ne pas dire totalement absurde. Et maintenant, les fleurs étaient en train d'être livrées. Au nom du Ciel, quelle mouche l'avait donc piqué ? Pourquoi les avait-il commandées ? Gibbons avait peut-être raison. Il avait mis le pied sur une pente glissante... et dangereuse.

Ah, bien. Il était trop tard pour s'inquiéter, à présent.

— Prenez ça, et filez, dit-il en soulevant la valise de Gibbons. Vous transmettrez mes amitiés à votre sœur.

Quand Xanthia rentra chez elle ce soir-là, elle monta directement dans sa chambre.

— Dites à mon frère que j'ai la migraine et que je ne dînerai pas avec lui ce soir, ordonna-t-elle à la femme de chambre. Et faites-moi monter de l'eau chaude pour un bain.

La femme de chambre hocha la tête avec compassion.

— Un bain chaud vous fera sûrement du bien, mademoiselle.

Lorsque la baignoire fut pleine, Xanthia renvoya les domestiques en disant qu'elle allait se coucher tôt et ne voulait plus être dérangée. Puis elle se glissa dans l'eau chaude et essaya de se détendre.

Ce soir, elle allait faire l'amour avec Nash. Ils ne le feraient pas sur une impulsion, en cachette. Ils prendraient le temps de savourer ce moment. À cette pensée, Xanthia poussa un profond soupir.

Peut-être aurait-elle dû éprouver un peu d'appréhension. Nash avait fait l'amour avec un grand nombre de femmes, qui savaient éveiller le désir d'un homme et le satisfaire. Xanthia était novice dans ce genre de choses. Mais bizarrement, elle avait l'impression de bien connaître Nash. Elle l'intriguait, c'était indéniable. Est-ce que ce sentiment se transformerait, pour devenir quelque chose de plus profond ? La vie était pleine d'incertitudes, et Xanthia avait appris à profiter de tous les plaisirs qu'elle offrait quand ils se présentaient. Elle prendrait donc tout ce que lord Nash lui offrirait, et s'en contenterait.

Forte de cette résolution, elle se savonna longuement. Elle n'était pas une beauté, c'était vrai, mais elle avait un physique généreux. Le genre de corps que les hommes appréciaient. Hier soir, Nash l'avait enveloppée d'un regard brûlant.

Et ce soir... la regarderait-il de la même façon ? Ses yeux noirs fondraient-ils de désir lorsqu'il lui ôterait ses vêtements ? À cette seule pensée, elle sentit son ventre se contracter. Une sensation de chaleur se répandit en elle, la laissant en proie à une langueur indéfinissable. Nash saurait la satisfaire, songea-t-elle avec un frisson d'anticipation.

Seigneur, il était temps de s'habiller.

Elle se sécha et enfila un de ses rares achats extravagants, des sous-vêtements de soie horriblement chers. En quelques secondes, elle eut sorti une douzaine de robes de son armoire, les rejetant les unes après les autres. Xanthia, qui accordait peu d'attention aux vêtements qu'elle portait, fut soudain assaillie par le doute. Elle sélectionna deux robes et les examina tour à tour devant le miroir.

Que portait une femme élégante pour un rendez-vous ? Du rouge ? Elle fronça le nez et reposa la robe sur un fauteuil. Une soie bleu foncé ? Xanthia se rappela le conseil de M. Kemble. Cette nuance de bleu était en effet magnifique, avec ses yeux.

Quand elle eut revêtu son manteau sombre et sa voilette, Xanthia se glissa dans l'escalier de service et sortit par la porte de derrière. Les rues étaient encore envahies de brouillard, mais ce n'était plus l'épaisse purée de pois de la veille. Elle se demanda un instant si M. Kemble la suivait. Vraisemblablement, quelqu'un était attaché à ses pas...

Mais elle ne voulait pas penser à cela. Tout ce qu'elle voulait, c'était prouver l'innocence de Nash, et continuer de vivre normalement. D'autres personnes se chargeraient de démasquer les vrais coupables.

Elle n'eut aucun mal à identifier la maison où vivait Nash. Sa porte était la seule à être éclairée. Elle traversa le jardin dans l'obscurité et gravit les trois marches du perron. Mais avant qu'elle ait eu le temps de cogner à la porte, celle-ci s'ouvrit. Nash apparut dans l'encadrement.

— Vous êtes venue, dit-il.

— Oui.

Elle pénétra à l'intérieur et remonta sa voilette en lui lançant un regard de côté. Il ne portait pas de veste, mais simplement un gilet de brocart noir. Ses cheveux étaient noués sur la nuque par un ruban de soie.

Il lui prit son manteau, et pendant un moment ils restèrent ainsi, à se regarder. Puis Xanthia lui prit le visage à deux mains et se haussa sur la pointe des pieds pour poser sa joue contre la sienne.

— Je suis venue.

D'un bras solide, il lui entoura la taille. Il l'attira contre lui et enfouit le visage dans sa chevelure.

— Est-ce mal, d'avoir tellement envie de vous voir ? chuchota-t-il.

Xanthia eut un petit rire nerveux.

— Vous n'aviez pas le choix. Je me suis jetée à votre cou.

Percevant sa nervosité, il s'écarta un peu.

— Vous ne devez pas penser cela, chuchota-t-il en la dévorant du regard. Je vous désire follement, Zee.

Pourtant, alors même qu'il prononçait ces mots, Nash se demanda s'il pouvait trouver la force de l'embrasser rapidement, puis de la renvoyer chez elle.

Non. Il sut que c'était impossible à l'instant où il sentit ses seins gonflés se presser contre sa poitrine. Leurs bouches ne s'étaient pas encore effleurées, et cependant la flèche du désir lui embrasait les reins. Elle dut le deviner, car elle leva le menton et entrouvrit les lèvres. Ses yeux bleus étaient doux, dans la lumière tamisée du corridor. Il l'embrassa avec une infinie tendresse.

— Zee, venez, chuchota-t-il. Montons. Je devrais être plus patient, mais c'est au-dessus de mes forces.

Xanthia battit des paupières, et ses longs cils noirs se détachèrent sur l'ivoire de ses joues.

— Je veux que vous me fassiez l'amour, Nash. Lentement... comme si nous avions tout le temps devant nous. Pas seulement quelques instants volés. Pas seulement cette unique soirée.

Cette unique soirée ? Elle souhaitait donc que les choses en restent là ?

C'était plus sage de sa part, mais Nash ne pouvait supporter cette idée. Et bien que le geste fût un peu ridicule et romantique, il la souleva dans ses bras. Elle pressa la joue contre son épaule tandis qu'il montait les deux étages qui menaient à ses appartements.

— J'ai une surprise pour vous, murmura-t-il.

Il la déposa sur le lit. Ses cheveux s'étaient défaits, répandus sur la soie du couvre-lit. Nash éprouva un désir brutal, primitif. Il eut envie de la posséder sur-le-champ, de s'unir à elle sans prononcer un mot de plus.

Ce fut alors qu'elle remarqua les fleurs. Elle se redressa légèrement sur le lit et regarda autour d'elle avec stupeur.

— Bonté divine ! Des hibiscus ? Nash ?

Il posa la main sur le montant du lit et se pencha au-dessus d'elle.

— Je me suis dit que cela vous rappellerait votre pays.

Des vases contenant des hibiscus étaient disposés un peu partout dans la chambre. Des brassées de fleurs roses, abricot, et même pourpres. Le lit était jonché de pétales. Nash prit une fleur magnifique sur la table de chevet et la lui tendit.

Xanthia inhala le parfum familier.

— Oh, oui, cela me rappelle mon pays, dit-elle. Vous savez, nous avions des massifs de ces fleurs tout autour de la maison. Mon Dieu, Nash, comment avez-vous fait pour en trouver autant ?

— J'ai dévalisé toutes les serres du sud de l'Angleterre, avoua-t-il. J'ai pensé que vous étiez le genre de femme à qui on ne pouvait faire l'amour que sur un lit de pétales de fleurs.

Elle souleva la fleur d'hibiscus et la fit glisser sur la joue de Nash.

— Ah, il semble que je vous tiens en mon pouvoir, chuchota-t-elle. Vous voulez me plaire à tout prix.

— Ma chère, je préfère que vous ne sachiez pas à quel point ! répliqua-t-il avec un rire bref.

— Alors, déshabillez-vous pour moi. Je veux voir quelque chose de beau.

— Pour la beauté, je comptais sur les fleurs ! Mes fleuristes se seraient-ils donné tout ce mal pour rien ? répondit-il d'un ton amusé.

— Oh, Nash ! Elles sont belles… trop belles. Moi qui vous prenais pour un libertin… en réalité vous êtes un romantique !

Il lui prit la main et la porta à ses lèvres.

— Je vous courtise, petite mégère à l'esprit pratique, dit-il en lui embrassant le bout des doigts. Tenez-vous tranquille et laissez-moi vous séduire.

— Ce n'est pas exactement ce que j'avais en tête, annonça-t-elle en se redressant et en ôtant ses mules.

Déshabillez-vous, Nash. S'il vous plaît. Je veux contempler un bel homme nu.

Nash demeura interdit. Oh, il s'était déshabillé mille fois pour des femmes... mais on ne le lui avait jamais demandé ainsi. Elle avait déjà posé les doigts sur sa cravate, la dénouant avec adresse.

Il la regarda en haussant les sourcils, et elle expliqua :

— J'ai eu deux frères. Ils rentraient souvent ivres et n'étaient pas en état de se déshabiller. Nous n'avions pas suffisamment de valets, et c'était moi qui jouais ce rôle.

Elle était en train de dégrafer les boutons de son gilet. Nash fit passer sa chemise par-dessus sa tête. Il fut récompensé par une exclamation admirative.

Xanthia se pressa contre lui en offrant ses lèvres. Lorsque leurs bouches s'unirent, elle se mit à défaire rapidement les boutons de son pantalon. Mais Nash continua de l'embrasser, refusant de céder à ses soupirs pressants.

Bon sang, il ne la laisserait pas précipiter les choses. Et quand il lui aurait fait l'amour comme il l'entendait, elle pleurerait de bonheur. Il la renversa sur le lit et le lui dit en termes clairs.

Xanthia élargit les yeux en acquiesçant. Il se releva et finit de se déshabiller.

— Oh, mon Dieu... murmura-t-elle. Vous êtes... magnifique.

Il l'invita à se lever.

— À votre tour, maintenant.

Il lui déboutonna sa robe dans le dos, révélant une élégante chemise de fine soie blanche et des omoplates ravissantes.

Il retira les dernières épingles de ses cheveux, puis s'assit au bord du lit et l'attira entre ses jambes. Xanthia le regarda avec une sorte de passivité la dépouiller de ses vêtements, jusqu'à ce qu'il fasse rouler ses bas le long de ses jambes. Mais quand elle ne fut plus vêtue que de son pantalon de batiste, elle croisa les bras sur ses seins nus, avec un peu de timidité, et détourna les yeux.

— Oh, non, murmura-t-il en faisant descendre le pantalon sur ses hanches.

Il inspira son odeur douce et féminine puis, sur une impulsion, posa les mains sur la rondeur de ses fesses. Sans autre préambule, il l'attira vers lui et insinua sa langue entre ses jambes.

Xanthia émit un petit cri inarticulé lorsqu'une flèche de plaisir la transperça. Elle posa les mains sur les épaules de Nash, qui insinua de nouveau sa langue, aussi profondément que le lui permettait sa position, enivré par le parfum sucré de sa féminité.

Ce n'était pas assez, songea-t-il en fermant les yeux. Seigneur, quand en aurait-il assez ? Il aurait pu lui faire l'amour ainsi toute la nuit...

— Allonge-toi, dit-il d'une voix étouffée.

Xanthia fit ce qu'il demandait. Il s'étendit sur son corps nu, repoussant ses jambes du genou. Pendant de longues secondes il l'embrassa, les doigts enfouis dans sa chevelure, son sexe pressé contre ses cuisses veloutées.

Lorsqu'il s'écarta, Xanthia était haletante. Il laissa son regard s'attarder sur elle. Ses seins se soulevaient rapidement au rythme de sa respiration, et les pointes d'un rose foncé se détachaient sur sa peau pâle comme l'ivoire, si transparente qu'il distinguait les sillons bleus de ses veines.

Il aspira un mamelon entre ses dents, le mordillant doucement. Elle souleva instinctivement les hanches. Nash continua de la taquiner ainsi jusqu'à ce qu'elle soit tremblante, le souffle court.

Puis il l'incita à tourner le visage vers lui.

— Est-ce que je te fais peur ? demanda-t-il, la voix rauque.

— Oui, chuchota-t-elle. J'ai peur.

Elle aussi l'effrayait un peu. Il ne l'aurait jamais admis à haute voix, mais il était conscient d'avancer en terrain dangereux. Il ne voulait pas trop réfléchir pour le moment. Il caressa d'un doigt le cœur chaud et humide de sa féminité. Elle émit un cri sourd, comme si elle était sur le point de basculer dans la jouissance.

Nash prit la fleur d'hibiscus et la fit glisser sur sa poitrine. Les feuilles vert sombre paraissaient presque noires sur sa peau, et il trouva l'effet extrêmement érotique. Lentement, il passa la fleur sur le mamelon gauche, le faisant durcir plus encore.

Il joua un moment avec son nombril parfait, puis avec son pubis, glissant peu à peu vers le point le plus secret de son corps. Elle respirait à un rythme saccadé. Elle ne regardait ni la fleur ni son visage. Ses yeux étaient fixés sur sa main. Il insinua celle-ci entre ses cuisses, caressant doucement sa chair gonflée avec les pétales. Elle poussa un petit cri tremblant.

— Viens, Xanthia, murmura-t-il d'une voix enjôleuse. Abandonne-toi.

— Je... je ne peux pas, répliqua-t-elle dans un souffle. Je te veux... en moi.

— Ne pense qu'à la sensation, Zee. Pense à cette fleur qui te touche, là... Tu sens ?

— Oui... mais je veux...

— Tu veux *cela*, Zee, dit-il en continuant de la torturer à l'aide de l'hibiscus. Viens, ma jolie fleur tropicale. Laisse-moi te contempler pendant que le plaisir déferle...

— J'ai besoin de... de plus ! protesta-t-elle. J'ai besoin de toi.

— C'est moi. Et tu n'as besoin de rien d'autre, Zee. Tu es une créature sensuelle. Songe aux vêtements de soie que tu portes à même la peau... à leur caresse si douce, si érotique. La prochaine fois que tu les feras glisser sur ton corps, Zee, je veux que tu penses à cette fleur. Que tu penses à moi, en train de te faire l'amour avec cette fleur.

Elle tremblait de tous ses membres, à présent. Elle émit un long gémissement, et ses doigts se crispèrent sur la courtepointe. Il rejeta l'hibiscus sur le lit et couvrit son corps du sien.

Xanthia était belle. Belle dans la passion. Il la serra délicatement contre lui, déposant dans son cou des baisers légers.

Le monde extérieur avait disparu, ils étaient seuls.

Éperdue, Xanthia sentit Nash se hisser au-dessus d'elle, et la toison rude qui couvrait sa poitrine lui effleura les seins. Ses épaules lui semblèrent plus larges que jamais. Fascinée, elle saisit son sexe dans sa main et le guida entre ses jambes.

— Nash... chuchota-t-elle. Prends-moi... je veux être à toi.

Il la pénétra lentement, délicatement. Elle s'arqua pour mieux s'offrir. Posant les mains de part et d'autre de ses épaules, il ferma les yeux.

— Zee... tu... tu me rends fou. Tu m'as ensorcelé.

— Fais-moi l'amour, exigea-t-elle dans un souffle.

Il ne se le fit pas dire deux fois. Ses mouvements devinrent forts et profonds. Il lui prit les mains et les ramena au-dessus de sa tête. Xanthia passa une jambe sur ses reins. Ses cheveux retombaient sur son visage, et sa peau était luisante de sueur.

Pendant de longues minutes, ils s'unirent ainsi. Xanthia sentait les battements de son cœur se répercuter dans tout son corps, tendu comme un arc.

Enfin, il crispa les doigts sur ses hanches et poussa un cri guttural, presque douloureux. Xanthia se laissa emporter avec lui dans le précipice de la jouissance, les jambes nouées à ses reins puissants.

Plusieurs minutes s'écoulèrent ensuite sans qu'ils prononcent une parole. Seul le bruit de leurs respirations brisait le silence de la chambre. Nash se souleva et roula sur le côté. Elle se tourna vers lui et il se lova contre elle, en un geste protecteur.

Elle sombra dans le sommeil, consciente de sa main sur son sein.

10

Loin du Yorkshire

Dormir. Oh, dormir sans le moindre souci !

Nash n'avait pas connu un tel repos depuis une dizaine d'années au moins. Et à présent, il était vaguement conscient que quelqu'un, ou quelque chose, voulait absolument le faire sortir de ce sommeil bienheureux. Il enfouit le visage dans le cou de Xanthia pour échapper au vacarme. Mais le bruit recommença.

C'était encore Gibbons, qu'il aille au diable ! Personne d'autre que lui n'aurait frappé aussi fort à la porte.

— Nash ? s'enquit la jeune femme.

Il souleva les paupières.

— Nash… il y a quelqu'un, en bas ?

Les coups retentirent de nouveau contre le battant, se répercutant dans la maison comme des roulements de tambour.

Non, ce n'était pas Gibbons. Il se dressa brusquement sur le lit et passa les mains sur son visage. Bon sang !

— Ils… ils vont partir, n'est-ce pas ? dit Xanthia, sur le ton de l'espoir.

Mais Nash était déjà en train d'enfiler son pantalon.

— Je n'en ai pas l'impression, répondit-il d'un air mécontent. C'est peut-être Rothewell, ma chérie. Il a dû découvrir que tu étais là. Et si c'est lui, il ne sert à rien de l'ignorer.

Xanthia s'assit en écarquillant les yeux.

— Oh non, Nash, ce n'est pas possible... Quelle heure est-il ?

— Pas loin de onze heures, dit-il en fourrant les pans de sa chemise dans son pantalon.

Il se pencha et l'embrassa rapidement.

— Je vais voir.

En proie à une forte anxiété, Xanthia se leva au moment où il sortait en refermant la porte derrière lui. Privée de la chaleur de son corps, elle se sentit glacée jusqu'aux os. Elle jeta un coup d'œil au lit, et aux pétales d'hibiscus répandus tout autour. Comme tout cela paraissait romantique, et irréel à présent. Comme tout était devenu froid, soudain.

Elle alla dans le dressing et trouva une robe de chambre de soie ivoire, accrochée à une patère de cuivre. Enveloppée de l'ample vêtement, elle s'approcha de la porte à pas de loup et tendit l'oreille. Rien. Elle fut tentée un instant de descendre l'escalier sur la pointe des pieds, mais y renonça.

Ses yeux se posèrent sur le secrétaire d'acajou.

Bien. Elle ne pouvait rêver meilleure opportunité de faire ce qu'elle avait prévu. Avec un horrible sentiment de culpabilité, elle prit la lampe de chevet et la plaça sur le bureau. Un par un, elle ouvrit les petits tiroirs du secrétaire.

Nash avança dans le hall, mal à l'aise, passant les mains dans ses cheveux dans le vain espoir de les discipliner. Il était parfaitement éveillé maintenant, et tenaillé par la colère. Parbleu, il fallait un motif grave pour justifier une telle intrusion.

Il ouvrit la porte d'un coup sec.

Une petite créature frêle apparut, aux vêtements détrempés par le brouillard. Elle portait un manteau gris sans forme, et un énorme parapluie qui avait dû connaître des jours meilleurs... quelques dizaines d'années auparavant. Mais quand il vit son regard à la lumière du réverbère, il y décela une indiscutable indignation.

Allons bon. Quelqu'un qui venait pour lui faire la morale ?

— Les prêchi-prêcha ne m'intéressent pas, dit-il en refermant la porte.

Mais la frêle créature glissa son parapluie dans l'ouverture.

— Je m'appelle Mme Wescot. Je viens voir le marquis de Nash.

Wescot ? Il ne connaissait pas de Wescot.

— Si vous avez un brin de charité chrétienne dans le cœur, laissez-moi entrer.

De charité chrétienne ? Le marquis de Nash n'en avait pas un gramme. Et pourtant, lorsqu'il posa les yeux sur la toile huilée et la canne de bambou qui s'étaient introduites à l'intérieur, il sut qu'il était sur le point de faire quelque chose qu'il allait regretter. Pourquoi fallait-il que le seul et unique gramme de charité qu'il possédait se manifeste, justement cette nuit ?

Elle était trempée, la nuit était glaciale. Il ouvrit la porte et s'écarta pour la laisser entrer.

La femme baissa la tête d'un air timide et déposa soigneusement son parapluie mouillé sur le côté. Elle était très jeune – pas plus de dix-huit ans, sans doute.

— Il faut que je voie le marquis de Nash, répéta-t-elle. Je n'ai pas de carte de visite. Voulez-vous avoir la bonté de lui dire que je suis là ?

— C'est une heure curieuse pour rendre visite à quelqu'un, commenta Nash en l'aidant à enlever son manteau alourdi par la pluie. Pour quel genre d'affaire voulez-vous le voir ?

— C'est personnel. Il connaît certainement mon nom.

Nash se figea. Puis son regard descendit sur le ventre arrondi de la jeune femme, et il eut l'impression que le sol se dérobait sous ses pieds.

Elle était enceinte. Et pourtant, il ne la reconnaissait pas. En était-il arrivé au point où il oubliait les visages, comme il oubliait les noms ?

Non. Ce n'était pas possible. Il était d'une prudence presque ridicule, pour ce genre de choses. Et cette femme, si elle n'était pas « une dame », n'était pas non plus une traînée. Elle était différente... Tout à coup, il songea qu'elle ne le reconnaissait pas plus qu'il ne la reconnaissait. Une vague de soulagement le submergea.

Il prit la lampe près de la porte.

— Venez dans le salon, mon enfant. Je suis le marquis de Nash.

Il l'entendit pousser une exclamation étouffée derrière lui, mais il ne se retourna pas. Ne sachant que faire du manteau humide, il le plaça sur le dossier d'une chaise.

— Asseyez-vous, dit-il.

Il tourna la mèche de la lampe et alluma aussi un chandelier. Il la voyait mieux à présent. L'inquiétude creusait son visage, qui sans cela aurait été d'une beauté assez remarquable.

— Comment puis-je vous aider, madame... Wescot, n'est-ce pas ? Cette affaire doit être bigrement urgente, pour que vous veniez me tirer du lit au milieu de la nuit.

La jeune femme blêmit.

— Je... suis désolée. On... on m'avait dit que...

— Quoi donc ?

— Que vous ne dormiez pas la nuit, avoua-t-elle, embarrassée. Que vous aviez... de mauvaises habitudes.

Nash la regarda.

— Je ne dormais peut-être pas, madame Wescot. Je me livrais peut-être à mes mauvaises habitudes.

Le visage de la jeune femme s'empourpra, et Nash eut conscience de se conduire comme un goujat. Il croisa les mains dans son dos.

— Je vous demande pardon, dit-il. Je manque de tact. Pourquoi ne m'exposez-vous pas votre affaire, madame ? Il est très tard pour sortir seule... Au fait, maintenant que j'y pense : où est M. Wescot ?

À ces mots, elle fondit en larmes. Nash fouilla désespérément dans ses poches, et finit par trouver un mouchoir.

— Vous êtes veuve ? s'enquit-il.

— Non... non, balbutia-t-elle en reniflant. Matthew est... Oh, mon Dieu ! Chez l'huissier !

— Dieu du ciel.

Nash se mit à faire les cent pas dans le salon.

— Madame... est-ce que je connais M. Wescot ?

La jeune femme écarquilla les yeux, incrédule.

— Si vous le connaissez ? Mais naturellement, lord Nash. Vous l'avez pratiquement ruiné. Comment pouvez-vous me poser cette question aussi tranquillement ?

Oui, vraiment, comment ? Wescot. *Wescot.*

Quelque chose lui revint à l'esprit, du fin fond de sa mémoire. Plusieurs jours auparavant, il y avait eu un jeu de pharaon dans un affreux tripot de Fetter Lane. Nash était ce soir-là d'une humeur massacrante, furieux contre lui-même du désir qu'il éprouvait pour Xanthia, et il avait peu envie de jouer. Mais M. Mainsell était arrivé en compagnie d'une connaissance... un type de vingt-cinq ans, avec la langue trop bien pendue et des manières arrogantes. Son attitude avait intensément déplu à Nash, qui avait éprouvé un certain plaisir à plumer ce vantard. Celui-ci avait perdu quelque chose d'assez important... songea Nash, fouillant dans ses souvenirs. Ah, oui. Un moulin.

— Une sorte de moulin, je crois ? dit-il. Dans le... le Yorkshire ?

La jeune femme poussa un petit cri aigu.

— Oui, un moulin ! C'est son grand-père qui le lui a légué.

Nash ne savait même pas où se trouvait le Yorkshire. Il était rentré chez lui ce soir-là, avait ôté ses gants, s'était servi une bonne dose d'*okhotnichya* et avait jeté la reconnaissance de dette de Wescot sur la pile de documents qui attendait le retour de Swann. Elle y était toujours, vraisemblablement. Swann la donnerait au notaire, puis il s'occuperait de vendre le moulin.

Il s'aperçut que la jeune femme continuait de parler.

— Matthew veut que nous vivions à Londres, que nous ayons une place dans la société... pour le bien de l'enfant. Il m'a juré qu'il ne miserait pas un centime, quoi qu'en pense son père. Et qu'avec les revenus du moulin, nous finirions de rembourser ses dettes et que nous achèterions une belle maison... Mais... mais il a perdu le moulin !

Seigneur, quel cauchemar ! Ce qui pouvait arriver de mieux à cette pauvre fille, c'était de se retrouver veuve très vite. Mais en attendant, que pouvait-il faire pour elle ?

Bon sang, ce n'était pourtant pas son problème. Il avait joué honnêtement. Les mâchoires crispées, il demanda :

— Et vous espérez que je vais vous rendre le moulin, c'est cela ?

La jeune femme hocha la tête. Elle pleurait doucement à présent. Nash finit par s'asseoir. Il se sentait épuisé... Il posa les coudes sur ses genoux.

— Écoutez, madame Wescot, je vais être honnête...

Elle lui lança un regard accusateur.

— Mais vous n'êtes pas un honnête homme, n'est-ce pas ? Tout le monde dit que vous êtes mauvais.

— Je suis bien plus honnête que certains, rétorqua-t-il. Vous entendrez dire beaucoup de choses sur moi, et la plupart seront exactes. Mais jamais quelqu'un de sensé ne me traitera de tricheur, ni de menteur. Donc, ma chère, voici l'horrible vérité : vous allez avoir un bébé avec un jeune idiot arrogant.

— Je vous demande pardon ?

— Ce que votre mari a perdu, madame Wescot, il l'a perdu par vanité. J'aurais pu lui prendre beaucoup plus, ce soir-là. Il jouait aux cartes comme s'il avait une douzaine de moulins à perdre, et pas de famille à charge. Il faut que vous lui fassiez quitter Londres dès demain.

Elle froissa le mouchoir entre ses doigts, et son visage sembla se décomposer.

— Oh, je le savais ! gémit-elle. J'ai essayé de le lui dire. Notre place n'est pas ici.

— Quand l'enfant doit-il naître ?

Elle battit des paupières, déconcertée.

— Eh bien... à la fin du mois prochain.

— Avez-vous des parents dans la région de Londres ?

— Oui, mon cousin Harold est épicier à Spitalfields.

— C'est quelqu'un de bien, ce cousin ?

— Oh, oui, affirma-t-elle en hochant la tête. Il dit ce qu'il pense, mais il est bon et honnête.

— Dans ce cas, envoyez-le-moi lorsque l'enfant sera né, madame Wescot. Il me donnera le nom légal de l'enfant, que ce soit un garçon ou une fille, et je vous rendrai votre moulin.

— Vous... vous ferez ça ?

— Je le rendrai à votre enfant, précisa-t-il. Pas à votre mari. Et avec Harold comme tuteur. Vous me comprenez bien, madame Wescot ?

— Oh... mon Dieu.

— C'est à prendre ou à laisser, déclara Nash en levant les mains. C'est la meilleure offre que je puisse vous faire, et elle est bigrement généreuse.

— Oh oui, très généreuse. Vous êtes très bon. Mais Matthew... cela risque de ne pas lui plaire.

— Eh bien, vous me l'enverrez aussi, madame. Et je lui expliquerai ceci dans des termes qu'il comprendra.

— Oui. Oui, bien sûr... Merci, lord Nash.

Il alla récupérer le manteau humide.

— Venez, madame Wescot, je vais vous appeler un fiacre.

— Non, je vous remercie, protesta-t-elle en se levant. Je n'ai pas d'argent pour le payer.

— Je le payerai, dit-il doucement. Vous allez attraper froid, à errer dans Londres avec ce manteau trempé. Et je crains que votre parapluie ne soit définitivement hors d'usage.

— Merci, monsieur, dit-elle en baissant les yeux.

— Avez-vous un endroit où loger, madame ?

— Nos bagages sont toujours à l'auberge Chez Georges. Mais... ils nous ont mis à la porte.

— Votre cousin acceptera-t-il de vous recevoir ?

Elle acquiesça en silence.

— Dans ce cas, je payerai le cocher pour qu'il vous emmène récupérer vos affaires à l'auberge, avant de vous conduire à Spitalfields.

— Oh, mon Dieu. C'est... c'est très loin, n'est-ce pas ?

— Pas si loin que ça. Et... madame Wescot, puis-je vous donner un conseil ?

Elle hocha la tête. Nash lui posa la main sur l'épaule.

— Vous allez bientôt avoir un enfant, ma chère. Je vous suggère de faire un effort pour prendre le dessus sur votre mari. Le bien-être de votre enfant en dépend.

— Mais... comment ? murmura-t-elle.

Nash pencha la tête de côté.

— Vous êtes très belle, madame Wescot. Servez-vous des atouts que le bon Dieu vous a donnés pour le remettre dans le droit chemin. N'oubliez jamais ceci : un homme fera n'importe quoi pour une femme, si elle sait s'y prendre.

Mme Wescot redressa les épaules.

— Oui, monsieur. Je m'efforcerai de ne pas l'oublier.

Xanthia était penchée sur une chaise, en train de défroisser ses vêtements, quand Nash revint dans la chambre. Elle sursauta.

— Nash ? Tout va bien ?

Il s'assit au bord du lit et lui raconta ce qui s'était passé. À la fin de son récit, ils étaient de nouveau allongés tous les deux. Il avait posé la tête sur son épaule, un bras autour de sa taille, et il se sentait bien. Réconforté.

— Je ne sais pas pourquoi cette affaire me touche tant, Zee, murmura-t-il. Je ne suis pas dénué de sentiments, mais après tout, c'est le jeu. Si nous commençons tous à rendre ce qui a été gagné honnêtement… cela n'aura plus de sens.

Xanthia lui caressa les cheveux.

— M. Mainsell porte une part de responsabilité dans cette histoire, fit-elle remarquer. Il a amené cet homme à la table de jeu, alors qu'il n'avait rien à y faire.

Nash garda le silence un moment.

— Elle va accoucher bientôt. Je crois que c'est cela qui m'a poussé à agir ainsi. La pensée de cet enfant qui serait élevé par un homme dénué de bon sens… ou pire encore, d'un enfant qui naîtrait dans la pauvreté, avec un père en prison pour dettes…

— Tu as eu l'impression que c'était ta faute ?

— Oui, d'une certaine façon.

Il demeura silencieux un instant, puis ajouta :

— J'ai fait une terrible erreur ce soir, Zee… Quand nous… quand nous avons fait l'amour.

Elle se raidit entre ses bras.

— Je n'ai pas eu l'impression que c'était une erreur.

— Non, admit-il en la serrant plus fort dans ses bras. Mais j'ai laissé ma semence en toi. C'est un risque que je ne prends jamais, d'habitude. C'était très imprudent, et je crois… je crois que c'est en partie ce qui explique mon trouble, ce soir. Mme Wescot a-t-elle eu le choix ?

— La plupart des femmes veulent des enfants.

— Eh bien, elle ne devrait pas en vouloir, dit-il d'un ton vif. Son mari est un imbécile.

Il posa les mains à plat sur son ventre, comme si cela pouvait la protéger de tomber enceinte. Il avait pris un risque et aurait dû en être terrifié. Ou du moins, terriblement préoccupé. Mais il n'éprouvait rien de tel. Il était prêt à prendre ce risque-là. Mais Xanthia ?

La plupart des femmes veulent des enfants.

Et elle, en voulait-elle ? Chez lady Henslow, elle avait laissé entendre qu'elle avait renoncé au mariage et à la maternité. Et maintenant qu'il la connaissait, il pensait que c'était vrai. Elle menait une vie non conventionnelle, et manifestement ne voulait à aucun prix y renoncer. De plus, son existence tournait autour de la Neville Company. Comment aurait-elle pu gérer une affaire *et* une vie de famille ?

Pourtant, certaines femmes le faisaient. Sans doute pas des femmes de la même classe sociale que lui, mais c'était assez répandu. Et même dans les plus hautes sphères de la société, quelques-unes dirigeaient de vastes domaines. D'autres effectuaient un travail considérable pour des œuvres de charité.

Si Xanthia était enceinte, que feraient-ils ?

Ils feraient ce que tout le monde faisait dans ce cas... ils se marieraient. Il insisterait pour la convaincre, et s'il n'y parvenait pas, son frère s'en chargerait.

Il leva la tête pour l'embrasser.

— Tu me plais, dans cette robe de chambre, dit-il. Elle me va moins bien qu'à toi.

Elle pinça le tissu, d'un geste un peu nerveux.

— J'ai pensé qu'il valait mieux que je me couvre.

Puis elle hésita, comme si elle avait envie de dire autre chose. Nash décida qu'ils avaient eu assez de discussions sérieuses pour une soirée. Aussi, s'appuyant sur un coude, demanda-t-il :

— Tu as dîné ? Il y a un souper froid dans la salle à manger. Tu veux manger avec moi ?

— Oui, je meurs de faim ! répondit-elle avec un large sourire.

Ils descendirent main dans la main. Nash décida sur une impulsion de faire visiter la maison à Xanthia. Northampton House était une des résidences les plus somptueuses de Londres. Elle avait été construite pour le septième marquis de Nash, à l'époque où Mayfair n'était encore qu'un pré à vaches. Nash savait que sa demeure était grandement admirée. Mais il eut l'impression de la visiter lui-même pour la première fois. Il éprouva un plaisir inexplicable à l'idée de la voir à travers les yeux de Xanthia.

Elle s'extasia devant les meubles et les dorures des salons. Fit des remarques judicieuses sur les plafonds décorés, les colonnes, les corniches sculptées, les meubles d'acajou, les tentures de la bibliothèque. Quand ils atteignirent la salle à manger, ils se tenaient toujours par la main. Xanthia fut ébahie en découvrant la longue table garnie de l'argenterie de Northampton.

Mais la mine de Nash s'allongea. Car un seul couvert était mis, naturellement.

— Nous pourrions partager? suggéra-t-il.
— N'as-tu pas d'autres fourchettes?
— Des centaines, je suppose. Mais j'ignore où elles se trouvent.

Xanthia éclata de rire.

— Tu mènes vraiment une vie de privilégié, n'est-ce pas? Sers le vin, pendant que j'explore les placards.

Elle lui lâcha lentement la main, comme à regret. Nash alluma les bougies, et elle en prit une avant de s'engager dans le couloir qui reliait la salle à manger à une superbe pièce contenant les placards où le majordome rangeait la vaisselle. Toutes les portes étaient fermées à clé.

— Tu vas être obligé de partager, annonça-t-elle en retournant dans la salle à manger. Non, attends… la desserte.

Elle alla ouvrir les portes et les tiroirs, et trouva un peu de vaisselle et des couverts.

— Au fait, dit-elle en revenant vers lui, tu as des domestiques exemplaires.

Nash la contemplait avec une vague émotion.

— Qu'y a-t-il? demanda-t-elle en regardant la robe de chambre. J'ai une tache?

— Non, c'est juste que... je n'ai pas l'habitude de voir une femme s'affairer dans la maison.

— Je suis désolée... Cela doit paraître indiscret.

— Non, répliqua-t-il en secouant la tête. C'est... différent. Et agréable.

Ils s'assirent, et Xanthia se renversa contre le dossier de sa chaise.

— As-tu grandi seul avec ton père, après la mort de ta mère ?

Nash souleva le couvercle d'un plat.

— Oh, non. Père s'est remarié immédiatement. Ma belle-mère vit toujours à Brierwood.

— Oui, bien sûr, dit-elle en prenant une tranche de rôti. Tu m'as parlé de tes sœurs. Et j'ai rencontré ton frère chez lady Henslow, n'est-ce pas ?

— Oui, Anthony Hayden-Worth. Lady Henslow est sa tante.

— Je l'ai trouvé charmant. Êtes-vous proches ?

Nash s'éclaircit la gorge.

— Eh bien, nous sommes totalement différents. Mais je l'aime beaucoup. Tony avait à peine sept ans quand nos parents se sont mariés, et j'en avais déjà treize.

— Tu as été un vrai frère, pour lui ?

Nash eut un pâle sourire.

— J'aurais bien voulu. J'avais eu un excellent exemple avec mon frère Petar. Mais Tony...

— Oui ? fit-elle d'un ton encourageant.

Il parut hésiter, avant d'expliquer :

— J'ai toujours eu l'impression que Tony m'en voulait. Il ne l'a jamais dit, bien entendu. Mais j'étais si brun, j'avais une allure tellement étrange. Et j'ignorais tout de l'Angleterre. Tony se moquait de moi et me disait ce que je devais apprendre pour devenir un lord anglais.

— Et tu as appris. Tu en sais certainement plus que moi, en fait.

— Oh, j'en doute, ma chère. Pendant la première année, Tony et moi avions les mêmes livres et les mêmes maîtres. Je peinais pour apprendre la langue, et j'ignorais tout de l'histoire d'Angleterre. C'était... un peu humiliant.

Elle posa le menton dans sa main.

— Comment Tony t'appelle-t-il ?

— Nash.

— Non, avant que tu ne deviennes Nash. Quel est ton prénom ?

— Oh. Je m'appelle Stefan.

— Stefan, répéta-t-elle. Tu ne me l'avais jamais dit.

— Parce que tu ne l'avais jamais demandé.

Oui, et il y avait une raison à cela. Vendenheim lui avait cité son nom, lors de sa visite. Mais Xanthia avait envie de l'entendre de la bouche de Nash. Il le prononçait d'un ton élégant, presque hautain.

— C'est un très joli nom, dit-elle.

Il haussa les épaules d'un air désinvolte.

— Cela s'écrit avec un f, précisa-t-il. Père voulait que je change l'orthographe, pour que ça fasse plus anglais. Mais j'ai refusé.

— A-t-il été déçu ?

Nash rompit un morceau de pain.

— Je l'ai souvent déçu. Parfois délibérément, je suppose. J'avais l'impression qu'il voulait me dépouiller de la partie de moi qui n'était pas anglaise. Soudain, après l'avoir ignorée pendant des années, il ne jurait plus que par l'Angleterre. Je trouvais cela un peu difficile à comprendre.

— Tu étais jeune. Tu avais été projeté dans un pays inconnu, dont tu ignorais la langue et les coutumes. Tu avais besoin de te raccrocher à ce qui te paraissait familier.

Il sourit.

— Ce que tu dis me semble très sage.

— C'était la même chose pour mes frères. Après la mort de nos parents, personne ne voulait nous recueillir. Aussi nous fûmes envoyés à la Barbade, chez le frère aîné de mon père.

— C'est un long voyage... surtout pour trois petits enfants.

— En effet, répliqua-t-elle avec l'ombre d'un sourire. Et je me rends compte à présent que mes frères ont dû subir un énorme traumatisme. Ils se rappelaient l'Angleterre, et la vie heureuse que nous avions quand notre famille était intacte. Moi, je n'avais gardé aucun souvenir.

— Je me demande ce qui est pire, fit-il remarquer, songeur.

C'était une question que Xanthia s'était souvent posée, sans jamais trouver de réponse satisfaisante. Renonçant à y répondre ce soir, elle saisit un plat de cristal contenant des pickles.

— Parle-moi de ta mère, dit-elle d'un ton dégagé. Était-elle très belle ?

Il leva les yeux.

— Extraordinairement belle. Pourquoi ?

— Eh bien, parce que tu es beau, rétorqua Xanthia en arquant un sourcil. Et que tu n'as pas le type anglais.

Elle prit une rondelle de concombre au bout de sa fourchette et la lui tendit. Puis elle le regarda l'attraper du bout des lèvres, et se dit qu'il avait une bouche magnifique.

— Il n'y avait absolument rien d'anglais chez ma mère, assura-t-il. Je pense que c'est la raison pour laquelle elle se sentait si malheureuse, ici. Et bien qu'elle se soit montrée très égoïste en nous abandonnant, je crois comprendre ce qu'elle éprouvait.

— Elle avait le mal du pays ?

— C'était plus grave que ça.

Il se pencha pour lui présenter le verre de vin, et elle inspira le parfum du néroli.

— Je me suis toujours senti partagé entre deux cultures, poursuivit-il. Pendant la moitié de ma vie, on m'a appris que deux seules choses comptaient : le Monténégro et notre alliance avec la Russie. Mon père et ma mère étaient en parfait accord là-dessus.

— Et ensuite ?

— Ensuite, ce fut un bouleversement total. Après que mon oncle et mon cousin se furent noyés, les ambitions de mon père changèrent du tout au tout, et ma vie en fut transformée.

— Oui, mes frères aînés connurent le même genre de bouleversement.

— Comment cela ?

— Quand nos parents moururent, mon frère Luke devint le seul héritier de notre oncle. Les propriétés ne valaient pas grand-chose, à cette époque. Il n'y avait qu'une plantation dans l'île, et un domaine à l'abandon en Angleterre. C'était donc plus un fardeau qu'un coup de chance.

Il lui lança un regard empreint de compréhension.

— Un titre entraîne dans son sillage nombre d'obligations... comme tu sembles le savoir.

— Et comme l'a appris mon frère Kieran. Il était un fils cadet, lui aussi. Il ne s'attendait pas à hériter, et ne l'avai jamais désiré. Mais la tragédie survient sans qu'on y puisse rien, n'est-ce pas ? Notre frère aîné mourut dans un incendie.

— Et donc, le frère cadet dut prendre la suite... Seigneur. Je me sens tout à coup plein de compassion envers Rothewell. Mais ne t'inquiète pas : je ne pense pas que ça durera.

— J'en suis sûre ! s'exclama-t-elle en riant. Il n'est pas le genre d'homme qui inspire la compassion. Mais je l'aime. Nous sommes... proches.

Le silence s'installa, et Xanthia ne se sentit pas obligée de le rompre par des paroles anodines. Elle trouva cela extrêmement agréable. De temps en temps, Nash la regardait et souriait. Ses yeux noirs avaient quelque chose de spécialement mystérieux, comme si le fait de parler de son pays natal et de sa famille avait mis en valeur le côté exotique de sa personnalité.

— Tu as changé de parfum, dit-elle au bout d'un moment. La première fois que nous nous sommes rencontrés, tu portais de l'essence d'ambre.

Il haussa les sourcils.

— Ah, mais une très belle femme m'a dit que cela ne lui plaisait pas, expliqua-t-il en faisant glisser de la viande dans l'assiette de Xanthia. Une belle femme que je souhaite absolument courtiser. Aussi, j'ai demandé à mon parfumeur de ne plus en mettre dans mon eau de toilette.

Xanthia fut touchée par ces mots. Il se leva et gagna la desserte pour prendre une nouvelle carafe de vin. Elle aimait la grâce souple avec laquelle il se mouvait… et faisait l'amour. Un frisson sensuel lui parcourut le dos.

— Tu dois avoir les yeux de ta mère, dit-elle.

— Ah, oui, murmura-t-il avec un sourire mélancolique. Une autre partie de moi-même qui n'a rien à voir avec l'Angleterre.

Il vint se rasseoir à table, et Xanthia posa la main sur la sienne.

— Quand je les vois, mon cœur s'arrête, chuchota-t-elle.

— Je veux seulement le faire battre un peu plus fort, ma chère.

Xanthia se renversa dans sa chaise et regarda ses doigts élégants prendre la carafe pour verser du vin dans le verre qu'ils partageaient.

— Comment ta mère est-elle morte ? s'enquit-elle doucement.

— Nous ne l'avons jamais su avec certitude.

Il posa la carafe, et son regard sombre devint distant.

— Quand elle fut sur le point de quitter l'Angleterre, elle me demanda de l'escorter jusqu'à Danilovgrad. J'étais un garçon robuste pour mon âge, habitué à voyager. Mais père a prétendu que j'étais trop jeune, et il s'y est opposé. Donc, Petar a pris ma place, enfreignant les ordres de mon père. Ils avaient l'intention, une fois débarqués en Espagne, de la traverser pour se rendre en Italie, mais ils n'y sont pas parvenus. Nous n'avons jamais su exactement ce qui s'était passé. Ils sont morts à Barcelone, quand les Français se sont emparés de la ville.

— Quelle tragédie… À la Barbade, nous n'avons pas été touchés par la guerre.

— Vous avez donc eu de la chance, dans un sens.

Xanthia l'observa attentivement.

— Tu lui en as voulu ? Je veux dire, à ta mère ?

Il releva vivement la tête.

— Je ne comprends pas comment une mère peut abandonner ses enfants, dit-il à voix basse. Nous n'étions pas plus heureux qu'elle, ici. Et pourtant, elle n'a pas essayé de nous ramener chez nous.

De nous ramener chez nous...

Sans doute considérait-il encore le Continent comme sa vraie patrie. Elle espéra que Vendenheim ne l'apprendrait pas.

— Nash, tu ne sauras jamais ce que votre mère a essayé de faire, dit-elle en lui prenant la main. Qui sait ce qui a pu se passer entre tes parents ?

— Que veux-tu dire ? demanda-t-il en lui lançant un regard intrigué.

— En Angleterre, les lois sont très strictes. Une femme n'a pas le droit de décider où ses enfants doivent vivre, ni même avec qui. Il est fort possible qu'elle ait voulu t'emmener. Peut-être cette demande d'être escortée n'était-elle qu'une ruse, et son véritable objectif était de te faire quitter le sol anglais. Quel âge avait ton frère ?

— Dix-huit ans.

— Tu étais beaucoup plus jeune. C'est sans doute pour cette raison qu'elle a demandé à avoir ta compagnie. Pour t'éloigner.

Visiblement, Nash n'avait jamais envisagé les choses sous cet angle.

— Ma mère m'a toujours semblé être une force de la nature, dit-il. Elle était si fière, si volontaire. Je ne peux l'imaginer se soumettre aux lois de l'Angleterre. Ni d'aucun autre pays, d'ailleurs.

— Sa fierté et sa volonté auraient été de peu d'effet, ici. Emmener le fils d'un marquis contre son gré ? Elle ne le pouvait pas. C'est un crime qui lui aurait valu la pendaison.

Nash réfléchit un instant, puis haussa les épaules.

— Cela n'a plus d'importance, maintenant. Je suis le marquis de Nash.

Comme pour clore le sujet, il prit une pomme dans une coupe de fruits, la coupa et lui en offrit une tranche.

— Comment était cet oncle, Zee ? demanda-t-il d'un ton léger. Était-il comme ton frère... une sorte de dur à cuire des colonies ?

Xanthia rit de bon cœur.

— C'est ainsi que tu vois Kieran ? Non, mon oncle était ce qu'on appelle en termes polis un « propre-à-rien ». Un ivrogne invétéré... et violent.

— C'est affreux, commenta Nash en faisant la moue.

Le regard de Xanthia se perdit dans le vague.

— J'ai essayé de le considérer d'un œil un peu plus charitable en vieillissant, dit-elle avec tristesse. C'était un homme de quarante ans, et célibataire. Malgré le terrible abandon dans lequel elle se trouvait, la plantation lui rapportait assez d'argent pour acheter du rhum, jouer aux dés et se payer des femmes. Cette vie lui convenait.

— Il aurait pu vous renvoyer en Angleterre. Cela aurait été mieux que de vous laisser entendre qu'il ne voulait pas de vous.

— Laisser entendre ? Il n'était pas aussi subtil. Il nous traitait de petits morveux, et il nous battait à coups de cravache quand notre présence l'agaçait trop. Mais il ne nous a jamais renvoyés. Je pense que tante Olivia l'avait menacé de quelque chose s'il le faisait.

— Menacé ?

— Il avait eu des problèmes avec la justice en Angleterre, expliqua-t-elle avec un haussement d'épaules. Quoi qu'il en soit, nous avons survécu. Mais pas notre oncle. Il n'a vécu que dix ans, après notre arrivée. Luke a hérité du titre et de la propriété du Cheshire.

— Le Cheshire ?

— C'est une région qui se trouve au-dessous de Merseyside.

— Oui, je sais, j'ai gardé la carte d'Angleterre que m'avait donnée le précepteur de Tony, dit Nash en souriant. Mais j'ignorais que le manoir de Rothewell se trouvait dans le Cheshire.

— À vrai dire, Kieran se comporte comme s'il l'ignorait lui-même. De toute façon, le château ne valait plus grand-chose à l'époque, car notre oncle l'avait laissé tomber en ruine. La plantation a été partagée entre nous trois.

— Je vois. Et comment avez-vous fait démarrer votre compagnie de navigation ?

— Oh, c'est Luke qui a eu cette idée. Quelques années après la mort de notre oncle, il avait épousé une femme qui possédait deux navires marchands. Ce fut la naissance de la Neville Shipping Company.

Nash leva son verre, comme pour porter un toast.

— Et cela a tout de suite fait votre fortune ?

— Plus ou moins, admit Xanthia. Entre Luke qui dirigeait la compagnie de navigation, et Kieran qui achetait de nouvelles terres, il ne nous a pas fallu longtemps pour rembourser les dettes de notre oncle, et commencer à mener une vie prospère.

— Ton frère ne semble pas être de tempérament paresseux. Que fait-il de ses jours, à présent ?

Xanthia détourna les yeux.

— Il boit, et vit dans le passé. Les plantations de canne à sucre lui manquent. Mais la Barbade appartient au passé.

— N'y a-t-il pas de femme dans sa vie ? Il n'a jamais été marié ?

Xanthia secoua lentement la tête.

— Il a été amoureux une fois, mais les choses se sont mal passées. Et maintenant, il n'y a que Christine, je crois. C'est-à-dire la demi-sœur de lord Sharpe. Ils ont une liaison, semble-t-il...

— Ah, oui, murmura Nash. La belle Mme Ambrose.

— Tu la connais ?

— Il y a peu d'hommes fortunés à Londres qui ne la connaissent pas.

— Tu la connais *bien* ? précisa Xanthia.
— Assez bien.
— Tu as couché avec elle ?

Nash lui lança un regard de reproche.

— Zee, est-ce que je te pose ce genre de questions ? Veux-tu que je te donne une liste de noms ? Il te faudra longtemps pour la lire, je t'assure. Et la réponse est non, je n'ai jamais couché avec elle.

Xanthia se cala dans son fauteuil avec un sourire malicieux et croisa les bras.

— Mme Ambrose et Kieran vont dans des clubs ensemble. Des endroits vulgaires, à Covent Garden. J'ai entendu les domestiques en parler entre eux.

Il acquiesça.

— Mme Ambrose procure aux hommes un... un service, pourrait-on dire. Un service pour les hommes qui ont des appétits... inhabituels.

Xanthia écarquilla les yeux.

— Des appétits inhabituels ? répéta-t-elle, éberluée.

Nash hésita, avant de reprendre :

— Mme Ambrose connaît toutes sortes de gens, et elle a ses entrées dans certaines maisons en ville. Des maisons qui procurent des plaisirs érotiques. C'est une femme aux idées très larges.

— Ah, dit Xanthia en avalant une gorgée de vin. Cela explique tout.

— Cela explique quoi ?

— Un soir, Mme Ambrose est venue dîner. Quand elle a enlevé ses gants, j'ai vu qu'elle avait des marques rouges... autour des poignets. Elle portait des bracelets, mais les marques étaient tout de même visibles.

Nash parut décontenancé.

— Des blessures ? Autant que je sache, même Mme Ambrose n'est pas assez débauchée pour cela.

Xanthia prit une des tranches de pomme qu'il avait déposées dans le plat.

— On dirait que cette conversation te met mal à l'aise.

— Je ne suis pas sûr que cette discussion soit faite pour tes chastes oreilles, reconnut-il.

Xanthia croqua le morceau de fruit.

— Sais-tu, Nash, combien de prostituées vivent dans un port comme Bridgetown ? Ou comme Wapping ? Peux-tu imaginer le nombre de choses que j'ai vues et entendues, au cours de ma vie ?

— Je frémis rien que d'y penser, ma chère. Mais ce dont nous parlons est... une forme d'expérimentation sexuelle. Pas un accouplement rapide contre de l'argent. C'est un talent qui n'est pas acquis facilement... et les femmes qui le détiennent peuvent exiger un prix élevé pour le pratiquer. Si elles le souhaitent.

— Tu crois que Kieran attache Mme Ambrose pour prendre son plaisir avec elle ? À moins qu'elle ne lui fasse quelque chose, elle ? Peut-être qu'elle se déguise en gouvernante et qu'elle le bat en...

— Bon sang, Zee ! s'exclama-t-il, exaspéré. Je n'en sais rien. Mais il est plus probable que ce soit l'inverse.

— L'inverse ?

— Mme Ambrose aime les hommes... dominateurs.

Xanthia l'observa par-dessus le verre de vin.

— Alors, elle a choisi le bon partenaire. D'autre part, quelle femme voudrait d'un homme conventionnel et sans imagination dans son lit ?

Il lui lança un regard noir. Xanthia sourit.

— Je l'ai entendue lui dire des choses, parfois. Des choses très suggestives. Quand elle croit que personne ne l'écoute.

— Mme Ambrose et ton frère forment une association explosive.

Xanthia quitta son fauteuil et alla se camper derrière Nash.

— Et nous, crois-tu que nous formions un couple explosif ? s'enquit-elle en se penchant sur son épaule.

— Pour le moment, ma chère, tu me parais être la femme la plus dangereuse que j'aie jamais rencontrée.

Xanthia fit glisser ses mains sur sa poitrine. Ses muscles étaient chauds et fermes.

— Je vais devoir bientôt partir, annonça-t-elle en lui taquinant le lobe de l'oreille du bout de la langue. Mais il serait dommage de laisser perdre ces quartiers de pomme. Nous devrions les remonter dans la chambre.

Il se leva sans un mot et prit le plat sur la table.

Xanthia s'éveilla quelques heures plus tard dans les bras de Nash, épuisée et alanguie. Il ne restait plus de pomme, et les pétales d'hibiscus étaient flétris. Seuls les vases remplis de fleurs demeuraient.

Allongé sur le dos, Nash respirait profondément. Elle se demanda quelle heure il pouvait bien être. Tard… certainement très tard. Mais la lumière projetée par la lampe était si faible qu'elle ne pouvait distinguer les aiguilles de la pendule, sur le manteau de la cheminée. Elle se dégagea délicatement et s'assit au bord du lit. Il fallait absolument qu'elle soit rentrée avant que les domestiques ne se lèvent.

Tout en gardant un œil sur le lit, elle s'habilla, puis glissa subrepticement deux lettres dans sa poche. Elle les avait découvertes dans le secrétaire. Elles n'étaient pas affranchies, et les plis noircis indiquaient qu'elles venaient de loin. Elle espéra qu'elle aurait la possibilité de les remettre à leur place avant qu'il ne remarque leur disparition.

Elle avait vu un autre bureau, beaucoup plus grand, dans la bibliothèque. Avant de sortir, elle comptait le fouiller. S'il ne contenait rien pour prouver l'innocence de Nash, tant pis. Elle devrait en rester là.

Xanthia regrettait amèrement d'avoir promis à Vendenheim de garder le secret. C'était la seule chose qui la retenait de dévoiler toute la vérité à Nash… que le gouvernement le soupçonnait d'être un traître à la Couronne. Mon Dieu, c'était horrible !

Quoi qu'il en soit, elle en était arrivée à la conclusion qu'il était innocent. Et elle avait cru que son innocence serait facilement prouvée… ce qui était d'une grande naïveté, étant donné la complexité de l'affaire. Avait-elle cru que Vendenheim la croirait sur parole, et partirait aussitôt sur les traces d'une autre proie ? Elle n'avait certes pas imaginé, en tout cas, qu'elle tomberait amoureuse de lord Nash.

Dieu du ciel... était-elle vraiment amoureuse ?

Xanthia ferma les yeux. Quelle idiote elle était ! Et à quelle dangereuse intrigue se retrouvait-elle mêlée !

Elle ne put s'empêcher de jeter un dernier coup d'œil derrière elle avant de sortir. Nash était allongé nu sur le lit. C'était un homme beau et viril, et Xanthia éprouva une bouffée de tendresse.

Elle referma la porte sans bruit et descendit l'escalier à tâtons. Les appliques étaient éteintes depuis longtemps, et la bibliothèque était plongée dans une obscurité totale. Les mains tremblantes, elle alluma une lampe sur une table et la plaça sur le bureau. Elle ouvrit un premier tiroir. Rien n'était fermé à clé. Une fois de plus, elle fut frappée par le ridicule des soupçons qui pesaient sur lui. Est-ce qu'un contrebandier et un traître laisserait son bureau ouvert ?

Bien sûr que non. Xanthia explora l'intérieur à la hâte, réprimant son anxiété. Elle ne trouva rien, en dehors d'une pile de lettres d'affaires et de huit notes, qui ressemblaient à des reconnaissances de dettes.

Elle allait ouvrir le dernier tiroir quand un rai de lumière tomba sur le bureau. La gorge nouée, elle se redressa et pivota vers la porte.

— Xanthia ?

— Oui ? répondit-elle en refermant le tiroir du bout du pied. Nash ? C'est toi ?

Il s'approcha, vêtu de la robe de chambre ivoire, une lampe à la main.

— Xanthia, que fais-tu ?

— Ce que... je fais ? Je... je voulais t'écrire un mot. Pour... pour te dire qu'il fallait que je rentre chez moi. Mais je n'ai pas trouvé de papier à lettres.

Sans la quitter des yeux, Nash se pencha et ouvrit le premier tiroir. Une liasse de feuilles blanches apparut dans la lumière pâle de la lampe.

— Oh! s'exclama-t-elle. Oh, c'est là. Comme je suis idiote...

Nash posa la lampe sur le bureau. La flamme joua sur son visage, durcissant sa mâchoire, creusant ses traits.

— Xanthia, dit-il d'une voix douce. Xanthia, comment as-tu pu faire ça?

Elle sentit sa gorge se nouer.

— J'ai... j'ai cru qu'il y aurait du papier à lettres dans ton bureau. C'est vrai, Nash...

— Après la soirée que nous avons passée...

— Nash! Oh, Nash, je peux tout t'expliquer. Je suis désolée. Sincèrement désolée.

— Il me semble que la moindre des choses, c'était tout de même de me réveiller et de m'embrasser pour me dire au revoir.

— De... t'embrasser?

— Que penserais-tu, ma chérie, si tu t'éveillais et ne me trouvais plus dans ton lit, après une nuit de passion incomparable?

— Je... comprends, balbutia-t-elle.

Il lui prit les bras.

— Xanthia, je sais que ce n'est qu'une liaison. Mais il y a plus que cela entre nous, n'est-ce pas? N'y a-t-il pas au moins... un peu d'amitié?

Elle s'abandonna entre ses bras.

— Si, bien sûr, dit-elle en posant le front sur son épaule.

Mais j'avais besoin de fouiller dans tes affaires... Mon Dieu, c'était horrible! Quel genre de personne était-elle donc? Elle s'écarta.

— Nash, mon chéri. J'ai commis une erreur. Je... je t'adore. Je te l'ai prouvé, non? Mais... mais tu as toutes les femmes à tes pieds. Tu ne perdrais pas le sommeil à cause de moi, quand même?

Il crispa les doigts sur ses épaules.

— J'ai une femme en tête, dit-il d'une voix rauque. Une femme pour le moment, et c'est toi, Zee. Et tant que cette délicieuse liaison se poursuivra, il n'y aura personne d'autre. Est-ce clair ?

— Oui, dit-elle doucement.

Il pencha la tête de côté.

— Et si jamais tu disparais de nouveau comme ça, Zee...

Elle posa ses lèvres sur les siennes, pour l'empêcher de continuer.

— Je ne le ferai plus, promit-elle.

Il recula, lui prit la main et l'embrassa, dans un geste élégant et un peu désuet.

— Zee, je veux que tu fasses autre chose pour moi.

— Oui, tout ce que tu voudras.

Nash hésita un instant.

— Je voudrais simplement que tu m'appelles par mon nom. Juste... Stefan. Personne ne m'appelle plus ainsi... ou du moins, presque personne. Mais parfois, j'aime bien l'entendre prononcer.

Elle sourit et noua les bras autour de son cou.

— D'accord, je t'appellerai Stefan, murmura-t-elle. Mais toi aussi, tu dois faire quelque chose pour moi.

— Oui ?

— Embrasse-moi encore... Stefan.

11

Odeur de poudre sur les docks

— Eh bien, eh bien ! chantonna Kemble en entrant dans le bureau de Xanthia, le lendemain matin. On dirait que quelqu'un s'est couché tard.

Xanthia n'était pas d'humeur à plaisanter. Gareth lui avait déjà fait remarquer qu'elle avait les yeux cernés.

— Avez-vous vu M. Lloyd, en bas ?
— Il est parti sur les docks, dit-il en déposant le courrier sur son bureau. Vous avez encore reçu une lettre de ce fournisseur... Mais c'est qu'il devient agressif ! Voulez-vous que je m'en charge ?

Xanthia lui décocha un regard soupçonneux.

— De quelle façon ?

Kemble haussa les épaules, feignant l'innocence.

— Juste une petite discussion entre personnes civilisées.
— Une discussion ! s'exclama Xanthia en repoussant sa tasse de thé. Ce gredin mériterait d'être écartelé !
— Très franchement, ce genre de procédé n'est plus à la mode, dit Kemble en triant la pile de courrier. Mais je connais des gars à Stepney qui pourraient le ligoter et le balancer dans Greenwich Reach.

Xanthia leva les yeux de son bureau.

— Vous me tentez.

— Bien, parlons affaires, reprit-il d'un ton crispé. Que vous a dit Nash ? Vous avez trouvé ce qu'il nous faut ?

— Il n'y a rien à trouver, monsieur Kemble.

Xanthia sortit les deux lettres de sa sacoche.

— Il n'y avait rien dans son bureau à part ceci, et je ne comprends pas ce que ça signifie.

Kemble ouvrit une des deux lettres.

— Oh, c'est un malin, marmonna-t-il. Il ne laisse pas traîner n'importe quoi.

— Ou bien il est innocent, déclara Xanthia en se levant.

— Je vous demande pardon ?

Elle alla à la fenêtre et contempla le port.

— Monsieur Kemble, je n'aurais jamais dû accepter de me mêler de cette affaire, ni vous donner ma parole de garder le secret. Lord Nash mérite de savoir de quoi on l'accuse.

— Mademoiselle Neville, que voulez-vous dire ?

Elle se détourna de la fenêtre, agacée.

— Qu'il est temps d'admettre que cet homme est innocent. Nash ne sait rien de ce trafic d'armes. Voudriez-vous, je vous prie, expliquer cela à lord Vendenheim ?

— Mon Dieu ! s'exclama Kemble en s'éventant avec la lettre. Quelqu'un n'a pas assez dormi.

— Non, quelqu'un est en train de perdre patience, répliqua Xanthia en faisant les cent pas. J'ai fait tout ce que je pouvais, à part proposer à Nash d'embarquer des carabines et de les transporter jusqu'à Kotor. Je vous assure qu'il n'est tout simplement pas coupable.

Kemble ouvrit la seconde lettre et la parcourut.

— Il n'a peut-être pas confiance en vous ?

— Oh, il a parfaitement confiance. Cet homme est intuitif comme un chat. Il sait d'instinct qui sont ses ennemis.

— Et cependant, il ne vous soupçonne pas, fit observer Kemble. S'il est aussi malin que vous le dites, pourquoi fait-il confiance à la femme que Max a envoyée pour l'espionner ?

Xanthia se sentit écrasée de culpabilité.

— Parce que je ne lui veux pas de mal, monsieur Kemble. J'ai toujours cru, depuis le début, qu'il était innocent du crime dont vous l'accusez.

— Oh, mon Dieu, dit doucement Kemble. Notre petite mission a été compromise.

Elle le regarda avec lassitude.

— Non, j'ai fait ce que vous me demandiez en gardant la tête froide. Dieu sait que Nash n'est pas un parangon de vertu. Il ne verrait sans doute pas d'inconvénient à envoyer une flotte chargée d'armes pour venir en aide aux Grecs, si une telle opportunité se présentait. Mais il ne l'a tout simplement pas fait.

Kemble sembla réfléchir.

— N'en dites pas plus pour le moment, déclara-t-il en glissant les lettres dans la poche de sa veste. Je vais apporter cela à Westminster pour examen.

— Oui, ces missives sont écrites en russe, n'est-ce pas ?

— En effet. Ce sont des lettres de son cousin Vladislav. Il souffre de la goutte, et cela le met de fort mauvaise humeur.

— Comment le savez-vous ?

— J'imagine que vous n'avez jamais eu la goutte, ma chère, sinon vous ne poseriez pas la question.

— Je voulais dire, vous lisez le russe ?

— Oh, bien sûr. Mais on ne sait jamais ce qui peut être écrit entre les lignes. Peut-être que le mot « goutte » est un code pour « poudre à canon ». Les espions ont des milliers d'astuces. Peel passera ces lettres à quelqu'un qui saura en saisir toutes les subtilités.

Il alla vers la porte, mais Xanthia le retint par le bras.

— Encore une chose, monsieur Kemble. Je voudrais mettre fin à la comédie que vous jouez en faisant semblant de travailler ici. Informez-en lord Vendenheim. Je ne cours aucun danger... et je n'espionnerai plus lord Nash.

— Je le lui dirai. Mais ça ne lui plaira pas.

— Il faudra bien qu'il l'accepte. Je ne reviendrai pas sur ma parole, monsieur Kemble. Mais à partir de maintenant, je serai loyale envers lord Nash. J'ai cependant la courtoisie d'en avertir lord Vendenheim.

— Vous êtes très téméraire, mademoiselle Neville. J'espère que vous avez bien réfléchi.

— Oh, c'est tout réfléchi. Vendenheim risque-t-il de vous chercher querelle ?

— Il ne cherche rien d'autre.

— Très bien. Dans ce cas, je vais écrire un mot pour lui dire que c'est moi seule qui ai pris cette décision.

Elle gagna son bureau.

— Quant à ces lettres, monsieur Kemble, il faudra que vous me les rapportiez dans l'après-midi.

Kemble la dévisagea avec incrédulité.

— Cet après-midi ? Mais il s'agit du gouvernement, mademoiselle Neville. Il y aura des formulaires à remplir. Des procédures à respecter.

Xanthia le foudroya du regard.

— Vous les rapporterez à Berkeley Square à minuit au plus tard. Si vous ne le faites pas, eh bien... je révélerai à lord Nash où elles se trouvent, et pourquoi.

Kemble haussa un sourcil.

— Vous avez l'intention de les lui rendre ? Mais comment ? Quand ?

— Je ne le sais pas encore, admit-elle. Mais j'entrerai chez lui. Il le faut.

Kemble lui prit la main et la pressa doucement.

— Ma pauvre, pauvre petite. Oh, ma chère mademoiselle Neville !

— Qu'y a-t-il ?

— Vous êtes follement amoureuse, n'est-ce pas ? Lord Nash est de façon fort opportune innocent. Vous êtes amoureuse. Et Max va faire retomber la responsabilité de tout ça sur moi !

À deux heures de l'après-midi, lord Nash, toujours vêtu de sa robe de chambre, sirotait son café. Il devait en être à sa troisième cafetière. Il était parvenu à préparer la première lui-même. La veille, un domestique avait eu la bonté de moudre les grains, de poser la cafetière sur la plaque de la cuisinière et de disposer du petit bois dessous. Nash n'avait eu qu'à allumer le feu, ce qu'il savait faire.

Aujourd'hui, la maison lui paraissait étrangement vide. Tous les domestiques étaient pourtant revenus à midi. Gibbons s'affairait en ce moment dans le dressing, après avoir passé un moment à faire des commentaires sur le désordre qu'il avait trouvé. Il avait immédiatement fait balayer les pétales d'hibiscus, mais sa curiosité était intacte.

Eh bien, Nash n'avait pas l'intention de lâcher la moindre allusion à ce qu'il avait vécu la nuit passée ! Il ferma les yeux, serra sa tasse de café entre ses mains et repensa à Xanthia couchée nue sur son lit. La soirée lui paraissait irréelle, à présent. Hors du temps. Imprégnée d'une sérénité qu'il ne pourrait plus retrouver.

À moins que… Nash réfléchit. Xanthia n'était pas insensible à son charme. En fait, elle semblait bien l'aimer… et l'aimer pour lui-même, non pour ce qu'il pourrait lui offrir. À part le sexe, bien entendu…

Gibbons émergea du dressing avec l'habit de soirée de Nash sur le bras. Il sifflotait un petit air gai, ce qui était toujours mauvais signe.

— Que faites-vous avec ces vêtements ? s'enquit Nash, soupçonneux.

— Je m'assure qu'ils ne sont pas mités, répliqua le valet. Je vous rappelle que nous allons à Brierwood la semaine prochaine.

— Sûrement pas dans cet accoutrement.

— Mais il y aura un bal. C'est M. Hayden-Worth qui me l'a dit. Franchement, si je comptais sur vous pour me tenir au courant…

— C'est la semaine prochaine, Gibbons.

— Oui, mais si votre costume est mité ? Savez-vous combien de temps il faut pour faire faire un habit de soirée ?

Nash haussa les épaules.

— Je dois en avoir une douzaine d'autres.

Gibbons eut un reniflement de dédain.

— Ils ne vous vont peut-être plus, monsieur. Nous ne sommes plus ce que nous avons été, je le crains. C'est le sort de tous les hommes.

Nash reposa sa tasse.

— Que diable voulez-vous insinuer ?

Gibbons esquissa un vague sourire.

— Vous avez presque trente-cinq ans, monsieur. Le corps change… s'affaisse. Les muscles fondent.

— Bon sang ! s'exclama Nash en bondissant de son siège et en ôtant sa robe de chambre. Allez me chercher le centimètre !

Il enleva sa chemise et la jeta sur le sol. Gibbons soupira lourdement, alla dans le dressing et en ressortit avec un centimètre enroulé comme un serpent.

— Très bien, dit Nash. Mesurez.

— Monsieur, est-ce vraiment néces…

— Je vous ai dit de mesurer, parbleu !

Gibbons passa le centimètre autour de la taille de Nash.

— Ah, ah ! fit ce dernier. Trente-deux pouces, n'est-ce pas ?

Gibbons ne répondit pas.

— Alors ?

— On dit que la deuxième chose qui s'affaiblit chez un homme, c'est la vue, dit le valet d'un ton morose. Ce centimètre indique clairement trente-trois pouces.

Nash ne put réprimer une exclamation horrifiée.

— Vous mentez, dit-il en baissant les yeux pour voir par lui-même.

Et de fait, Gibbons mentait. Le centimètre indiquait *trente-quatre* pouces.

— Oh, mon Dieu !

— Ne vous inquiétez pas, monsieur. Quand vous avez pris cette inspiration horrifiée qui vous a fait rentrer l'estomac, il indiquait bien trente-trois.

Cet incident marqua pour Nash le début d'une prise de conscience.

Il passa les deux jours suivants à se débattre dans un marécage d'émotions diverses. Deux jours à fouiller les recoins de son âme, à ruminer le fait que sa vie changeait inexorablement. Il n'était plus jeune, il approchait de l'âge mûr. Quelques fils argentés apparaissaient sur ses tempes, et les pantalons qu'il portait depuis des années devenaient un peu trop serrés.

Et pour couronner le tout, il craignait fort d'être tombé amoureux pour la première fois de sa vie. Il ne savait absolument pas ce qu'il devait faire. Ses nuits étaient perturbées par des visions où apparaissait Xanthia. Non pas des visions torrides, bien qu'il y en ait eu quelquefois, mais des visions plus troublantes encore. Xanthia fouillant dans les placards de la maison comme si elle était chez elle. Xanthia lui faisant goûter une tranche de concombre, du bout de sa fourchette.

Il avait le malheur d'être tombé amoureux de la seule femme dans tout Londres qui ne voulait pas de lui. Son titre et sa fortune la laissaient indifférente. Cependant, ils avaient beaucoup de choses en commun. Une enfance malheureuse. L'impression d'être étrangers à la société dans laquelle ils vivaient. Et aussi l'affection sincère qu'ils éprouvaient l'un pour l'autre.

On devait pouvoir construire quelque chose avec tout ça, non ?

Trois jours après sa nuit passionnée avec Xanthia, Nash se rappela qu'il était attendu à Brierwood. Bon sang, il ne voulait pas partir sans l'avoir revue.

— Au fait, monsieur, dit Gibbons en lui nouant sa cravate. Nous avons reçu une autre lettre de Swann.

Nash se rembrunit.

— Il serait temps qu'il se manifeste en chair et en os.

Gibbons poursuivit, comme s'il n'avait rien entendu :

— Les nouvelles ne sont pas bonnes. Il est tombé du toit du cottage.

— Tombé ? répéta Nash, incrédule. Seigneur, qu'était-il allé faire sur ce toit ?

— Vous vous rappelez sans doute qu'il veut louer ce cottage, monsieur. Mais il y avait des fissures dans le toit. Il m'assure que la fracture sera vite réparée, mais...

— La fracture ? Quelle fracture ?

— Celle qu'il s'est faite à l'épaule. Il ne sera pas en état de supporter un voyage en voiture avant une bonne semaine. Ou deux.

— J'ai besoin de lui ici, grommela Nash.

— J'en suis certain, monsieur. Mais la diligence n'est pas un moyen de transport idéal. Il y a de quoi se démettre quelque chose avec ces cahots, même sans fracture.

— Je sais, je sais. Je suis désolé qu'il se soit blessé. Mais le courrier s'amoncelle sur mon bureau, et j'ignore ce qu'il faut faire de la plupart de ces lettres.

Gibbons sourit perfidement.

— Oui, vous avez d'autres soucis en tête, j'imagine... Puis-je vous suggérer de partir à Brierwood avec M. Hayden-Worth ? Cela vous permettrait d'envoyer votre carrosse chercher M. Swann, qui pourra alors voyager plus confortablement.

— Oh, très bien. Pauvre diable ! Où est sa lettre ?

— Sur votre secrétaire, monsieur.

Nash gagna le petit bureau.

— Je vais l'avertir que la voiture ira le chercher samedi. Pensez-vous que ce soit trop tôt pour...

Il s'interrompit, et Gibbons s'approcha, intrigué.

— Monsieur ? Quelque chose ne va pas ?

— Gibbons, il y avait deux lettres dans ce petit tiroir. Elles m'avaient été envoyées par mon cousin Vladislav. Savez-vous ce qu'elles sont devenues ?

— Je n'en ai pas la moindre idée, monsieur.
Nash soupira.
— Voilà ce qui arrive quand Swann n'est pas là.
— Ces lettres étaient-elles importantes, monsieur ?
— Pas vraiment. Mais mon cousin se fait vieux, et il a la goutte... Il faudrait que je lui réponde.
— Et vous gardiez ces lettres afin de ne pas oublier de le faire ? N'ayez crainte, monsieur, je vous y ferai penser.
— Merci, Gibbons, j'apprécie votre vigilance.
Ils se retournèrent en entendant la porte s'ouvrir. Vernon apparut dans l'encadrement.
— Monsieur, vous avez une visite. Un jeune homme du nom de Wescot.
— Wescot ? Oh, diable ! Vous a-t-il dit ce qu'il voulait ?
— Non, monsieur, répondit Vernon en se balançant d'un pied sur l'autre. Mais il n'a pas... l'air bien.
— C'est-à-dire ?
— Comme s'il avait pleuré, monsieur.
Nash leva les yeux au ciel.
— Faites-le entrer dans la bibliothèque, et faites servir du thé. Et peut-être aussi quelque chose d'un peu plus fort.
Il descendit en même temps que le valet. Un instant plus tard, Matthew Wescot fut introduit dans la bibliothèque. Il était d'une pâleur mortelle.
Nash lui serra la main, mais demeura distant. Si l'homme voulait lui chercher querelle au sujet de son moulin, il n'allait pas tarder à s'en repentir.
— Je suis venu vous remercier, lord Nash, annonça Wescot.
— Asseyez-vous, je vous en prie. De quoi voulez-vous me remercier ?
— De votre bonté envers Anna.
Wescot se posa au bord du canapé, comme s'il s'apprêtait à se lever d'une seconde à l'autre.
— Anna est ma femme. Elle vous a rendu visite la semaine dernière.

— Je m'en souviens. Il était inutile de venir. Je tiendrai la promesse que j'ai faite à votre épouse.

Wescot leva les yeux.

— Ce n'est pas la peine. C'est pour cette raison que je suis venu, voyez-vous.

— Non, je ne vois pas, répliqua Nash avec raideur. Si vous voulez que je vous rende le moulin, je crains de…

— Non! s'exclama vivement Wescot. Mon Dieu, non. Votre proposition était extrêmement généreuse. Mais… mais il n'y aura pas d'enfant, en fin de compte.

— Pas d'enfant?

— Anna est tombée malade, soupira M. Wescot. C'est entièrement ma faute, bien entendu. Si je n'avais pas perdu au jeu tout ce que nous possédions, elle n'aurait pas eu besoin de sortir dans le brouillard.

Nash revit la jeune femme frissonnante, dans son manteau humide. Il s'était vaguement inquiété pour elle… au point de lui appeler un fiacre.

À cet instant, Vernon entra avec le plateau du thé, sur lequel il avait ajouté un flacon de cognac.

— Et donc, elle a… elle a perdu le bébé? s'enquit Nash. C'est ce que vous voulez dire?

— Oui. La fièvre l'a épuisée.

Wescot sortit un mouchoir de sa poche et se moucha bruyamment.

— Mais je vous remercie, Nash, de lui avoir appelé un fiacre et de l'avoir fait conduire chez Harold. Si vous ne l'aviez pas fait, j'aurais sans doute perdu Anna aussi.

— Elle a donc été terriblement malade?

— Elle est restée entre la vie et la mort ces deux derniers jours. Puis, grâce au Ciel, au petit matin la fièvre est tombée. Mais nous ne lui avons pas encore dit, pour l'enfant.

— Je suis désolé… L'enfant devait naître ces jours-ci, n'est-ce pas?

— Oui, c'était un garçon, dit Wescot avec tristesse. Nous l'avons appelé Harold, comme son cousin.

Nous espérions qu'il survivrait, mais ses chances étaient...

Wescot éclata en sanglots. Nash se leva et versa du cognac dans une des tasses à thé.

— Buvez donc une gorgée, mon vieux. Il faut réagir. Ce n'est pas en pleurant que vous aiderez votre femme.

Wescot hocha la tête, se ressaisit et but.

— Vous avez raison. Mais c'est le mot que j'ai employé... dit-il d'une voix plaintive. Ses *chances*... comme au jeu. Je ne jouerai plus jamais.

Nash se laissa retomber dans son fauteuil.

— Vos faiblesses vous ont fait du mal, Wescot, et ont placé votre épouse dans une position précaire. Maintenant, vous devez être fort pour elle.

— Vous ne mâchez pas vos mots, fit remarquer Wescot avec un pauvre sourire.

— À quoi bon ? Vous êtes dans un drôle de pétrin.

— Non, monsieur.

Wescot se leva brusquement, et Nash l'imita.

— Je suis le plus heureux des hommes, car j'ai encore ma femme. C'est pour elle que je pleure, lord Nash, pas pour moi. Mais nous aurons d'autres enfants. Quand elle sera en état d'entendre ces mots, je le lui dirai.

— C'est très raisonnable. Et votre femme ne manque ni de courage ni de bon sens. À l'avenir, je pense que vous feriez bien de tenir compte de son avis.

— Merci, lord Nash, dit Wescot en lui tendant la main. Je suivrai votre conseil. À présent, si vous voulez bien m'excuser, je vais retourner à son chevet.

Ils gagnèrent la porte.

— Qu'allez-vous faire, à présent ? demanda Nash. Retournerez-vous dans le Yorkshire, quand votre femme sera rétablie ?

Wescot eut l'air penaud.

— Non, je n'oserai jamais affronter la colère de mon père. Il craignait que je ne fasse une bêtise... et j'ai prouvé qu'il avait raison.

Nash se rembrunit.

— Où irez-vous, dans ce cas ?

— À Spitalfields. Harold m'a gentiment proposé de travailler dans son épicerie...

Nash se pinça l'arête du nez.

— Attendez une seconde.

Il alla à son bureau et fouilla dans la pile de papiers qui attendaient le retour de Swann. Tout en bas de la pile, il retrouva la reconnaissance de dette de Wescot.

— Tenez ! dit-il en retournant à la porte pour la donner au jeune homme.

Wescot le dévisagea avec incrédulité.

— Non, je ne veux pas de ça.

— Prenez-la, insista Nash. Pour votre femme. Ne faites pas le fier, Wescot. Voulez-vous vraiment qu'elle devienne femme d'épicier, quand vous savez qu'elle mérite bien mieux ?

Wescot baissa la tête.

— Prenez ce papier, répéta Nash. Faites-le pour Anna. Mais si vous faites encore l'imbécile, vous aurez affaire à moi.

Wescot obtempéra.

— Merci, monsieur. Je... ne ferai plus l'imbécile. Je vous le promets.

Nash le regarda partir, le cœur lourd. Pauvre petite. Si frêle, si adorable... Elle avait semblé pleine d'espoir en le quittant. Seigneur... une erreur, une seule petite erreur de jugement, pouvait donc être fatale. Et la vie était si courte. Lui-même avait perdu tant de temps...

Mais il ne fallait pas qu'il en perde davantage. Du moins, il pouvait utiliser à bon escient celui qui lui restait. Et pour cela, il savait ce qu'il devait faire. La vérité lui apparut d'un seul coup, comme s'il avait reçu un seau d'eau glacée sur la tête. Il voulait épouser Xanthia Neville.

Bonté divine. C'était de la folie pure.

Il valait mieux qu'il réfléchisse. Il s'assit dans le canapé et remplit la deuxième tasse de cognac.

Demain, cette envie bizarre lui aurait sans doute passé.

Non, non. Ce n'était pas qu'une simple envie. C'était une certitude, qui s'était forgée peu à peu.

Mais Xanthia Neville ne voudrait pas de lui. Elle avait une vie qui lui convenait, pour employer ses propres termes. Cette vie lui plaisait. Cela se voyait, à la façon dont ses yeux pétillaient quand elle parlait de son travail.

Mais ses yeux pétillaient aussi lorsqu'elle était avec lui. Elle avait avoué qu'elle l'adorait. Elle tremblait de plaisir quand il lui faisait l'amour. Oui, elle l'aimait bien. Donc, il ne risquait pas de la perdre tout à fait. Il pensait pouvoir garder Xanthia... au moins dans son lit. Jusqu'à ce que quelqu'un soupçonne quelque chose, et qu'elle soit obligée de choisir.

Était-ce suffisant ? Nash contempla le cognac et secoua la tête. Il ne lui restait qu'une possibilité... Xanthia était une femme d'affaires. Donc, il devait lui faire miroiter quelque chose de mieux que ce qu'elle avait déjà. Quelque chose qu'elle pourrait diriger comme la Neville Shipping Company.

Brierwood. C'était l'un des plus beaux domaines d'Angleterre... et ce pouvait aussi être le plus rentable. Des centaines et des centaines d'hectares de bonnes terres et de forêts. Une demi-douzaine de villages. Deux kilomètres de front de mer. Une mine de charbon. Des moulins. Une carrière. Une fortune potentielle placée entre ses mains... si seulement il avait voulu se donner la peine de l'exploiter.

Au lieu de quoi, il l'avait laissée aux soins d'un régisseur âgé. Il calmait sa conscience en se disant qu'un jour tout cela irait à l'un de ses lointains cousins. Quelqu'un qui s'en occuperait vraiment.

Brierwood pouvait être remis entre les mains de Xanthia. Elle dirigerait le domaine, reconstruirait ce qui était à reconstruire, et le laisserait à leurs enfants.

Nash se précipita dans l'escalier.

— Gibbons ! cria-t-il. Gibbons, apportez-moi mes bottes et ma plus belle veste de cheval.

Gibbons descendit et lui présenta une veste.

— Non, pas la marron ! hurla-t-il. C'est le vêtement le plus terne que je possède. Allez chercher la bleue... et une chemise propre.

Gibbons retourna en trottinant dans le dressing. L'homme avait le chic pour comprendre qu'à certains moments il valait mieux se taire. Après la veste, il fallut se décider pour une paire de bottes. Ensuite, Nash trouva que sa cravate était un brin trop fade. Cependant, il finit par s'habiller, on fit sortir son meilleur cheval de l'écurie, et il put se lancer à la conquête de son avenir...

Quelques minutes plus tard, il pénétra dans le bureau de lord Rothewell, en proie à un immense sentiment de frustration. Xanthia n'était pas chez elle. Comment avait-il pu croire qu'elle s'y trouverait ? Elle n'était pas comme les autres femmes de sa connaissance, qui se levaient à midi et ne faisaient pas grand-chose de leurs journées. Xanthia avait une affaire à mener.

Mais lord Rothewell était là. Ses yeux étaient injectés de sang, et il avait une expression hagarde.

— Bonjour, Nash, dit le baron. Vous prendrez un verre ?

— Non, merci, il est trop tôt pour moi. Je ne suis levé que depuis une heure ou deux.

— Ah, quant à moi, je ne me suis même pas couché, fit observer le baron en gagnant son bureau avec un verre de cognac. Asseyez-vous, Nash. Qu'est-ce qui me vaut l'honneur de cette visite ?

— Pour être honnête, je souhaitais voir votre sœur. J'avais oublié que j'avais peu de chances de la trouver.

Rothewell posa son cognac sur le bureau.

— Si vous vouliez la voir, il aurait fallu vous lever au chant du coq.

Nash fut soudain à court de mots. Il lui répugnait de demander quoi que ce soit à lord Rothewell. Cependant, il ne pouvait faire autrement.

— Je vais donner une réception à la campagne, à la fin de la semaine, annonça-t-il d'une voix posée. Dans mon domaine du Hampshire. Je sais que c'est un peu tard, mais je me demandais si… si votre sœur et vous accepteriez de vous joindre à nous.

Le regard de Rothewell demeura indéchiffrable.

— Nous nous connaissons à peine, lord Nash.

— Je vais être franc, Rothewell. Je voudrais que votre sœur vienne. Mais il vaudrait mieux qu'elle soit accompagnée. Sinon, étant donné ma réputation, cela semblerait… inconvenant.

Rothewell s'était mis à manipuler de petits objets sur son bureau.

— Je vous remercie, Nash, de vous soucier de l'honneur de ma sœur. Mais laissez-moi vous rappeler que vous m'avez demandé la permission de lui faire la cour, il n'y a pas très longtemps. Je vous ai découragé. Elle aussi. Avez-vous une raison d'espérer qu'elle ait pu changer d'avis ?

— Non, mais chaque fois que j'ai eu l'occasion de la rencontrer, si brièvement soit-il, j'ai apprécié sa compagnie. Et je pense que cela lui ferait du bien de s'éloigner de Londres un jour ou deux. Nous organisons une petite fête pour l'anniversaire de ma belle-mère. Et j'ai deux jeunes sœurs que j'aimerais présenter à Mlle Neville.

— Tout cela me paraît très sérieux, marmonna le baron.

— Non, ce sera du pur divertissement, répondit Nash, feignant de ne pas comprendre la remarque. Il y aura un dîner, une soirée dansante et… un pique-nique, je crois. La plupart des invités n'arriveront pas avant samedi. Mais vous me feriez une faveur en acceptant de venir avant les autres… Jeudi, peut-être ?

Rothewell darda sur lui un regard perçant.

— Merci, lord Nash, dit-il doucement. J'agirai selon les souhaits de ma sœur. Mais par honnêteté envers vous, je dois exposer clairement ma position.

— Je vous en prie.

— Xanthia est ce que j'ai de plus précieux au monde. J'ignore quelle est la vraie raison de cette invitation, mais si vous jouez avec les sentiments de ma sœur... si elle a le cœur brisé à cause de vous... je vous saignerai comme un porc.

Nash ne se laissait pas effrayer facilement, mais un frisson glacé lui parcourut le dos. Rothewell sourit.

— Donc, sachant cela, Nash, souhaitez-vous annuler votre invitation ?

— Absolument pas.

Lord Rothewell reprit une gorgée de cognac.

— Bien. Il ne nous reste donc qu'à demander à lord Sharpe quels sont ses projets pour cette semaine. Comme vous le savez, Xanthia chaperonne lady Louisa.

— Je pense que votre sœur mérite d'avoir une vie sociale bien à elle, Rothewell, répliqua Nash sans ciller. Vous pourriez peut-être y veiller ?

Rothewell s'assombrit un instant.

— Oui, je le devrais, admit-il doucement. Quoi qu'il en soit, je suppose que ma sœur sera rentrée aux alentours de cinq heures. Je vous enverrai sa réponse sur-le-champ.

Nash se leva. Il remercia Rothewell, puis prit congé.

Après le départ de son visiteur, Rothewell arpenta le bureau, sans lâcher son précieux verre de cognac. Au bout d'une trentaine de minutes, il retourna s'asseoir et traça quelques mots sur une feuille, d'une écriture large et ferme.

Puis il sonna pour appeler Trammel.

— Je veux que vous fassiez préparer la voiture, pour un voyage dans le Suffolk.

— Oui, monsieur, répondit le domestique. Prendrez-vous le coupé ou la grande voiture ?

— Le coupé, mais je ne partirai pas moi-même. J'aurai besoin de la grande voiture jeudi.

— Très bien, monsieur. Où le coupé doit-il se rendre ?

— Chez ma tante, lady Bledsoe. J'ai écrit l'adresse sur cette lettre. Je veux que le cocher lui remette le pli en main propre. Il devra attendre ma tante pendant qu'elle prépare ses bagages, puis il la déposera chez sa fille, dans Grosvenor Street.

— Chez lady Sharpe, monsieur ?

— Oui. Chez lady Sharpe.

— Mais... si elle refuse, monsieur ?

— Oh, je pense qu'elle acceptera, murmura Rothewell en reprenant son cognac. Oui, je crois que cette fois, exceptionnellement, tante Olivia choisira de faire son devoir, plutôt que de se conduire en égoïste.

12

Un rendez-vous dans le Hampshire

Xanthia posa le front contre la vitre du superbe carrosse de son frère et regarda défiler les maisons badigeonnées de blanc d'Old Basing.

Trois jours avaient passé depuis la nuit où elle avait quitté le lit de lord Nash. Dans la journée, il était passé à l'improviste à Berkeley Square. Trois jours de torture. Trois jours pendant lesquels elle n'avait pu se concentrer sur son travail, ni sur quoi que ce soit d'autre. Oh, elle avait tout de même accompagné Louisa au bal, et à deux soirées musicales. Toutefois, elle n'aurait su dire avec qui elle avait parlé. Ses journées à Wapping s'étaient écoulées dans un brouillard. Toute sa vie semblait suspendue à un fil de soie.

À présent, elle se rendait chez Nash. Et ce n'était pas au beau milieu de la nuit, cachée sous un voile. Non, elle était officiellement invitée. À la réception d'anniversaire de sa belle-mère. Le genre de circonstances pour lesquelles on n'invitait que des amis intimes. Nash la tenait-il pour telle ? Il connaissait à peine son frère. Cependant, Kieran avait insisté pour accepter l'invitation – ce qui lui paraissait étrange, en y réfléchissant bien. Il avait même écrit à tante Olivia, bien qu'il n'ait pas voulu dire quoi précisément.

Ils avaient déjà passé cinq heures sur la route. Xanthia était sur des charbons ardents. Nash serait-il le même homme lorsqu'ils se retrouveraient en compagnie d'autres personnes ? Comment était sa belle-mère ? Et ses sœurs ?

Elle posa de nouveau le front sur la vitre, cherchant quelque chose pour la distraire de ses pensées. Une vieille église avec un clocher gris se détachait contre le ciel d'un bleu pur et sans nuages. Des gens bien habillés sortaient sur le parvis, et deux hommes ouvraient les grilles du cimetière. Deux autres portaient un cercueil sur leurs épaules. Un enterrement. Le cocher avait déjà ralenti, par respect pour le défunt.

— Tu as l'air triste, Zee.

Son frère feuilletait distraitement un journal.

— J'espère que je n'ai pas commis une erreur en insistant pour faire ce voyage ?

— Non, répondit-elle avec un pâle sourire. Il y avait un enterrement. C'est pour cela que nous avons ralenti.

— Ah. Néanmoins, je te vois t'agiter comme une enfant impatiente, depuis plus d'une heure. Cela me rappelle le bon vieux temps. Quand Luke nous habillait et nous traînait de force à Bridgetown pour le service du dimanche.

— J'ai l'impression que nous voyageons depuis des jours, gémit Xanthia. Pourquoi l'Angleterre est-elle si vaste ? Et pourquoi fait-il toujours si froid ?

Kieran eut un rire léger.

— Zee, l'Angleterre est un très petit pays. Tu es habituée aux distances et aux températures de la Barbade. Et tu es peut-être aussi un peu angoissée ?

Xanthia resserra les pans de son châle en cachemire sur ses épaules.

— Que disais-tu à tante Olivia dans cette lettre, Kieran ? Pourquoi ne veux-tu pas me le dire ?

— Je lui disais simplement qu'il était temps qu'elle vienne à Londres et fasse son devoir, pour Louisa. Et pour Pamela aussi. C'est sa fille, bon sang.

— Et tu crois qu'elle va vraiment venir ? Cette pauvre Louisa ne sera pas abandonnée ?

— Elle va réellement venir, affirma Kieran en sortant sa montre. En fait, elle est sans doute déjà arrivée.

Xanthia tenta de s'étirer dans l'habitacle exigu.

— Je continue de penser que tu exerces un chantage sur elle, dit-elle en réprimant un bâillement.

Kieran eut une hésitation.

— Un chantage ? Et comment pourrais-je la faire chanter, je te prie ?

Xanthia se renversa contre le dossier de la banquette et le regarda longuement.

— Je n'en ai aucune idée, finit-elle par avouer. Mais je sais que tante Olivia ne se soucie que d'elle-même. Pour la faire venir à Londres, en pleine saison… oh oui, je pense que tu gardais un atout dans ta manche, mon frère.

Kieran esquissa une moue amusée et reporta son attention sur son journal. Xanthia remonta la couverture qui recouvrait ses genoux, la cala contre la vitre et s'en servit pour appuyer sa joue. Bercée par les mouvements de la voiture, elle glissa dans le sommeil et rêva de Nash. Il portait la même cape noire qu'au bal de lady Cartselle et l'entraînait dans un dédale de passages sombres et étroits.

Quand elle s'éveilla, le carrosse penchait sur la gauche pour tourner dans une allée. Il passa entre deux imposants montants de pierre, chacun orné d'un faucon de bronze qui tenait un globe sous ses serres.

— Je me demande, dit sèchement Kieran, si Nash monte lui-même sur une échelle pour polir ces stupides oiseaux.

Xanthia regarda son frère en battant des paupières.

— Nous… nous sommes arrivés ?

— Nous sommes arrivés, confirma Kieran. Et tu vas sans doute voir lord Nash en chair et en os, ma chère.

Hélas, Kieran se trompait.

— Je suis terriblement désolée, mais Nash a été retardé, annonça lady Nash.

Elle les fit entrer dans un hall imposant, dallé de marbre et couvert de dorures.

— Tony n'a appris qu'au tout dernier moment la mort de Jeffers, voyez-vous.

— Et qui était M. Jeffers, madame ? s'enquit Kieran.

Lady Nash joignit les mains, comme dans un geste de prière.

— Leur tuteur, expliqua-t-elle de sa voix fluette. Un homme *adorable* et très cultivé. Il s'était retiré à Basingstoke pour sa retraite, et il est mort. J'ai remarqué que cela arrivait souvent.

— Je vous demande pardon, madame ? Qu'est-ce qui arrive souvent ?

— Lorsque les serviteurs se retirent... ils meurent, expliqua lady Nash d'un ton offensé, comme si M. Jeffers lui avait fait un affront en mourant. Et ensuite, il faut assister à l'enterrement. C'est un *affreux* désagrément, mais Tony et Stefan... je veux dire, Nash, ne pouvaient quand même pas passer devant l'église sans s'arrêter, alors que c'était sur leur chemin, n'est-ce pas ?

— En effet, madame, marmonna Kieran.

Xanthia comprit tout de suite que leur hôtesse ne pourrait pas s'entendre avec son frère. C'était le genre de femme guillerette et sans intérêt, qui jacassait en insistant de temps à autre sur un mot comme si celui-ci devait être le dernier qu'elle prononcerait.

— Allons ! continua-t-elle. Vous devez être morts de fatigue. Je vais vous montrer vos chambres. Ensuite, les filles seront contentes de prendre le thé avec vous, mademoiselle Neville... et avec vous aussi, lord Rothewell.

Des valets s'affairaient dans le hall, transportant les bagages sans qu'on ait eu besoin de leur donner des instructions. Xanthia remarqua qu'une malle et deux valises de cuir brun demeuraient posées dans un coin.

— Je vois que quelqu'un nous a précédés, fit observer Kieran. Dites aux domestiques de s'occuper de ces bagages en priorité, je vous prie. Nous ne sommes pas pressés.

— Oh, ils appartiennent à Jenny ! répondit lady Nash. Ils sont arrivés il y a des heures. Elle est *tellement* adorable. Mais aussi terriblement impatiente. Je suppose qu'elle est allée à l'écurie pour surveiller son carrosse. Elle veut que les choses soient arrangées à sa façon. Et les domestiques ne font pas toujours *parfaitement* ce qu'on leur demande, n'est-ce pas ?

Profitant de ce que lady Nash s'interrompait pour reprendre haleine, Xanthia questionna :

— Pardonnez-moi, madame, mais qui est Jenny ?

Lady Nash joignit de nouveau les mains.

— C'est *ma chère* belle-fille. La plus jolie femme qu'on puisse imaginer. Vous n'avez pas encore fait sa connaissance ? Oh, non, bien sûr. Elle a passé presque toute la saison ici, ou bien en France. Jenny trouve la vie politique de Tony horriblement terne, et elle *adore* Paris. Aimez-vous la mode, mademoiselle Neville ? Oh, je vois bien que oui. Il faut *absolument* que vous demandiez les adresses des meilleures maisons de couture à Jenny.

Lady Nash continua de papoter tout en conduisant Kieran à sa chambre. Celle-ci était contiguë à celle de Xanthia, et ils disposaient d'un salon commun. À en croire l'infaillible Jenny, la taille se plaçait plus haut cette saison, et les manches étaient plus amples, tandis que les chapeaux se réduisaient à la dimension d'une tasse de thé surmontée de plumes. Mlle Neville aimait-elle les tout petits chapeaux ? Non, ses cheveux étaient trop longs pour cela, n'est-ce pas ?

Finalement, tous les bagages furent rangés, et les domestiques apportèrent des brocs d'eau chaude dans les chambres. Lady Nash s'interrompit brusquement alors qu'elle énumérait la liste des réticules que Jenny avait achetés lors de son dernier voyage en Europe.

— Oh, oh! gazouilla-t-elle en regardant à droite et à gauche, comme si elle venait de perdre quelque chose. Mais qu'ont-ils fait de votre femme de chambre?

Xanthia sentit son visage s'enflammer.

— Je n'en ai pas, avoua-t-elle. Je me fais généralement aider par une des bonnes. Aurais-je dû en emmener une?

Lady Nash écarquilla les yeux.

— Oh, Dieu du ciel, non! Nous en avons une vingtaine!

Une vingtaine? Étant donné la taille de la maison et la propreté des chambres, elle n'en était pas étonnée.

— Je demanderai à Mme Garth de vous en envoyer quelques-unes, et vous choisirez celle que vous voudrez, poursuivit lady Nash. Elles s'appellent toutes Polly. Et elles ont les mains *terriblement* rugueuses. Surtout, ne les laissez pas toucher à vos bas de soie.

— Oh, envoyez-en une au hasard. Ou aucune. Vraiment, ça n'a pas d'importance.

— Comme vous voudrez. Nous prendrons le thé dans le salon chinois. Descendez nous rejoindre quand il vous plaira.

— Merci, dit Xanthia.

La porte de la chambre de son frère s'ouvrit au moment où l'autre battant se refermait sur lady Nash.

— Seigneur, j'ai besoin d'un remontant, dit-il en faisant le tour du salon. Y a-t-il du cognac dans ce buffet?

— Regarde toi-même, Kieran, rétorqua Xanthia en se laissant tomber dans un fauteuil. Lady Nash m'a épuisée.

— Mon Dieu, quelle cancanière! Mais j'imagine qu'elle est inoffensive... et probablement morte de curiosité.

Xanthia dévisagea son frère avec stupeur.

— Comment cela?

— Elle se pose des questions sur ta relation avec son beau-fils, répliqua Kieran, narquois. Je parie vingt-cinq livres que tu es la première femme qu'il invite ici. Elle craint sans doute d'être confrontée à la prochaine lady Nash.

Xanthia sentit les battements de son cœur s'emballer.

— Kieran, sois sérieux.

— Non, Zee, réfléchis. Je suis sûr que cette femme est discrète comme une souris en temps normal. Tu l'as probablement terrifiée.

— Elle n'a aucune raison d'être terrifiée, protesta Xanthia d'un ton irrité.

Elle ôta ses chaussures et s'enfonça plus profondément dans le fauteuil.

— Est-ce que tout le monde va se perdre en conjectures sur ma relation avec Nash ? marmonna-t-elle.

— Parce qu'il existe une relation entre vous ?

Xanthia détourna les yeux.

— Je ne crois pas être obligée de répondre à cette question.

— Non. Du moins, pas encore.

Son envie de cognac s'était apparemment évaporée, et il se campa devant la fenêtre.

— Je n'avais encore jamais vu une demeure comme celle-ci, dit-il en laissant son regard errer sur le paysage. J'ai dénombré six fontaines, uniquement dans le jardin de devant. Comment s'appelle cet endroit en Inde, Zee ? Tu sais, avec le mausolée blanc ?

— Le Taj Mahal ?

— Oui, c'est cela. Je suppose que ça doit ressembler à cela, tu ne crois pas ?

Il leva la tête pour admirer les fresques du plafond. Xanthia se mit à rire.

— Oui, mais avec plus de minarets, et moins de chérubins, dit-elle en suivant son regard. Fais-moi rappeler de ne plus manger de pudding. Pour rien au monde je ne voudrais ressembler à ce petit bonhomme rose et potelé.

— Ne sois pas idiote, Xanthia. Tu as toujours été mince comme un fil.

— Ah, mais j'aurai trente ans dans quelques mois, Kieran. Et je commence à avoir l'impression que la vie est...

Elle s'interrompit. Kieran s'approcha.

— C'est Nash, n'est-ce pas ? Allons, tu peux l'avouer.

— Oui, je... je crois, murmura-t-elle d'une voix étranglée.

— Eh bien, tout ce que je peux te dire, c'est ceci : si tu trouves quelqu'un que tu aimes, tu dois agripper cet amour des deux mains. Et te battre pour le garder, si c'est nécessaire.

Un sourire fugace éclaira les traits de la jeune femme. Puis elle se leva brusquement.

— Il va falloir descendre. Je serai prête dans un quart d'heure.

— Je ne peux rien imaginer de pire que de prendre le thé dans un salon plein de femmes en train de jacasser, déclara Kieran. Mais j'ai accepté de venir, et je suppose que je dois subir cette punition de bonne grâce...

Malheureusement, Xanthia fut retardée par l'arrivée d'une Polly, dont le nom était en réalité Rose. C'était une jeune fille agréable, dont les mains n'étaient pas plus rugueuses que les siennes, et qui lui fut d'une aide précieuse pour défaire ses valises. En revanche, elle n'était pas douée pour la coiffure, et Xanthia la congédia afin de refaire son chignon à sa manière.

Lorsqu'elle pénétra enfin dans le salon chinois, vêtue de sa plus jolie robe bleue, elle s'aperçut que Kieran avait trouvé un moyen d'éviter la compagnie des femmes. Elle le vit par la fenêtre arpenter les jardins, tandis qu'un serviteur de Brierwood lui désignait des arbustes.

Lady Nash l'accueillit sur le seuil.

— Votre frère est un tel *amateur* de roses ! gazouilla-t-elle. J'ai tout de suite vu qu'il avait envie d'aller les admirer de plus près.

— Oui, Kieran a une passion pour les roseraies, improvisa Xanthia.

Elles avancèrent dans la pièce où deux jeunes dames les attendaient à côté d'une table élégante, sur laquelle était disposé un somptueux service à thé.

Lady Phaedra Northampton était mince et brune, et portait de petites lunettes rondes cerclées d'or. Elle semblait âgée d'une vingtaine d'années, mais son allure sérieuse la faisait paraître plus vieille. La sœur de Phaedra, lady Phoebe, avait quinze ou seize ans, et la vivacité des jeunes filles de son âge.

Elles échangèrent quelques remarques sur le voyage de Londres à Brierwood, mais ce sujet fut vite abandonné. Lady Nash était bien plus intéressée par les festivités des prochains jours. Elle se mit à babiller au sujet des invités qui étaient attendus, des commérages qu'ils ne manqueraient pas de leur rapporter. Puis elle servit le thé en expliquant qu'elle ne s'attendait pas à ce que Kieran les rejoigne.

— Je me suis aperçue que les hommes n'aimaient pas vraiment prendre le thé. Mon *cher* mari disait toujours que le thé était pour les dames, et que les messieurs préféraient...

— Ne trouvez-vous pas qu'il fait un temps merveilleux aujourd'hui ? lança lady Phaedra. Croyez-vous qu'il pleuvra demain, mademoiselle Neville ?

— C'est possible.

— Jenny dit qu'il va pleuvoir, enchaîna lady Phoebe. C'est pourquoi elle veut partir aujourd'hui pour Southampton.

— Eh bien, elle pourrait au moins venir saluer Mlle Neville avant son départ, déclara Phaedra.

— Oui, je regrette de ne pas avoir fait la connaissance de votre belle-sœur, dit Xanthia. J'ai cru comprendre que c'était une personne délicieuse.

Phoebe se mit à rire.

— Maman trouve toutes les personnes qui l'écoutent parler délicieuses.

Lady Nash sauta aussitôt sur cette occasion de reprendre la parole.

— Jenny est *vraiment* délicieuse, petite peste. Et elle sera là d'une minute à l'autre. Elle m'a promis de descendre.

Sur ces mots, elle se mit à raconter comment son fils avait rencontré son épouse, puis elle se lança dans une description minutieuse de sa robe de mariée. Elle était en train de compter à voix haute les mètres de dentelle d'Alençon qui formaient les volants de la robe, quand Phaedra l'interrompit de nouveau.

— Je pense qu'il fera beau demain, mademoiselle Neville. Si c'est le cas, aimeriez-vous faire une promenade à cheval ?

— Cela me plairait beaucoup. Et vous, Phoebe ? Êtes-vous bonne cavalière ?

La jeune fille fit la moue.

— Pas aussi bonne que Phae. Tout le monde me le fait remarquer.

Phaedra se redressa imperceptiblement.

— Ce n'est pas parce qu'on me fait un compliment que tu dois te sentir insultée, Phoebe. J'ai le droit de faire quelque chose de bien.

— Tu fais tout à la perfection, rétorqua sa sœur.

Lady Nash fronça les sourcils avec sévérité.

— Nous prenons le thé entre adultes, Phoebe. Aussi, si tu ne peux pas te conduire comme telle, tu n'as qu'à remonter dans la salle d'études.

C'était la première chose sensée que Xanthia l'entendait dire depuis son arrivée.

À cet instant, le majordome ouvrit les portes du salon. Une belle jeune femme à la chevelure d'un roux flamboyant entra d'un pas assuré. Elle portait une robe de voyage à rayures vert foncé, un manteau plié sur le bras, et des gants de la même couleur dans la main droite.

— C'est Jenny, chuchota lady Phoebe.

Le majordome fit mine de prendre le manteau, mais elle l'écarta d'un geste.

— Merci, Fedders. Je ne reste qu'un instant.

Puis elle se tourna vers lady Nash et lui adressa un sourire radieux.

— Ma chère belle-maman!

— Jenny, ma chérie, venez prendre le thé avec nous.

La jeune femme vint embrasser lady Nash, et celle-ci fit les présentations.

— J'ai eu l'occasion de rencontrer votre époux, M. Hayden-Worth, dit Xanthia. C'est un homme brillant.

Le regard de Jenny se voila.

— Oh, certainement, murmura-t-elle. Il est très brillant.

Elle s'assit au bord d'un fauteuil, à côté de Phoebe. Lady Nash lui tendit une tasse de thé.

— Tenez, Jenny. Je l'ai sucré comme vous l'aimez.

— Merci, dit Jenny d'un ton vague.

Xanthia posa sa tasse.

— Lady Nash était justement en train de nous décrire votre robe de mariée. Vous vous êtes mariée récemment?

— Pardon? fit Mme Hayden-Worth en picorant un biscuit dans une assiette. Oh, Seigneur, non. Nous sommes mariés depuis une éternité.

— Cela fera cinq ans en juillet, précisa lady Nash. Mais Jenny part pour la France cet après-midi. Un engagement prévu depuis longtemps.

— Et que j'avais presque oublié, avoua Mme Hayden-Worth, penaude. Je ne peux tout simplement pas l'annuler. N'est-ce pas affreux?

Xanthia parvint à dissimuler sa surprise et demanda :

— Serez-vous revenue pour le dîner d'anniversaire?

— J'essayerai, répondit-elle en regardant lady Nash.

Mais il était évident qu'elle ne le croyait pas elle-même. Il aurait fallu qu'elle ait des ailes pour faire l'aller-retour en un laps de temps aussi court.

— Jenny a beaucoup d'amis à l'étranger, déclara lady Nash. Non, je ne ferai pas d'histoires, Jenny chérie.

J'ai eu le plaisir d'avoir votre compagnie, ces dernières semaines.

— Merci, maman, dit Jenny avec ferveur. Vous êtes si compréhensive.

Xanthia vit Phaedra lever les yeux au ciel.

Elles continuèrent de papoter en grignotant des biscuits pendant la demi-heure qui suivit. Mais chaque fois que lady Nash s'attardait sur un sujet, lady Phaedra faisait une remarque anodine sur le temps. Sa mère se taisait aussitôt. Il ne fallut pas longtemps à Xanthia pour comprendre qui faisait la loi à Brierwood.

Kieran revint pour saluer Mme Hayden-Worth et demander aux dames de l'excuser.

— Xanthia, j'ai découvert une rose d'une variété rare. Il faudra que tu viennes l'admirer. C'est une euh... j'ai oublié le nom. Mais c'est une beauté.

— La Belle Sultane, déclara lady Phaedra en posant les yeux sur lui. Notre jardinier s'enorgueillit de cette dernière trouvaille. Mais je préfère la *Rosa damascena bifera*. Laquelle est votre préférée parmi les roses de Damas, monsieur ?

Kieran hésita, désarçonné.

— Je... je ne suis pas un expert en roses de Damas. Mais j'ai une préférence pour... pour la rouge. Je crains d'avoir oublié son nom...

Lady Phaedra haussa ses sourcils à l'arc parfait.

— La *celsiana*, peut-être ?

— Oui. Oui, c'est cela même !

— Bien, fit Mme Hayden-Worth. Cette conversation est fascinante, mais il faut que je m'en aille.

— Oh, Jenny ! Déjà ? s'exclama lady Nash.

Kieran saisit cette occasion de s'éclipser de nouveau. Jenny était en train d'enfiler ses gants.

— Fedders, la voiture est-elle prête ?

— Oui, madame. Vos bagages sont à l'intérieur.

Jenny se pencha pour embrasser lady Nash.

— Au revoir, belle-maman.

— Pourquoi êtes-vous si pressée, Jenny ? s'enquit lady Phaedra d'un ton plat. Vous n'aurez pas de ferry avant demain matin, vous le savez.

Nullement troublée, Jenny éclata de rire.

— Ah, mais je dois penser à mon cocher, Phaedra. Il n'est plus aussi jeune qu'autrefois. Et la pluie s'annonce. Il faut vraiment que je me mette en route.

— Vous devriez attendre Nash, protesta Phoebe d'un air boudeur. Maman dit que comme nous vivons sous son toit, nous devons avoir des égards pour lui. Ce n'est pas très respectueux de partir avant qu'il soit arrivé... sans parler de Tony.

Lady Nash eut un petit sourire nerveux.

— Tais-toi, Phoebe. Nash sera désolé d'avoir manqué Jenny, voilà tout.

— Il ne remarquera même pas mon absence, affirma Jenny. Je m'en vais. Mademoiselle Neville, je suis enchantée d'avoir fait votre connaissance.

Elles regardèrent Mme Hayden-Worth traverser le salon d'un pas pressé.

— Elle est tout à fait charmante, dit Xanthia quand elle eut disparu dans le couloir. Et son accent... elle est américaine, n'est-ce pas ?

— En effet, répondit lady Nash. Le père de Jenny est un riche industriel.

— Dans quel secteur ?

— Oh, je ne m'en souviens pas, dit lady Nash avec un geste vague de la main. L'acier, quelque chose comme ça.

— En tout cas, il a des usines, précisa Phaedra. Des tas d'usines.

— Où va-t-elle en France ? demanda Xanthia. À Calais ?

— Je ne sais pas exactement, dit lady Nash. Elle a des amis partout.

— Je vois.

Xanthia fut sur le point de prendre un autre biscuit, mais elle songea au chérubin et se retint.

Lady Nash poursuivit :

— Naturellement, je lui ai dit que c'était très bien d'avoir des amis. Mais certains sont un peu bizarres. Et ils dépensent *énormément* d'argent en vêtements, et en divertissements.

Elle revint ensuite à son sujet favori : la réception. Lady Phaedra évoqua encore quatre ou cinq fois la question du temps, puis le thé fut terminé.

— Oh, mon Dieu ! s'exclama lady Nash lorsqu'elles se levèrent. Nash et Tony ne sont toujours pas arrivés !

— Ils sont entrés pendant que vous récapituliez les menus des cinq prochains jours, dit sèchement lady Phaedra. Vous ne vous en êtes pas rendu compte.

— Oh ! s'exclama sa mère. Vilaine ! Ce n'est pas vrai, tu me fais marcher... Oh ! Le menu du dîner ! J'ai oublié de dire à la cuisinière de servir des asperges à la place des choux de Bruxelles !

Lady Nash porta la main à son front, d'un geste théâtral.

— Nash a *horreur* des choux de Bruxelles. Il ne me le pardonnera jamais !

— Ciel ! se moqua Phoebe. Nous allons nous retrouver à la rue. Phae, va chercher ta robe de Gitane et le tambourin. Nous allons être obligées de descendre mendier au village pour manger à notre faim !

Phaedra posa la main sur l'épaule de sa mère.

— Descendez à la cuisine et dites à la cuisinière de garder les choux de Bruxelles pour samedi, dit-elle patiemment. Il y aura tant de choses ce soir-là au dîner que Nash ne les remarquera même pas.

Lady Nash hocha vigoureusement la tête.

— Oui, bien sûr. Ma chère mademoiselle Neville, vous voudrez bien m'excuser ? Phaedra va vous raccompagner.

Elles se séparèrent dans le grand escalier.

— Maman est un amour, commenta Phaedra, mais elle n'arrête jamais de parler.

— Je la trouve charmante. Mais j'ai une question à vous poser, lady Phaedra.

Cette dernière lança à Xanthia un coup d'œil intrigué.

— Oui ?

— De quelle couleur est la rose *celsiana* ?

La jeune fille eut un sourire narquois.

— La *damascena celsiana* est rose pâle.

Xanthia se mit à rire et passa son bras sous celui de Phaedra.

— Ma chère, comme vous êtes cruelle. Vous devez avoir le même sens de l'humour que votre frère Nash.

Lorsqu'elles atteignirent la suite de Xanthia, elles riaient ensemble comme de vieilles connaissances. Phaedra gagna la porte de la chambre de Xanthia et l'ouvrit.

Elle eut aussitôt un mouvement de recul.

— Oh ! Cette odeur est insupportable !

Xanthia la suivit à l'intérieur. L'odeur de musc, à peine perceptible à son arrivée, était à présent plus puissante. Les rayons du soleil couchant réchauffaient la pièce. Phaedra éternua violemment et alla ouvrir les fenêtres.

— L'odeur ne me gêne pas outre mesure, assura Xanthia.

— Je ne peux pas la supporter ! C'est un mélange de muscade et de musc, je pense.

— C'est très étrange, fit remarquer Xanthia. Une senteur peu répandue.

Phaedra regarda autour d'elle, comme si elle craignait de découvrir de la vermine sous les meubles. Elle se dirigea vers l'armoire en acajou, ouvrit les portes à doubles battants et repoussa les robes de Xanthia de côté.

— Pardonnez ma familiarité, mademoiselle Neville, mais vous me remercierez ensuite de mon intervention.

— Je vous en prie, murmura Xanthia en l'observant.

La jeune fille fouilla rapidement l'armoire. Enfin, elle se retourna avec une exclamation de triomphe.

Elle tenait une boule d'osier tressé, suspendue à un ruban rose.

— Qu'est-ce que c'est? demanda Xanthia.

— C'est à Jenny. Elle les rapporte de Paris. Je trouve cela dégoûtant.

Comme pour souligner ces paroles, elle éternua de nouveau.

— Mon Dieu, dit Xanthia. J'espère que je n'ai pas pris la chambre de Mme Hayden-Worth?

Phaedra eut une brève hésitation.

— Non... Tony et elle ont une grande chambre dans l'aile est. Mais Jenny prend souvent celle-ci. Elle dit qu'elle aime la vue sur le jardin.

— Oh. Je préférerais avoir une autre chambre...

Phaedra se rembrunit.

— Eh bien, il me semble que si elle ne veut pas dormir avec son mari, ce n'est pas votre problème. De toute façon, elle ne reviendra pas avant au moins une semaine. Quant à Nash... disons que Jenny et lui ont de fortes personnalités. Je ne suis pas étonnée qu'elle ait trouvé une excuse pour s'éclipser avant son arrivée.

Les insinuations de Phaedra correspondaient à l'impression que Xanthia avait eue en voyant Jenny. Mais elle se garda de tout commentaire.

— Eh bien, puisque l'armoire est ouverte, je vais vous montrer ma robe favorite. Vous me direz si vous la trouvez assez bien pour le dîner de samedi.

Le visage de Phaedra s'illumina.

— Oh, c'est merveilleux! Personne ne me demande jamais mon avis, pour les vêtements.

Soudain, elles entendirent des chevaux dans l'allée. Phaedra se précipita à la fenêtre.

— Nash! s'écria-t-elle. Nash est arrivé. Et Tony aussi! Vite, mademoiselle Neville, descendons.

Xanthia éprouva un moment de panique et se dirigea vers la table de toilette. Comme d'habitude, son chignon trop lourd s'était défait. Et ses joues étaient un peu roses, à cause de la chaleur qui régnait dans la chambre.

— Venez, vous êtes très jolie, dit Phaedra en lui prenant le bras. Nash ne vous aurait jamais invitée si vous ne lui plaisiez pas.

Xanthia retira son bras et lança à la jeune fille un regard de réprimande.

— Phaedra, n'allez pas imaginer des choses qui...

— Je n'imagine rien, rétorqua la jeune fille.

— Je vous demande pardon ?

Phaedra la considéra comme si elle était simple d'esprit.

— Mademoiselle Neville, c'est la première fois que mon frère invite une femme à Brierwood.

— Oh, dit doucement Xanthia. Lady Phaedra, je crains qu'il n'y ait un malentendu. Nash et moi sommes de bons amis, rien de plus.

— Oui, répondit Phaedra avec un large sourire. Et moi, je suis la reine de Saba. Maintenant, venez vite. Vous n'avez pas envie de dire bonjour à votre... *ami* ?

13

Tentation dans les jardins du paradis terrestre

Finalement, Xanthia ne fit pas de promenade à cheval avec lady Phaedra le jour suivant. Kieran, en revanche, accompagna M. Hayden-Worth et lady Phoebe jusqu'au village, pour admirer l'église et permettre à Tony de poster une lettre urgente. Ce dernier se déclara déçu que Xanthia ne vienne pas avec eux. Et si sa femme lui manquait, personne ne s'en aperçut.

Xanthia dut reconnaître que le frère de Nash ne lui déplaisait pas, bien que sous ses dehors charmants il soit un politicien dans l'âme. Toutefois, il avait un regard doux, et il était visiblement fou de sa mère. Mais la compagnie de Xanthia avait été monopolisée par Nash, qui lui avait offert de faire le tour des splendides jardins de Brierwood.

C'était une excellente idée. Car dans les jardins, ils demeuraient en principe sous l'œil vigilant de sa belle-mère, et cependant ils étaient seuls car le parc était très étendu.

Les jardins d'apparat étaient assez conventionnels, avec de nombreuses fontaines et des haies taillées suivant des modèles géométriques compliqués. Mais à l'arrière, ils redevenaient somptueusement anglais, avec des allées sinueuses dallées de pierres, des murets intercalés avec des grilles de fer forgé. Derrière les pergolas apparaissait tantôt une fontaine, tantôt un massif de roses.

Un bras passé sous celui de Nash, Xanthia se baissa tandis qu'il soulevait une ramure qui leur barrait le chemin.

— Ce sont des lilas, n'est-ce pas ? demanda-t-elle.
— Ma chère, je n'en ai aucune idée, dit-il en l'attirant contre lui. C'est tout juste si je sais distinguer un chêne d'un rosier.
— Alors, ce tour des jardins était un prétexte ? Une ruse pour m'attirer loin du regard de ta belle-mère ?
— Ne compte pas trop sur Edwina pour préserver ta vertu. Je n'ose imaginer ce qui se passera quand Phae et Phoebe devront faire leur entrée dans la société. Il faudra sans doute que j'engage des sergents de ville pour monter la garde devant leur porte.
— Nous sommes donc seuls dans le parc ? reprit Xanthia à voix basse.
— Je le suppose. Les jardiniers disparaissent comme par enchantement chaque fois que je mets le nez dehors... ce qui doit arriver une fois par an.

Xanthia leva les yeux vers lui.

— Cet endroit est pourtant très beau. Et Brierwood est certainement la plus somptueuse demeure que j'aie eu l'occasion de voir. La vie ici te paraît donc terne ?

Nash étudia les jardins d'un air pensif.

— Je ne sais pas. Depuis quelque temps, ce que j'éprouve est... différent. Mais parlons de choses plus sérieuses.

Il lui caressa la joue du dos de la main.

— Je préférerais que nous décidions comment je pourrai te rejoindre dans ton lit cette nuit... sans me faire attraper par ton frère.

Xanthia émit un rire cristallin.

— Je pense que ce sera très simple. Un grand salon sépare sa chambre de la mienne. Ou encore, ajouta-t-elle en lui lançant un regard en coin, je peux venir chez toi.

Nash sourit et parut réfléchir. Mais elle comprit que quelque chose lui causait de l'inquiétude. Le soir précédent, il était resté un peu à l'écart, sans toutefois se départir de ses manières affables. Son comportement était celui d'un homme qui se sentait étranger à son entourage... et qui avait de sérieux problèmes en tête.

Elle espéra que ce n'était pas la disparition des deux lettres ! Xanthia n'avait pas revu M. Kemble depuis qu'il avait quitté Wapping. Et en dépit des menaces qu'elle avait prononcées, elle craignait de ne jamais revoir ces lettres.

Son sentiment de culpabilité revint la torturer. Elle aurait aimé tout avouer à Nash, mais elle avait promis à lord Vendenheim de garder le secret. Par chance, la correspondance qu'elle avait subtilisée semblait anodine... M. Kemble lui-même était de cet avis. À l'heure actuelle, Vendenheim était peut-être enfin convaincu qu'il faisait fausse route.

Nash et elle passèrent entre les deux montants de pierre qui séparaient le jardin du verger. Nash s'arrêta brusquement et l'attira vers lui. Ses cheveux noirs retombaient sur son front.

— Embrasse-moi, Zee.

Xanthia eut un instant d'hésitation. Mais soudain les lèvres de Nash touchèrent les siennes. Elles étaient à la fois si délicates et si avides qu'elle retint sa respiration. Puis le parfum viril de Nash l'enveloppa, et elle fut perdue. Il la poussa délicatement contre l'un des montants de pierre et approfondit son baiser. Incapable de résister, elle s'offrit.

Oui, c'était pour cela qu'elle était venue. Elle avait beau nier qu'il l'attirait, elle ne pouvait se mentir à elle-même. Elle se pressa contre lui tandis qu'il laissait ses mains glisser le long de son dos. Son châle en cachemire tomba dans l'herbe. Elle sentit ses mains s'attarder sur ses hanches, puis il la souleva et, la plaquant contre lui, il lui fit éprouver toute la force de son désir.

Cette nuit, songea-t-elle, étourdie. Cette nuit, il lui ferait l'amour. Il le fallait... sinon, elle en mourrait. Elle brûlait de se donner à cet homme.

Il l'embrassa encore, passa sa joue ombrée de barbe sur la sienne, la faisant frissonner. Elle s'écarta et soutint son regard.

— Ce soir, chuchota-t-elle. Je viendrai te retrouver dès que possible.

Nash sourit.

— Tu ne crains pas que nous soyons découverts ? Nous aurions alors une décision à prendre...

Xanthia baissa les yeux. Il voulait savoir si elle l'obligerait à avoir une conduite honorable en lui demandant de l'épouser. C'était une chose qu'il redoutait, elle le savait depuis le début.

— Nous ne serons pas découverts, dit-elle. Mais si nous le sommes, la décision t'appartiendra. Personne ne peut nous obliger à...

Il l'embrassa avec force, l'empêchant d'en dire davantage.

— Viens, reprit-il. Il y a un joli petit étang à côté du verger, et un pavillon sur la rive. Je pense que nous pouvons franchir les limites de la bienséance et nous aventurer jusque-là.

— Et tout cela pour tranquilliser ta belle-mère ? s'exclama-t-elle en riant.

— Il s'agit de préserver ta réputation.

— Pourtant, je me rends régulièrement dans des lieux où une dame refuserait absolument de se rendre.

Nash esquissa un léger froncement de sourcils.

— Oui, mais c'est moins grave que d'être vue seule en ma compagnie. Ce que tu fais à Wapping... en fait, personne ne s'en doute dans les cercles de la bonne société. Mais avoir une liaison avec un homme comme moi, c'est autre chose.

Xanthia gravit les marches du pavillon et s'assit sur le banc en arc de cercle.

— Donc, je dois renoncer à toi ? demanda-t-elle en soutenant son regard. C'est cela que tu insinues ?
— Non, dit-il doucement. Non... pas exactement.
— Alors, quoi ?
— Je ne sais pas, finit-il par reconnaître. J'ai beaucoup pensé à toi, ma chérie. Et à la façon dont nous nous sommes laissé prendre au piège.
— Stefan !

Elle lui passa un bras autour de la taille et se blottit contre son épaule.

— Nous nous sommes désirés au premier regard. Les choses arrivent comme cela, parfois. Et j'ai pensé à toi, moi aussi...

Il glissa un bras sur les épaules de Xanthia. Ils demeurèrent ainsi un long moment, écoutant le pépiement des oiseaux, les yeux fixés sur la surface plane et scintillante de l'étang.

Au bout de quelques minutes, elle murmura d'une voix incertaine :

— Il y a une question que tu ne m'as jamais posée, Stefan. Je pensais que tu le ferais après notre petite escapade chez lady Cartselle.
— Et quelle est cette question, ma chère ?
— Au sujet de ma virginité. Pourquoi je ne suis plus...
— Vierge ? dit-il d'une voix parfaitement tranquille. Eh bien à ce propos, Zee, j'ai une confession à te faire.
— Une confession ? De quel genre ?
— Sois forte, ma chère.

Il se pencha et approcha les lèvres de son oreille pour chuchoter :

— Je n'étais pas vierge non plus.

Elle éclata de rire et se redressa.

— Oui, j'avais entendu des rumeurs à ce sujet. Allons, Nash, veux-tu être sérieux ?
— Je suis extrêmement sérieux. Si tu as eu des amants avant moi, cela ne me regarde pas. J'ai eu plus de maîtresses que je ne saurais le dire. Mais...

bon, en effet, je me suis posé la question. Je ne suis qu'un homme, c'est-à-dire une créature faible et curieuse. Néanmoins, je pense avoir compris.

Xanthia arqua un sourcil.

— Vraiment ?

— Je pense qu'à une certaine époque tu as cru être amoureuse de ce jeune homme irritable que j'ai vu dans ton bureau. M. Lloyd, c'est cela ? Il est assez beau, et il te regarde... d'une certaine façon.

— De quelle façon ?

— D'un air possessif. C'est le regard d'un homme amoureux. Ne me dis pas que tu ne t'en es pas aperçue.

— Je crois. C'est... difficile à expliquer.

— Et tu n'es pas obligée de le faire.

Elle lui posa la main sur la joue.

— Mais je pense que ce serait mieux. Je voudrais au moins que tu comprennes, Nash, comment nous avons vécu à la Barbade.

— Dans ce cas... je veux bien écouter.

Xanthia choisit soigneusement ses mots :

— La Barbade est une petite île, où l'on rencontre peu de Blancs. Quand Gareth est arrivé dans l'île et a travaillé pour Luke, une sorte d'amitié est née entre nous. Nous avons pratiquement grandi ensemble.

— Je comprends. Quel âge aviez-vous ?

Xanthia haussa les épaules.

— Treize, quatorze ans, peut-être ? À cette époque, je classais les dossiers pour Luke, je faisais le thé, je balayais les bureaux... J'aurais fait n'importe quoi pour pouvoir rester avec lui. Je l'adorais.

— J'éprouvais la même chose pour Petar, avoua Nash.

Elle eut un petit sourire triste.

— Luke a trouvé Gareth sur les quais. Il semblait perdu. Nous l'avons pris comme garçon de courses, puis il s'est mis aux comptes.

— Où était sa famille ?

— Je ne sais pas. Il n'en a jamais parlé, mais je sais que ses parents sont morts. Il était donc orphelin, comme nous. Pendant des années, nous avons été... de très bons amis. Un soir, nous étions restés pour travailler tard quand un orage a éclaté... C'était un ouragan, en réalité. Gareth et moi nous retrouvâmes seuls, prisonniers dans les bureaux de la compagnie.

Nash lui prit la main et la serra très fort.

— Tu devais être terrifiée. Quel âge avais-tu ?

— Oh, j'étais déjà une femme. J'avais presque vingt ans. Mais nous étions tous les deux terrifiés. La mer était déchaînée, nous fûmes pris dans un tourbillon de débris projetés du port vers les bâtiments. Une des fenêtres vola en éclats, et je manquai être tuée par une partie métallique. Alors, nous avons poussé les meubles contre le mur exposé au vent, et nous nous sommes cachés derrière. Et... nous nous sommes raccrochés l'un à l'autre. Nous pensions mourir.

— Mais vous avez eu de la chance.

— Certains n'en ont pas réchappé. Mais ce que j'ai fait avec Gareth ce jour-là... ça ne s'est pas arrêté là, Nash. Cela a continué pendant des mois, ensuite.

Nash repoussa une mèche brune derrière son oreille.

— Tu l'aimais, et ces choses-là arrivent.

Elle détourna vivement le regard.

— Il voulait désespérément m'épouser. De fait, au début, il a cru que nous allions nous marier. Et quand j'ai refusé, il s'est efforcé de me convaincre. Mais comme je ne me laissais pas fléchir, il est allé trouver Kieran pour lui demander ma main. Il croyait que... parce qu'il avait pris ma virginité, je devais lui appartenir. Ce genre de raisonnement me paraissait moyenâgeux.

Du bout des doigts, Nash tourna son visage vers lui.

— Zee, cela n'a plus d'importance, à présent. Et j'imagine que la Barbade est très différente de l'Angleterre.

— Très différente. Nous n'avions pas les dames patronnesses de chez Almack's pour gouverner notre société. Et il règne à la Barbade une atmosphère que j'aurais du mal à expliquer. Une impression que le temps n'existe pas. On a du mal à imaginer le monde en dehors de l'île, et même l'avenir. On ne vit que dans l'instant.

— J'imagine ce que ça peut être. Mais, au risque de me répéter, il faut que tu saches que notre liaison est dangereuse. Nous ne sommes pas aux Antilles. Ce que tu fais ici, avec un homme de ma réputation, peut irrémédiablement saccager ton avenir. Il ne faut pas que cela se sache. Tu n'aurais plus aucun espoir de te marier, ni même de garder ta place dans la société.

— Personne ne le saura.

— J'espère que tu ne te trompes pas. Tu n'as jamais voulu te marier ?

— Un mari ne me permettrait pas de mener la vie que je mène actuellement, dit-elle doucement. Tu le sais, Nash. Je deviendrais une de ses possessions, et je perdrais le contrôle de la Neville Shipping Company. Celle-ci tomberait entre ses mains… tout comme moi.

— Tu as la malchance d'être une femme en avance sur son temps, admit-il. Un jour peut-être, la vie que tu mènes sera plus répandue. Mais est-ce la seule raison pour laquelle tu refuses le mariage ? Ton travail ? La perte de ton indépendance ? Cela a donc tant d'importance ?

— Naturellement ! La Neville est ma raison de vivre. Et c'est pour cela que je n'ai pas épousé Gareth, bien que… bien que je l'aie aimé, d'une certaine manière.

Nash garda le silence un moment.

— Je vois, dit-il finalement. Ton M. Lloyd a droit à toute ma compassion. Bien, nous ferions mieux de rentrer. Les autres seront bientôt de retour.

— Oui, je suppose.

Il venait de mettre un terme à la conversation, de façon assez abrupte. Xanthia avait vécu assez longtemps avec son frère pour savoir qu'il ne servait à rien de questionner un homme quand il était de mauvaise humeur. Ils reprirent le chemin de la maison.

Les autres étaient revenus, et avaient ramené avec eux lord et lady Henslow, dont ils avaient croisé le carrosse au village. Lady Henslow, la sœur de lady Nash, salua Xanthia avec une curiosité non dissimulée, et déclara qu'elle était charmée d'avoir fait la connaissance de Kieran.

Après le déjeuner, le groupe se dispersa, et lady Phaedra accompagna Xanthia jusqu'à sa chambre.

— Allez-vous vous reposer ? Sinon, nous pourrions aller visiter les ruines. C'est une agréable promenade.

— Je crains de ne pouvoir accepter, dit Xanthia en souriant. J'ai plusieurs lettres à écrire, et cela me prendra une grande partie de l'après-midi. Nous verrons les ruines une autre fois ?

— Oui, bien sûr.

Xanthia entra dans sa chambre, prit sa sacoche et alla s'installer sur le petit secrétaire en bois de rose, disposé entre les deux grandes fenêtres du salon. Elle avait promis à Gareth de régler deux ou trois affaires. D'autre part, le travail l'aiderait à ne plus penser à Nash et à sa mauvaise humeur. Celle-ci avait empiré au cours du déjeuner.

Elle rabattit le battant du secrétaire en espérant trouver de l'encre, car elle avait oublié son écritoire. À sa grande surprise, elle découvrit que l'intérieur du bureau était en désordre, comme si on l'avait refermé en hâte. Mme Hayden-Worth, sans aucun doute. Xanthia prit une feuille de papier froissé et s'aperçut qu'elle était imprégnée de l'étrange parfum de musc et de muscade. La plupart des papiers étaient des listes d'achats, sans aucun intérêt.

Xanthia les repoussa dans un coin. Sous ce désordre, elle trouva un vieux livre de prières, portant les initiales *J.E.C.* gravées en lettres d'or sur le cuir brun. Lorsqu'elle le souleva pour le ranger sur le côté, une demi-douzaine de feuillets s'en échappa.

— Bon sang, marmonna-t-elle entre ses dents.

Elle voulut les remettre dans le livre, mais l'un d'eux, plié en quatre, attira son attention. C'était un papier épais, de couleur ivoire, qui avait dû coûter une petite fortune. Xanthia le déplia. La lettre était adressée à Mme Hayden-Worth, à Brierwood, et elle venait d'Amérique. En proie à une vague curiosité, Xanthia la parcourut.

26 mars,

Ma très chère fille,
J'ai reçu ta lettre datée du mois dernier, et j'espère que tu es en bonne santé. Comme je suis heureux d'apprendre que tu seras à Cherbourg le 20 mai ! J'espère de tout cœur que tu auras beau temps. Tu trouveras en arrivant deux mille livres que je t'envoie. Ne dépense pas tout d'un seul coup, et écris-moi dès que tu seras rentrée de France.
Avec toute mon affection,

Ton cher papa

P.-S. Je t'envoie les perles que tu m'as demandées par le capitaine Tobias Bruner, du Pride of Fairhaven. *Recompte-les soigneusement pour t'assurer qu'aucune n'a été perdue au cours du voyage. Je suis sûr qu'elles seront d'un très bel effet sur toi.*

Xanthia trouva la lettre étrange. Le père de Jenny ne lui envoyait aucune nouvelle de sa famille, et lui posait peu de questions. Cependant, il la gâtait terriblement... et probablement son mari l'ignorait-il. Elle comprenait à présent pourquoi Jenny avait été si pressée de se rendre en France. Ces deux mille livres lui permettraient de faire quelques beaux achats.

Un peu honteuse de son indiscrétion, Xanthia remit la lettre dans le livre de prières. Elle n'aimait pas beaucoup Mme Hayden-Worth, mais ce n'était pas une raison pour lire sa correspondance. Repoussant la pile de papiers, elle étala ses affaires sur le secrétaire.

C'est là que la trouva Kieran quelques heures plus tard.

— Tu ne vas pas te changer pour le dîner, Zee ? demanda-t-il en entrant dans le salon.

Xanthia leva les yeux et posa sa plume. Les rayons du soleil couchant pénétraient par la fenêtre.

— Oh, murmura-t-elle, un peu étonnée que le temps ait passé si vite.

14

Un audacieux rendez-vous à Brierwood

Dans l'obscurité d'une nuit sans lune, Xanthia se glissa d'un pas hésitant dans les couloirs de Brierwood. La pointe de ses mules apparut sous ses jupons de soie, alors qu'elle montait l'escalier. Elle était poussée par un délicieux sentiment d'anticipation à l'idée de se retrouver dans les bras de Nash.

Elle songea au baiser échangé l'après-midi, si riche de promesses sensuelles.

— Tu ne crains pas que nous soyons découverts ? avait-il demandé. Nous aurions alors une décision à prendre.

Avec un peu de recul, ce problème n'avait pas paru le préoccuper tant que ça. Elle se demanda s'il n'aurait pas voulu... Non. Ce n'était pas possible. Ils étaient tous les deux trop attachés à leur vie pour qu'elle conçoive le moindre espoir. Il était un coureur de jupons, et elle... eh bien, elle profitait de cette opportunité. Nash était, à tous les points de vue, un amant idéal pour elle.

Il ne fallait pas qu'ils soient découverts. Xanthia avançait à pas de loup. De temps à autre, un rai de lumière filtrait sous une porte. Sur le dernier palier, une lame de parquet craqua, lui donnant une frayeur. Elle se figea, mais n'entendit rien. Encore quelques pas et elle atteignit la chambre de Nash.

Elle frappa légèrement et la porte s'ouvrit aussitôt, comme s'il l'avait attendue, posté derrière le battant de chêne. Il ne portait qu'une robe de chambre de soie noire brodée d'or. Ses cheveux étaient peignés en arrière et attachés par un ruban noir. Mais elle eut peu de temps pour l'admirer, car il l'attira dans ses bras et enfouit le visage dans ses cheveux.

— Tu es venue, murmura-t-il. Tu es folle.

— Folle de toi, avoua-t-elle.

Il recula et plongea le regard dans le sien d'une façon si intense qu'elle eut le souffle coupé. Troublée, elle détourna les yeux. Un lit immense, d'allure presque médiévale, occupait le centre de la pièce. Il était entouré de tentures de soie d'un bleu profond, et la courtepointe était rabattue, laissant apercevoir les draps ivoire. La seule lumière provenait des flammes de la cheminée, et un flacon de porto était posé avec un verre sur la table de chevet.

— Quel lit magnifique, commenta-t-elle. J'ai très envie de l'essayer.

Il eut un petit rire.

— Où est Rothewell ?

— Dans son lit... j'espère. Mais je n'en suis pas sûre. Il lui arrive souvent de ne pas dormir.

— Combien de temps pourrons-nous continuer comme ça, Zee ? chuchota-t-il.

Une fois de plus, elle ne fut pas parfaitement sûre de comprendre ce qu'il voulait dire.

— Jusqu'à ce que nous nous lassions l'un de l'autre, je suppose.

Une émotion indéchiffrable passa dans ses yeux noirs, et il se pencha pour l'attirer doucement contre lui.

— Et si nous ne nous lassons pas ? Suppose que... cela empire ?

Elle laissa fuser un petit rire incertain.

— Mon cher, tu changes de femme comme de chemise, dit-elle en le repoussant un peu.

— Tu n'es pas n'importe quelle femme. Tu es *ma femme*. Au moins pour ce soir... non?

Elle hocha la tête, mais ne répondit pas. Nash soutint son regard pendant un moment qui lui parut durer une éternité, puis il captura ses lèvres. Tremblante, elle se pressa contre son torse puissant, tandis que le parfum familier de son corps l'enveloppait.

— Fais-moi l'amour, Stefan. Je ne pense qu'à tes caresses. Te voir sans pouvoir te toucher... cela m'a rendue presque folle.

Il l'entraîna vers le lit. Elle s'assit, et le regarda poser les mains sur la ceinture de son peignoir.

— Dis-moi ce que je dois faire pour te plaire ce soir, Xanthia, murmura-t-il sans la quitter des yeux.

Elle se remit à trembler quand le vêtement de soie glissa sur son corps viril.

— Possède-moi, chuchota-t-elle d'une voix rauque. Prends-moi, Stefan. Je veux t'appartenir totalement. Te donner mon âme.

Une expression sauvage, presque primitive, passa dans son regard lorsqu'il s'agenouilla, nu, devant elle. Avec des gestes lents, il détacha son négligé de soie, jeta la ceinture sur le lit, puis repoussa le tissu sur ses épaules. Elle ne portait qu'une chemise de nuit d'une finesse arachnéenne, qui laissait voir en transparence la pointe de ses seins. Il en prit une entre ses lèvres et la taquina. Elle émit un petit cri, mais déjà il faisait glisser la paume de sa main sur son ventre. Ses doigts remontèrent jusqu'à l'autre sein, et se refermèrent sur lui.

Xanthia enfouit les mains dans les cheveux noirs de son amant et renversa la tête en arrière avec un grognement sourd. C'était pour cela qu'elle était venue. Pour ce qu'il lui donnait, et dont elle ne pouvait plus se passer. Elle ouvrit la bouche pour le lui dire, mais aucun son ne franchit ses lèvres. Une vague de sensualité la submergea.

— Enlève-la, ordonna-t-il en tirant sur sa chemise.

Ils se levèrent. Il fit glisser la chemise et la jeta négligemment sur le sol, tout en enveloppant la jeune femme d'un regard brûlant.

— Mon Dieu, Zee, quelle beauté ! Je te veux tout entière, corps et âme.

Elle leva les bras et les noua sur sa nuque, l'attirant vers elle pour l'embrasser.

— Prends-moi, Stefan.

Il la poussa sur le lit. Les draps de soie étaient délicieusement frais sous son corps enflammé. Nash s'allongea et elle prit son sexe, le caressant lentement.

Il renversa la tête, s'abandonnant à cette exquise torture. Puis il prit ses mains dans les siennes.

— Cela suffit. C'est moi qui décide ce que tu dois faire.

Elle eut un rire léger et rétorqua :

— Mais j'aime te torturer.

Avec un grognement, il attrapa quelque chose, juste derrière l'épaule de Xanthia. Elle sentit un lien soyeux passer autour de son poignet. La panique la fit tressaillir, mais il serra le lien.

— Stefan ? s'enquit-elle d'une voix incertaine.

— Si quelqu'un doit torturer l'autre ce soir, mon amour, ce sera moi.

Son autre poignet fut rapidement attaché au premier. Elle tira sur les liens, mais ceux-ci tinrent bon. Tout en lui maintenant les bras au-dessus de la tête, Nash se pencha pour lui embrasser les seins, aspirant les pointes dans sa bouche. Xanthia poussa un gémissement, s'arquant malgré elle sous les caresses.

Il s'agenouilla et contempla son corps nu.

— Redresse-toi, mon amour. Mets-toi à genoux comme moi.

Elle obéit. Alors, il lui reprit les bras et les souleva au-dessus de sa tête. Elle aurait pu en profiter pour faire glisser ses poignets sous le lien de soie. Curieusement elle n'en fit rien. Il passa le lien autour de l'une des lattes du baldaquin.

— Stefan? chuchota-t-elle, en proie à une étrange excitation.

Il tira sur le ruban et lui attacha étroitement les poignets. Xanthia sentit sa respiration s'accélérer. Elle était totalement exposée à son regard. Prise au piège. Nue, au milieu du lit.

Nash insinua un doigt entre ses cuisses, dans le triangle de boucles serrées.

— Maintenant, tu es vraiment en mon pouvoir, murmura-t-il en faisant remonter son doigt sur son ventre, puis entre ses seins.

— Oui. Je suis ta prisonnière.

Il se pencha et prit possession de sa bouche.

— Veux-tu être libérée, ma chérie?

— Non... non, pas encore.

Il eut un rire grave et profond. Puis ses lèvres s'aventurèrent dans son cou.

— Les jeux érotiques n'ont rien de répréhensible, dit-il d'un ton rassurant. Pas si les deux partenaires sont consentants.

— Et tu aimes... jouer? s'enquit-elle, haletante.

— Je veux seulement te faire plaisir. Les choses les plus simples me suffiraient, du moment que tu es ma partenaire. Mais je crois, ma chérie, que tu as envie d'être... soumise... juste un tout petit peu?

— Oui.

Le mot lui échappa dans un soupir. Nash se pencha pour taquiner de la langue un mamelon rose et tendu.

— Sais-tu, Zee, pourquoi tu veux cela?

— Non... balbutia-t-elle, s'enflammant comme une torche sous ses caresses.

Il insinua de nouveau le doigt entre ses boucles, s'aventurant plus loin cette fois.

— Parce qu'une femme forte a besoin d'un homme fort, chuchota-t-il en faisant glisser son doigt entre ses jambes. Tu as envie d'un homme qui sache te contrôler. Qui comprenne ce que tu désires... et te le donne.

— Est-ce que... c'est ce que tu veux faire ? Me donner... ce que je désire ?
— Oui. Tu veux bien ?
Xanthia ferma les yeux.
— Oui, chuchota-t-elle.
Il lui pinça délicatement un mamelon.
— Dis « s'il te plaît », mon amour.
— S'il te plaît.
— Tu as confiance en moi ?
— Oui. Mais... mais que vas-tu faire ? demanda-t-elle en ouvrant brusquement les yeux. Est-ce que tu vas me... me punir ?
Il plaqua les paumes sur ses fesses rondes.
— Cela dépend, ma chérie. As-tu été une vilaine fille ?
— J'ai de très vilaines pensées, confessa-t-elle. Depuis que je te connais, Stefan, je... j'ai envie de choses... auxquelles une dame ne devrait pas songer.
Soudain, sa main s'abattit sur ses fesses. Elle tressaillit.
Mais le coup s'était déjà transformé en caresse.
— Voilà, dit-il, cela t'apprendra à être sage. N'est-ce pas, mon amour ?
Ils étaient tous deux à genoux, pressés l'un contre l'autre. Elle sentait son sexe effleurer l'intérieur de ses cuisses. Frissonnante, elle s'humecta les lèvres du bout de la langue et murmura :
— J'ai peut-être été plus vilaine que tu ne l'imagines.
Il se plaqua étroitement contre elle, faisant courir ses mains sur son dos.
— Vraiment, ma jolie ? Je devrais peut-être te détacher et te coucher sur les coussins, pour te donner une bonne fessée ?
— Non, répondit-elle vivement.
— Non ?
— J'ai seulement été *un peu* vilaine. Ce soir, pendant le dîner.
Il la contempla en souriant.

— Pendant le dîner ?

— Je n'ai pas cessé de te regarder... et de penser à cette première nuit. Quand nous nous sommes rencontrés. Embrassés. Je pensais à ta main... au plaisir que tu m'as donné... pendant que les autres dansaient sans se douter de ce que nous faisions. Et je pensais à ce que j'ai ressenti quand... quand tu m'as pénétrée.

— Oh, c'est très vilain, en effet. La meilleure façon de te punir, c'est de te tourmenter jusqu'à ce que tu me supplies.

— Oh... oh, mon Dieu, chuchota-t-elle, tremblante.

Il l'embrassa dans le cou, sur la joue, tout en lui caressant les hanches. Elle redressa la tête et le regarda dans les yeux.

— J'aime ça... J'aime que ça soit toi qui commandes.

Le regard de Nash s'adoucit.

— Oh, mon amour. Tu dois être tellement lasse, parfois. Lasse d'être forte, de n'avoir personne avec qui tu puisses juste être toi-même.

— Oui, tu as compris.

Il lui prit le visage à deux mains et l'embrassa avec une exquise délicatesse. Xanthia se sentit fondre.

Ils se séparèrent, haletants, conscients du lien profond qui les rapprochait. Nash s'assit sur ses talons, et laissa de nouveau son regard envelopper la nudité de la jeune femme.

Elle contempla ses membres puissants, ses épaules musclées, ses cheveux noirs... son sexe tendu. Un homme fort. Oh oui.

Nash tendit le bras et prit le verre de porto. Sans la quitter des yeux, il en avala plusieurs gorgées, puis l'enlaça et l'embrassa. Xanthia sentit le vin couler dans sa gorge. Le liquide glissa sur sa langue alors qu'il continuait de fouiller la chaleur de sa bouche.

Puis il recula, les yeux brillants.

— Bon sang, tu es la créature la plus sensuelle du monde, murmura-t-il.

Il souleva le verre et fit couler un peu de porto entre ses seins. Ses mamelons se tendirent tandis que le vin s'écoulait sur son ventre, et entre ses cuisses.

Nash se pencha et insinua la langue dans les boucles humides. Xanthia frissonna. Puis il remonta sur son ventre, effaçant du bout de la langue les traces de vin sur sa peau.

Prisonnière des rubans de soie, Xanthia ne put se défendre. Un tremblement se répandit dans tout son corps.

— Veux-tu que j'arrête, mon amour ?
— Non... murmura-t-elle. Je t'en prie... retourne...
— Où cela, ma chérie ? demanda-t-il en riant.
— Là... je t'en prie...

Il introduisit deux doigts au cœur de sa féminité, effleurant la clé du plaisir.

— *Là ?*

Elle hocha la tête, les yeux fermés.

— Dis-moi où, chuchota-t-il. Dis-moi exactement ce que tu veux.
— Goûte-moi, ordonna-t-elle d'une voix à peine audible. Touche-moi. Oh, je t'en prie, Stefan. Tu sais de quoi j'ai envie.

Il hésita un moment, continuant de la tourmenter du bout des doigts. Enfin, il se pencha, et elle sentit la toison de son torse lui effleurer les cuisses. Quand sa langue s'insinua entre ses jambes, elle ne put réprimer un cri. Puis ses doigts glissèrent dans le fourreau chaud et étroit de sa féminité, pendant que sa langue poursuivait sa torture. Elle lutta pour contenir ses gémissements lorsque la jouissance déferla.

— Oh, détache-moi, supplia-t-elle, alors qu'il se pressait contre elle et lui embrassait de nouveau le cou. Oh, Stefan...

Il la pénétra d'un brusque coup de reins. Il l'avait soulevée d'un bras pour entrer profondément en elle.

Leurs mouvements s'accélérèrent, devinrent fiévreux. Un sanglot profond déchira le corps de Xanthia. Une bûche tomba dans l'âtre, projetant une nuée d'étincelles. Elle entendit une voix lointaine prononcer le nom de Nash, comme une litanie. Sa propre voix... Il continua de la posséder, jusqu'à ce que la vague de passion la submerge. Alors, son corps viril fut secoué d'un frémissement si puissant que le lit se mit à trembler.

Lorsque Xanthia reprit ses esprits, Nash avait enfoui le visage au creux de son cou. Elle l'embrassa, mais pendant un moment il demeura immobile. Quand enfin il releva la tête, ses yeux étaient brillants de larmes.

— Je suis perdu, Zee, chuchota-t-il. Oh, mon Dieu...
— Oui ? fit-elle en soutenant son regard. Dis-moi.
— Je t'aime... d'un amour... infini. Dieu nous vienne en aide.
— Tu n'es pas le seul... à être... un peu effrayé.

Il leva les mains et défit habilement le ruban de soie. Sans un mot, il entraîna Xanthia sur le matelas, posa les lèvres dans son cou et inspira son odeur. Comme par un accord tacite, ils gardèrent le silence. Ce qui venait de surgir entre eux était encore trop nouveau. Trop tendre.

— Est-ce que tu as assez chaud, mon amour ? s'enquit-il.
— Oui. Merveilleusement chaud.
— Le soir où nous nous sommes rencontrés, tu m'as dit que tu n'avais plus eu chaud depuis une éternité. J'ai pensé que je voulais changer cela. Et que ce serait désormais le but de ma vie.

Le but de ma vie... Xanthia se figea. Mais Nash avait repris ses baisers. Il ne semblait plus aussi sérieux qu'un instant plus tôt. Elle se détendit et laissa ses mains s'attarder sur ses reins, sur ses fesses musclées.

— Mission accomplie, monsieur, dit-elle d'un ton léger.

Il roula sur le côté.

— Tu aimes le Hampshire, Zee ? Brierwood ?
— C'est très beau, répondit-elle, étonnée par la question. Et le domaine lui-même... je me demande

s'il en existe un autre aussi somptueux dans toute l'Angleterre.

Il enroula une mèche de ses cheveux autour de son doigt.

— J'aimerais que nous soyons seuls ici, Zee. Nous avons tant à découvrir, l'un avec l'autre. Je déteste avoir tous ces gens autour de nous.

— Ce sont tes invités, ta famille, et ils sont charmants. Quant aux domestiques, la maison est si grande que tu ne peux te dispenser de leur présence.

— Alors, il n'y a plus qu'une solution, annonça-t-il avec un regard malicieux. Nous devons nous enfuir.

— Et où irions-nous ? demanda-t-elle en riant.

— Aux îles Scilly.

— Ce serait charmant, mais... non, c'est trop près. Ils nous retrouveraient vite.

— Au Maroc, peut-être ? Ou en Crète ?

— Oh, la Crète, oui. Ce qu'il nous faudrait, c'est un bateau. Pourquoi n'en ai-je jamais un sous la main quand j'en ai besoin ?

— Ah, mais tu n'es pas la seule à avoir une flotte à ta disposition, ma chère.

— Non ? fit-elle, vaguement surprise.

— Mon sloop est ancré à Southampton. Madame, le *Pari Dangereux* attend votre bon plaisir.

Xanthia plaqua la main sur sa bouche, amusée.

— Le *Pari Dangereux* ?

— C'est comme cela que je l'ai gagné, expliqua Nash. Un imbécile avait misé son sloop un soir chez Brook. J'en ai changé le nom, en l'honneur de sa folie. Je trouvais que *Mary Jane* n'avait pas autant de cachet.

— En effet. Je m'adresserai à toi, la prochaine fois que nous devrons baptiser un de nos navires.

— Ce serait une façon pour moi de servir les intérêts de la Neville Shipping. Hélas, je crains de ne pas avoir d'autres talents dans ce domaine. Tu n'auras pas à t'inquiéter, mon amour, je ne mettrai jamais le nez dans tes affaires.

— Oh, je pense que tu as d'autres talents que je pourrais utiliser à bon escient.

— Vraiment ? Je me demande lesquels...

Riant de nouveau, il l'attira vers lui. Elle se tourna instinctivement, pressant le dos contre sa poitrine. Nash passa un bras sur elle et posa la main sur son ventre. Xanthia n'avait jamais éprouvé un tel bien-être. Dans un état de semi-conscience, elle songea aux paroles qu'il avait prononcées ce soir. Il parlait avec un mélange d'espoir et de certitude... comme s'il savait quelque chose qu'elle ignorait.

Il ne se comportait pas comme un coureur de jupons pensant déjà à ses prochaines conquêtes. Mais elle était si épuisée et alanguie qu'elle n'avait plus les idées claires.

S'abandonnant à une douce léthargie, elle se détendit entre ses bras. Très vite, la respiration régulière de Nash lui indiqua qu'il s'était endormi. Ils avaient vécu un moment merveilleux, magique. Elle n'aurait su dire où cette liaison allait les mener, mais elle était certaine qu'ensemble Nash et elle pourraient surmonter n'importe quel obstacle. De toute façon, elle n'avait plus le choix.

Elle était folle de lui.

15

De terribles problèmes dans le Hampshire

Le samedi midi, toute la famille de lady Nash était arrivée à Brierwood. Les petits-enfants de lady Henslow étaient à eux seuls assez nombreux pour former une équipe de cricket. Ce qu'ils firent, avec l'aide de M. Hayden-Worth.

La journée était radieuse, et lady Nash fit dresser une tente blanche et des tables près du terrain de cricket improvisé. Les dames sortirent, protégées du soleil par des ombrelles de dentelle. Les domestiques circulaient entre les haies, chargés de plateaux d'argent pour distribuer des verres de limonade.

Xanthia connaissait vaguement quelques invités, qu'elle avait croisés au pique-nique de lady Henslow. Tous se montrèrent aimables. Mais après lui avoir été présentés, ils échangèrent quelques coups d'œil à la dérobée, et les inévitables chuchotements suivirent. Il était clair qu'on se posait des questions sur la raison de sa présence.

Frederick, l'aîné des petits-enfants de lady Henslow, réussit un tir impressionnant, salué par les cris enthousiastes des invités.

— Oh, bravo! s'exclama Xanthia.

— Doué, ce garçon, n'est-ce pas? dit une voix tranquille près d'elle.

Elle leva les yeux et découvrit Nash. Il avait belle allure, avec sa veste de cheval et ses bottes noires.

— Bonjour, dit-elle en sentant ses joues s'enflammer. Tu m'as manqué.

— Toi aussi, mon amour.

Il lui offrit son bras.

— Il paraît que tu es allé rendre visite à tes métayers, ce matin, dit-elle avec légèreté. Est-ce qu'ils t'ont reconnu ?

— Tout juste, répondit-il.

Mais, voyant qu'il semblait soucieux, elle demanda d'un ton plus sérieux :

— Comment les as-tu trouvés ?

— Les Oldfield ont perdu leur fils aîné la semaine dernière. Un accident idiot. Il s'est fracassé le crâne en tombant d'un pommier. Ces pauvres gens sont ravagés de chagrin. De plus, il ne leur reste que des filles, maintenant.

— Est-ce que l'une d'elles ne pourrait pas reprendre la ferme ? s'enquit Xanthia en haussant un sourcil.

— Je ne vois pas comment. Mais ce n'est pas à moi de prendre une décision.

— Pourtant, les Oldfield doivent craindre que tu en prennes une, dit-elle tandis qu'ils s'éloignaient de la tente. Tu pourrais décider de ne pas renouveler leur bail et de chercher d'autres métayers.

— Je ne ferai pas une chose pareille. Oldfield est un bon métayer, et Brierwood est suffisamment rentable comme ça.

— Dans ce cas, tu devrais le lui dire, suggéra Xanthia. Si M. Oldfield a la garantie de garder la ferme, il commencera peut-être à chercher un mari pour une de ses filles.

Nash se mit à rire et lui couvrit la main de la sienne.

— Tu n'as pas tort. J'en parlerai à mon régisseur.

— Je suis certaine que ce sera à ton avantage.

Il l'attira plus près de lui.

— J'aime t'avoir ici, Xanthia. J'accorde beaucoup de valeur à tes idées, et ton enthousiasme est contagieux.

Elle se tourna vers lui, étudiant son visage aux traits virils. Il ferma les yeux, et elle sentit son cœur tressauter, sa gorge se serrer. Ce n'était pas un désir sexuel, mais quelque chose de plus profond, de plus effrayant. Une envie... un besoin de passer le reste de sa vie comme cela. Avec cet homme.

Elle posa la main sur sa poitrine, geste intime et instinctif. Mais elle la retira aussitôt en se rappelant où ils étaient. Nash souleva les paupières.

Il y avait quelque chose dans son regard. Une question silencieuse. À moins qu'elle ne prenne ses désirs pour des réalités ? Rougissante, elle détourna les yeux.

À cet instant, elle entendit un carrosse arriver. Une voiture noire, tirée par quatre chevaux au pelage brillant, déboula dans l'allée. Elle crut la reconnaître.

— Stefan, qui est-ce ?
— Des amis d'Edwina, je suppose, répondit-il.

Elle suivit la voiture des yeux et la regarda s'arrêter devant le large escalier de pierre. Deux valets le descendirent pour accueillir les nouveaux venus. Lady Nash quitta la tente et traversa les jardins en hâte.

Soudain, Xanthia se rappela où elle avait vu cette voiture. Elle ferma les paupières, envahie par une sensation de nausée.

— Ma chère, tu te sens bien ? s'inquiéta Nash.
— Oui, je... C'est le soleil...

Il l'entraîna vers un banc.

— C'est ma faute, murmura-t-il en l'éventant avec son chapeau. Je voulais t'avoir un moment pour moi seul.

Un valet approcha dans l'allée, faisant crisser le gravier sous ses pieds.

— Je vous demande pardon, monsieur. Deux gentlemen souhaitent vous parler de toute urgence. Ils viennent d'arriver de Londres. De Whitehall.

— Whitehall ? répéta Nash en secouant la tête. Vous avez mal compris. C'est mon frère qu'ils veulent voir.

— Non, monsieur. Ils ont été très clairs. Dois-je… les renvoyer ?

Nash se tourna vers Xanthia.

— Tu devrais y aller, soupira-t-elle.

— Viens avec moi, dit-il, l'air inquiet.

— Non, je me sens mieux. Vas-y, je t'en prie.

Avec un bref signe de tête, il s'éloigna. Les larmes aux yeux, Xanthia le regarda traverser la pelouse. Son instinct lui soufflait de le suivre. De clamer qu'il était innocent… Car c'était probablement pour l'accuser que Vendenheim était venu de Londres.

Une fois que Nash aurait entendu cette accusation, une fois qu'il aurait compris ce qui s'était tramé à son insu, la dernière personne qu'il souhaiterait voir, ce serait elle.

Posant la main sur son cœur dans une vaine tentative pour faire disparaître sa nausée, elle partit à la recherche de Kieran.

Nash reçut ses visiteurs inattendus dans le salon chinois et les invita à s'asseoir. Il jeta un coup d'œil aux cartes de visite que les deux gentlemen lui remirent.

— J'espère que vous comprendrez, lord Vendenheim-Sélestat, que j'ai une maisonnée pleine d'invités.

— Appelez-moi simplement Vendenheim.

L'homme était encore plus grand et plus mince que Nash. Il avait des yeux sombres et le teint mat.

Son regard perçant se posa sur Nash.

— Italien, dit-il. Et Alsacien.

— Je vous demande pardon ?

— Vous vous interrogez sur mes origines.

Nash sourit brièvement et reporta son attention sur les cartes.

— Et… monsieur Kemble ? Nous connaissons-nous, monsieur ?

— Nous nous sommes sans doute déjà rencontrés, répondit l'homme d'un air vague.

— Eh bien, je ne vois pas ce que le gouvernement peut bien me vouloir. Comment puis-je vous aider ?

Vendenheim parut soudain mal à l'aise. Il émit une petite toux sèche.

— Le ministère de l'Intérieur mène une enquête sur certaines irrégularités au sein de la communauté diplomatique, lord Nash. Nous aimerions vous poser quelques questions en rapport avec ces irrégularités.

— Je ne connais personne qui appartienne au corps diplomatique, répliqua Nash.

— Oh, nous pensons le contraire, rétorqua Vendenheim, dont le regard brilla de satisfaction. Le comte de Montignac, un attaché à l'ambassade de France, a reçu une importante somme d'argent. Venant de vous.

Lord Nash se tint parfaitement immobile. Le souvenir de cette soirée à Belgravia lui revint à l'esprit… ainsi que la menace qui avait suivi quelques semaines plus tard, au bal masqué de lady Cartselle. Mais c'était la comtesse de Montignac qui l'avait menacé, et non son mari. Et pourquoi le ministère de l'Intérieur s'intéressait-il à cette médiocre tentative de chantage ?

— Lord Nash ? reprit Vendenheim.

— La comtesse de Montignac vous a menti, dit-il.

— Mais vous lui avez donné de l'argent à remettre à son mari, n'est-ce pas ? déclara Kemble avec assurance. Une somme importante. Nous aimerions savoir pourquoi.

Nash le foudroya du regard, tout en se demandant où diable il avait bien pu le croiser auparavant.

— Ce ne sont pas vos affaires, monsieur. Je ne vous dois aucune explication, et je ne vous en donnerai pas. Quel que soit l'angle sous lequel on considère la question, elle ne concerne nullement le ministère de l'Intérieur.

Vendenheim se rembrunit.

— Les diplomates n'ont pas le droit d'accepter des pots-de-vin.

Nash partit d'un éclat de rire.

— Qui le leur interdit, Vendenheim ? Leur propre pays ? Seriez-vous naïf ? De toute façon, le ministère ne doit se soucier que de la loi anglaise, que je n'ai pas enfreinte, soit dit en passant. Quant aux lois françaises, c'est tout le gouvernement de la France qui s'effondrerait si les pots-de-vin disparaissaient.

— Vous n'accordez pas à cette affaire la gravité qu'elle mérite, lord Nash, lança sèchement le vicomte. En Angleterre, la trahison est punie par la pendaison.

— La trahison ? Si vous tenez à la vie, il n'est pas prudent de prononcer ce mot dans ma maison, monsieur.

Vendenheim ne parut pas spécialement inquiet.

— Je ne répondrai pas à votre provocation, Nash. Je ne suis pas assez stupide pour me battre en duel.

— En fait, je me contenterai de vous étrangler, si...

— Lord Nash, je vous en prie ! s'exclama M. Kemble. Puis-je vous suggérer de vous ressaisir ? Les paroles de mon ami ont dépassé sa pensée. Mais certains faits demeurent. Des messagers français et anglais circulent à proximité de cette maison depuis plus de huit mois, et...

— Quoi ? Vous m'avez espionné ? rugit Nash. Vous avez surveillé ma maison ? Et quoi d'autre, encore ?

Kemble hésita.

— Nous avons fait ce que nous croyions nécessaire, monsieur le marquis. Voyez-vous, il y a quelques semaines, un de ces messagers a été tué à l'auberge du White Lion, à cinq kilomètres d'ici. Il transportait, cachés sur lui, des renseignements très intéressants, la plupart en langage codé.

Nash lutta contre l'impression de malaise qui commençait de l'envahir.

— Vous avez dit « à proximité de la maison ». Rien ne prouve qu'il se passe quelque chose chez moi.

— En effet, nous n'avons aucun témoin qui puisse l'affirmer, admit Kemble.

— Dans ce cas, je pense que la conversation est terminée, messieurs.

Kemble lança à Vendenheim un regard semblant signifier : « Je vous l'avais bien dit. » Le vicomte reporta son attention sur Nash.

— Nous avons réussi à décoder les lettres découvertes sur l'homme assassiné, dit-il. Elles contenaient une liste d'armes de contrebande, et une carte indiquant l'emplacement de cette maison et son adresse.

Nash eut l'impression que le sang quittait son visage.

— Des armes ? Seigneur. D'où venaient-elles ?

— Nous n'avons pas le droit de le révéler.

Nash bondit sur ses pieds.

— Parbleu, c'est une accusation grave que vous lancez contre moi ! L'honneur vous oblige à vous expliquer.

— Très bien, céda Vendenheim. Il s'agit d'armes américaines. Des carabines, pour être précis. Nous pensons qu'elles sont destinées à la rébellion grecque, et qu'elles transitent par la France.

— Des carabines ? Mon Dieu...

Nash gagna la fenêtre en s'efforçant de se contrôler. Il fallait qu'il réfléchisse, qu'il comprenne la signification de tout ceci. Une main sur la hanche, il contempla le jardin lumineux, les jeunes gens gais et innocents qui jouaient sur sa pelouse. Des armes de contrebande ! Si c'était vrai...

— Lord Nash, je vous préviens, continua Vendenheim dans son dos. Le gouvernement ne permettra pas que ces armes atteignent la Grèce. Il faut que nous sachions où se trouve le navire qui les transporte pour l'arrêter.

— Et vous croyez que je sais où est ce maudit navire ? rétorqua Nash en pivotant.

— Quelqu'un, dans cette maison, le sait. Nous savons aussi que vous avez des contacts en Russie. Et que votre famille nourrit une profonde antipathie pour les Turcs.

— Ma famille a été massacrée par les Turcs ! lança Nash. Comme les Grecs et les Albanais. Avez-vous interrogé tous les étrangers du pays ?

Vendenheim parut sur le point de bondir de son siège. Kemble dut le sentir, car il se leva et alla poser la main sur l'épaule de son compagnon.

— Lord Nash, cette lettre contenait l'adresse de votre maison, dit-il avec calme. C'est un fait incontestable. Donc, si vous acceptiez de travailler avec nous pour...

— Qui êtes-vous ?

— Je vous demande pardon ?

— Qui diable êtes-vous ? Par Dieu, je suis sûr de vous avoir déjà vu quelque part... et il n'y a pas longtemps.

M. Kemble laissa retomber sa main, sans répondre. Nash eut l'impression que sa vue se brouillait.

— À Wapping ! Vous étiez à Wapping, n'est-ce pas ? Je vous ai vu dans les bureaux de la Neville Shipping.

Kemble esquissa un pâle sourire.

— Je suppose qu'il fallait s'y attendre, dit-il doucement. La plupart des gens ne se seraient pas rappelé, vous savez. Ils ne font jamais attention aux serviteurs.

— Que faisiez-vous là-bas ? questionna Nash d'une voix rauque, redoutant la réponse. Répondez !

Les deux visiteurs échangèrent un regard. Ce fut Vendenheim qui parla.

— Vous ne devez pas vous en prendre à lord Rothewell, ni à sa sœur.

Nash essaya d'absorber ces paroles, de leur trouver un autre sens. Impossible. Sa colère se transforma en quelque chose de pire. Une peur insoutenable.

À cet instant, on frappa à la porte. Nash alla ouvrir. Tony se tenait sur le seuil. Xanthia et Rothewell se trouvaient plus loin, dans le hall. Rothewell était grave, et le visage de Xanthia s'était vidé de toute couleur.

Quand elle le vit, elle détourna les yeux.

Nash eut l'impression que le sol se dérobait. Une vague immense de chagrin et de fureur s'abattit sur lui.

Xanthia. Ce n'était pas possible. *Non.*

Tony entra.

— Stefan, dit doucement son frère. Maman t'a entendu crier. Qu'est-ce qui ne va pas ?

Nash lui prit le bras.

— Voulez-vous m'excuser ? lança-t-il à Vendenheim par-dessus son épaule. J'ai besoin de parler à mon frère en privé.

Nash entraîna vivement Tony dans le couloir. Ses mains tremblaient. Il aurait voulu retourner vers Xanthia, exiger la vérité. Mais la vérité le tuerait.

— Où allons-nous ? s'alarma Tony. Qui diable sont ces hommes ?

— C'est un cauchemar, Tony, marmonna Nash en poussant la porte de la bibliothèque. Nous devons décider ce qu'il faut faire. Tout de suite.

Nash se passa les mains dans les cheveux. Sa vie était en miettes, mais celle de Tony pouvait encore être sauvée. Il avait envie de pleurer. On l'avait espionné. Xanthia ne s'était pas retrouvée dans son lit par hasard.

— Tony... si tu avais fait ce que je te demande depuis cinq ans... si tu avais surveillé ta femme... il n'y aurait pas de problème à présent.

Tony devint aussi pâle que sa chemise.

— Mon Dieu. Qu'a-t-elle fait, cette fois ?

— Je pense le savoir, mais je ne peux pas encore le prouver. Tony, le temps presse. Monte chercher tes affaires. Il faut partir sur-le-champ.

— Partir ? Et maman ? Et la réception ?

— Je suis désolé. Ta carrière politique est en jeu. Va chercher Gibbons, dis-lui de m'apporter mes bagages. Je vais de ce pas à l'écurie faire préparer le carrosse.

— Très bien, Nash. Mais où allons-nous ?

— En France. Nous allons rejoindre Jenny à Cherbourg. Mon sloop est à l'ancre à Southampton. En nous dépêchant, nous arriverons avant la nuit.

L'estomac noué, Xanthia vit Nash traîner Hayden-Worth jusqu'à la bibliothèque. Son expression était éloquente. *Il savait.* Mon Dieu. Tout était fini.

Elle pénétra dans le salon.

— Comment avez-vous pu me faire ça ? lança-t-elle à Vendenheim d'une voix sifflante. Et comment osez-vous faire cela à Nash ?

— C'est très regrettable, mademoiselle Neville, énonça Vendenheim d'un ton posé. Mais nous avons reçu des informations. Un chargement de fusils américains est en route pour Cherbourg.

— Et vos questions ne pouvaient pas attendre ?

— Non. Ce navire doit être arrêté. La situation devient plus dangereuse de jour en jour. Et je pense, mademoiselle, que pour votre sécurité vous ne devriez pas rester ici.

— Il a raison, dit Kieran en lui prenant le bras. Si tu restes, Nash comprendra quel rôle tu as joué dans tout ça.

— Mais il le sait déjà ! Il a reconnu Kemble ! Il l'avait vu dans mon bureau, il y a quelques semaines. C'est sa faute !

— Mademoiselle Neville, déclara Kemble d'une voix apaisante, comment pouvions-nous imaginer qu'il me reconnaîtrait ? Je suis désolé.

— Vous étiez tellement certains qu'il était coupable ! cria Xanthia, au bord des larmes. Vous n'avez pas vu plus loin que le bout de votre nez !

— Xanthia, calme-toi, ordonna son frère. Elle a raison, dit-il en se tournant vers Vendenheim. Nash n'est au courant de rien. J'en suis certain.

— Malheureusement, monsieur, les faits parlent d'eux-mêmes, répliqua le vicomte.

Xanthia faillit lui sauter à la gorge.

— D'autres personnes viennent séjourner ici ! M. Hayden-Worth, par exemple. Avez-vous enquêté sur lui ?

— Non.

— Non, parce qu'il est anglais… et politicien. Vous soupçonnez Nash à cause de ses origines étrangères. C'est odieux, lord Vendenheim.

— Mademoiselle, lord Nash a des attaches en Europe de l'Est. Sa famille a toujours détesté les Turcs. Il a remis une importante somme d'argent aux diplomates français qui correspondent avec les Grecs. Et Brierwood est sa maison.

Xanthia se dégagea de la poigne de son frère.

— Restez là. Tous les trois, ordonna-t-elle. Je veux vous montrer quelque chose.

Elle monta l'escalier en courant, croisant M. Hayden-Worth qui descendait, deux valets sur les talons. Honteuse de ce qui s'était passé, elle détourna les yeux. Si bien qu'elle ne vit ni la malle que transportaient les serviteurs ni l'expression hagarde de Tony.

L'esprit en ébullition, Nash entra par l'aile ouest de Brierwood, comme s'il avait peur d'être rattrapé par la terrible certitude qui pesait sur lui.

Impossible d'y échapper, cependant. Des images surgissaient sans cesse dans son esprit. Xanthia parlant des troubles qui avaient lieu en Grèce. Le taquinant au sujet des douanes et des taxations. Suggérant que la loi pouvait être contournée. Il avait été étonné, car ses paroles ne semblaient pas coller avec sa personnalité. Mais elle savait dissimuler. Tout cela expliquait pourquoi elle l'avait suivi sur la terrasse le premier soir, chez Sharpe.

Oui, elle était rusée. Il la revit penchée sur le bureau de sa bibliothèque, cherchant le papier à lettres qu'elle avait sous les yeux. C'était elle, probablement, qui avait subtilisé les lettres de Vladislav. Comment n'avait-il pas deviné son double jeu ?

Sa vie était terminée. Il eut un peu honte de sentir des larmes brûlantes surgir sous ses paupières. Il serra les poings dans un effort pour les ravaler. Et lentement, le chagrin se mua en fureur. Une émotion plus facile à gérer.

Tony l'attendait dans le hall avec Gibbons et son valet. Les deux domestiques étaient imperturbables.

— Le carrosse sera là dans quelques minutes, annonça Nash. Nous devrions atteindre la côte à la tombée de la nuit.

À cet instant, lord Vendenheim surgit de l'ombre, son pas résonnant de façon menaçante sur les dalles de marbre.

— J'espère, lord Nash, que vous n'avez pas l'intention de quitter le pays ?

— C'est exactement ce que je m'apprête à faire. Disposez-vous de preuves suffisantes pour m'arrêter ?

— Non, admit le vicomte.

— Dans ce cas, écartez-vous, monsieur, intervint Tony. J'ignore qui vous êtes, mais je suppose que vous savez qui je suis.

— Oui, monsieur, répondit Vendenheim avec lassitude.

— Rappelez-vous que je ne suis pas sans influence à Whitehall.

— J'en suis conscient, monsieur. Lord Nash, vous devez me donner votre parole de gentleman que vous resterez en Angleterre.

— Mais, mon cher, je ne suis pas un gentleman. De fait, je ne suis pas vraiment anglais non plus.

— Lord Nash, je...

— Je pars en France. À Cherbourg, précisément, où je demanderai à la police française de faire ce qu'apparemment vous êtes incapables de faire vous-mêmes. Et au retour, si je me sens l'âme charitable, je vous livrerai peut-être votre coupable, Vendenheim.

Irrité, Vendenheim pinça les lèvres et s'écarta. C'est alors que Nash remarqua le frère de Xanthia dans le salon.

— Lord Rothewell, je vous prie de quitter cette maison avec votre sœur. Si possible dès ce soir.

Demain matin au plus tard. Me suis-je bien fait comprendre ?

— Vous commettez une grave erreur, Nash, répliqua Rothewell.

— Non, grâce à Dieu, non. Mais je l'ai échappé belle.

Le carrosse s'arrêta devant la porte ouverte. Nash descendit les marches du perron, suivi par Hayden-Worth et les deux domestiques. Le cocher fit claquer son fouet, et un instant plus tard ils eurent disparu dans l'allée.

— *Maledizione !* s'exclama Vendenheim en tapant du poing contre le chambranle.

— Eh bien ! s'exclama Kemble. Les choses n'auraient pu se passer plus mal.

Le carrosse n'avait pas atteint le bout de l'allée que Xanthia fit irruption dans l'escalier. Elle courut à la porte et regarda le nuage de poussière s'éloigner. Elle se retourna.

— Il part pour la France, n'est-ce pas ?

— Oui, acquiesça Kemble. Comment le savez-vous ?

— Venez avec moi dans le salon, dit-elle en battant des paupières pour chasser ses larmes. Je veux vous prouver que lord Nash est innocent.

— Mademoiselle Neville, fit Kemble en lui prenant la main. Vous êtes bouleversée, cela peut attendre…

Xanthia se dégagea vivement.

— Non, je dois le faire tout de suite ! Écoutez, monsieur Kemble… vous m'avez dit un jour qu'une lettre en apparence anodine peut avoir un sens caché, n'est-ce pas ?

— Oui, mais il faut connaître le code.

Xanthia prit place dans un fauteuil près de la fenêtre, et sortit la lettre du livre de prières de Mme Hayden-Worth.

— Je veux que vous lisiez ceci. C'est une lettre qui a été envoyée à Mme Hayden-Worth par le père de celle-ci. Elle est américaine, le saviez-vous ?

Kemble et Vendenheim échangèrent un regard.

— Non, vous ne le saviez pas. J'en étais sûre. Son père est un riche industriel, qui vit dans le Connecticut. C'est assez proche de Boston... la ville d'où sont expédiées les armes, c'est cela ?

— Oui, admit Vendenheim.

Kemble parcourut la lettre et la rendit à Xanthia.

— La missive est assez brève. Mais en dehors de ça, qu'a-t-elle de spécial ?

— Ne trouvez-vous pas que le ton est un peu sec ? Et cette date bien précise... le 20 mai ? Ce doit être un rendez-vous important. Et cependant, quand je suis arrivée ici, Jenny prétendait avoir oublié qu'elle devait se rendre en France. Elle a quitté cette maison il y a deux jours, dans un état de grande agitation.

— Où voulez-vous en venir ? s'enquit Vendenheim.

— Ce rendez-vous était si important qu'elle en a parlé à son père dans une de ses lettres. Celui-ci lui répond, en mentionnant de nouveau la date du rendez-vous. Puis elle oublie le rendez-vous en question ?

— Je vois, murmura Kemble. Vous voulez insinuer qu'en réalité cette lettre lui *fixait* le rendez-vous ? Que c'était la première fois qu'elle avait connaissance de cette date ?

— Il est possible, en effet, que cette lettre contienne des instructions.

Elle tendit la missive à Vendenheim.

— Êtes-vous marié, milord ? demanda-t-elle brusquement.

— Oui, et je suis très heureux de l'être, répondit le vicomte en haussant les sourcils.

— Je suppose que votre femme est élégante. Porte-t-elle parfois ce qu'on appelle des semences de perles ? Ces perles minuscules qui sont cousues sur les robes ?

— En effet, Catherine en porte sur ses robes de soirée.

— Et où les trouve-t-elle ?

— Elle en a une boîte pleine, pour les petites réparations. Elle les recoud alors elle-même. Mais j'ignore où elle les achète.

— Dans Oxford Street, probablement. Ces perles sont excessivement répandues, et ne coûtent pas très cher.

— Donc, pourquoi écrirait-elle à son père pour lui demander de lui en envoyer ? murmura Kemble.

Xanthia leva les yeux vers lui.

— Mme Hayden-Worth semblait très préoccupée, quand je l'ai vue.

— Et elle est partie à Cherbourg, enchaîna Kieran. Quelle drôle de coïncidence.

Le visage de Vendenheim devint d'un ton cendreux.

— Les coïncidences n'existent pas, dit-il en empochant la lettre.

Soudain, les portes du salon s'ouvrirent et lady Nash entra précipitamment, Phaedra sur ses talons.

— Que s'est-il passé ? gémit-elle en se tordant les mains. Où Nash est-il parti ? Et où est mon cher Tony ?

Xanthia alla aussitôt vers elle et lui prit la main.

— Ne vous inquiétez pas, lady Nash, dit-elle avec un calme surprenant. Ils ont dû se rendre en France pour une affaire urgente. Mais tout ira bien, je vous le promets.

— Une affaire urgente ? Mon Dieu ! Laquelle ?

Xanthia chercha désespérément quoi répondre, mais M. Kemble la tira d'embarras.

— Mme Hayden-Worth est tombée malade.

Lady Nash poussa un petit cri aigu, et Kemble précisa :

— Elle *était* malade. Elle va mieux, à présent. Mais M. Hayden-Worth était tout de même inquiet.

Phaedra lança à Kemble un regard soupçonneux.

— Qui êtes-vous ?

— Nous appartenons au ministère de l'Intérieur. Nous travaillons pour M. Peel, expliqua Vendenheim.

Phaedra fronça les sourcils, mais Kemble enchaîna :

— Le Premier ministre a appris le malaise de Mme Hayden-Worth. Et bien qu'elle aille à présent beaucoup mieux, il a souhaité prévenir son mari.

Phaedra croisa les bras, sans cacher son scepticisme.

— Et Nash a dû l'accompagner?

— Naturellement! s'exclama Kemble avec un large sourire. M. Hayden-Worth n'était pas en état de voyager seul.

Lady Nash se tamponna les yeux avec son mouchoir de dentelle.

— Oui, je comprends. Nash est tellement attentionné. Pauvre Jenny! Comme elle doit regretter de ne pas être restée pour ma réception d'anniversaire!

— En effet, répliqua sèchement Vendenheim. Je pense qu'elle n'a pas fini de le regretter.

Xanthia montra le livre de prières à Phaedra.

— Je suis montée chercher ceci. Je pensais que ce livre la réconforterait, mais ils sont partis avant que je ne sois redescendue. C'est bien à Jenny, n'est-ce pas?

— Oui, dit Phaedra. Où l'avez-vous trouvé?

— Dans le secrétaire de ma chambre. Ce sont sans doute ses initiales?

— Oh, oui. Elle l'a apporté d'Amérique, avant de se marier. Vous voyez? J.E.C. Jennifer Elizabeth Carlow.

— Carlow? répéta Kemble en relevant la tête.

— Oui, pourquoi?

Vendenheim s'approcha de la jeune fille.

— S'agirait-il du Carlow de la Carlow Arms Manufacturing? Le fabriquant d'armes du Connecticut?

— Exactement! s'écria lady Nash. Et moi qui n'arrivais plus à me rappeler dans quelle branche il était! M. Carlow est si gentil... et il *adore* Jenny.

Kemble et Vendenheim échangèrent un regard sombre. Puis ils se précipitèrent vers la porte.

Phaedra les suivit des yeux avec stupéfaction.

— Oh, mon Dieu, murmura-t-elle à Xanthia. Jenny a encore semé la pagaille, n'est-ce pas?

— Il faut espérer que non, dit doucement Xanthia. Mais si c'est vrai, nous devons faire confiance à lord Nash. Il saura tout remettre en ordre.

Phaedra s'approcha de la fenêtre et regarda les deux gentlemen monter en toute hâte dans leur voiture.

— Quoi que fasse Nash, j'ai l'impression que cette chère vieille Jenny va devoir dire ses prières, marmonna-t-elle. Avec ou sans son livre.

16

Dénouement à Paris

Un été précoce s'était installé sur la capitale française. À l'intérieur de l'hospice de la Salpêtrière, la touffeur et la puanteur étaient intolérables. Campé devant une fenêtre, lord Nash se pinça l'arête du nez, et fit son possible pour ignorer les cris et les gémissements qui résonnaient dans le vieux bâtiment.

C'est à peine s'il entendit la porte s'ouvrir derrière lui. En revanche, la voix qui hurlait son nom sans relâche lui parvint à travers les cloisons. Une main froide et blanche comme le marbre se posa sur la sienne. Il se détourna lentement de la fenêtre.

— Bonjour, mon père.

Le père Michel l'observa attentivement.

— Comment allez-vous, mon fils ? Fatigué, je pense ?

— Je vais bien, mon père. Mais oui, je suis fatigué. Je vois que la comtesse n'a pas oublié mon nom.

— Oui, mais sa colère ne tardera plus à s'apaiser. Ils l'ont attachée, pour éviter qu'elle ne se blesse.

— Priez pour elle, mon père, dit Nash.

— Je le fais, mon fils. Et pour l'autre femme aussi, l'Américaine.

— Merci, mon père.

— Venez, mon fils, accompagnez-moi à la chapelle.

Le père Michel s'engagea dans le long corridor. Il était à la Salpêtrière depuis si longtemps qu'il ne voyait plus l'horreur qui les entourait.

— J'ai appris que le commissaire de police avait libéré votre belle-sœur, dit-il sur le ton de la conversation.

— Oui, mon père. Elle a été placée sous ma tutelle.

— Votre famille a de la chance, lord Nash. La France s'est montrée indulgente.

— Oui, dit Nash d'un ton sec. J'y ai mis le prix.

— Ah ! Je comprends.

— Mon père, la comtesse... pensez-vous réellement qu'elle soit folle ? À ce que j'ai vu, elle paraissait sensée.

Le prêtre haussa les sourcils, songeur.

— On pourrait dire que pour violer les lois comme elle l'a fait, il fallait qu'elle soit folle. Mais c'est tout, pour l'instant.

— Pourtant, les médecins l'ont enfermée.

— Oui. Son mari y a *mis le prix*. Mais il vaut mieux qu'elle soit ici qu'en prison, ajouta le prêtre en descendant l'escalier. Chez nous, les rats sont moins gros.

Ils parvinrent au pied de l'escalier, et le père Michel poussa une porte ouvrant sur l'extérieur. Là, l'air était plus respirable. Ils croisèrent des servantes transportant des seaux d'un pas pressé.

— Merci d'avoir accepté de vous occuper de la comtesse, mon père, dit Nash en s'arrêtant au milieu de l'allée. Combien de temps... lui reste-t-il ?

Le prêtre haussa les épaules.

— La syphilis est une maladie imprévisible. Mais c'est aussi une bonne excuse pour lui épargner la prison, non ?

— Je suppose.

— Avant Noël, la comtesse aura oublié son propre nom. À en juger par sa maigreur, sa pâleur. Le début de la démence... Non, mon fils, la fin n'est plus très loin.

— Souffrira-t-elle ?

— Pas avant d'atteindre le purgatoire. Je demanderai aux médecins d'y veiller. Montignac les a bien payés, pour qu'ils emploient les remèdes adéquats.

— Son mari ne semble pas éprouver de chagrin.

De nouveau, le père Michel haussa les épaules.

— C'est une solution commode pour le comte. Mais un danger mortel pour son âme. Je pense que vous savez à quel péché je fais allusion ?

— Oui, mon père.

— Montignac est un homme dépravé. À l'avenir, vous devrez tenir votre frère éloigné de lui.

Nash plissa les lèvres.

— Ah, je vois que la comtesse a colporté des histoires.

— Oui, il y a eu quelques lettres d'amour, d'après ce que j'ai compris. Une affaire très dangereuse pour un politicien. Et en Angleterre, le prix à payer pour de tels actes contre nature entre hommes est toujours la mort, n'est-ce pas ?

— Quels que soient ses sentiments pour Montignac, mon frère n'aurait jamais dû écrire ces lettres.

— Mais vous êtes un bon frère, et vos poches sont bien garnies. Ne vous inquiétez pas, elle ne parlera plus.

— La comtesse a demandé à être généreusement récompensée pour le risque qu'elle avait pris, dit calmement Nash. Elle prétendait que son mari serait fou de colère quand il saurait qu'elle avait volé ses lettres d'amour, mais qu'elle voulait m'aider à protéger Tony. C'était du chantage, bien entendu. Même s'il était déguisé.

— J'espère que votre frère a mis fin à cette... liaison interdite ?

— Il m'en a fait le serment. Et si ce n'est pas vrai, cette fois je le laisserai faire face seul aux conséquences.

— J'espère, mon fils, que votre frère se repentira et renoncera à ces péchés. Le salut de son âme en dépend.

Nash garda le silence. Il n'était pas en position de lancer la pierre à Tony. Il avait lui-même commis trop de péchés mortels.

— Je dois vous quitter à présent, mon père. Je repars demain matin pour l'Angleterre.

Le prêtre posa la main sur l'épaule de Nash.

— Bon voyage et bonne chance, mon fils.

Le *Pari Dangereux* atteignit les quais de Londres par une journée humide et venteuse. Malgré le crachin, Nash se tenait tête nue sur le pont et regardait défiler les docks de Wapping, avec leurs souvenirs doux-amers. Il était resté moins d'un mois à Paris, mais cela lui semblait une éternité.

Toutefois, sa souffrance n'était pas apaisée. La peine était même plus forte, maintenant qu'il distinguait les fenêtres du bureau de Xanthia Neville. Pendant un instant, il crut l'apercevoir debout derrière la fenêtre, les doigts posés sur la vitre... comme si elle espérait quelque chose.

Mais Nash n'espérait plus rien. Il ne lui restait plus qu'un devoir à accomplir, après quoi il pourrait retourner à une vie normale. Son regard se posa de nouveau sur la fenêtre. Non, il n'y avait personne. Il avait rêvé.

Il avait déposé Tony à Southampton, avec l'ordre de retourner à Brierwood et de ne plus en bouger tant qu'il ne saurait pas ce qui se passait en ville. Il ignorait si le nom de Jenny avait été noirci par des commérages. Les lettres d'Edwina et de Phaedra ne contenaient pas de nouvelles à ce sujet. Mais auraient-elles pu en avoir, isolées comme elles l'étaient à la campagne ?

Lady Henslow, en revanche, avait des relations. Si son neveu avait été au centre des ragots, elle se serait rendue à Brierwood pour en informer sa sœur. Non, la réputation de Tony était probablement intacte.

Il baissa la tête pour se protéger de la pluie battante et essaya d'éprouver de la joie à l'idée de rentrer chez lui. Mais c'était dur. Très dur.

Xanthia n'entendit pas la porte s'ouvrir derrière elle. Le front posé contre la vitre, elle regardait la marée monter. Une main chaude lui toucha le bras.

— Ne reste pas derrière la fenêtre, Zee, dit Gareth Lloyd. Il y a des courants d'air. Tu vas attraper froid.

— Non, répondit-elle. Je me suis habituée au froid de l'Angleterre.

Gareth lui passa doucement le bras sur les épaules.

— Je n'en suis pas sûr...

— Attends, Gareth. Tu vois ce sloop, là-bas? Peux-tu déchiffrer son nom?

Il fronça les sourcils, puis secoua lentement la tête.

— Désolé, non. Pas avec cette pluie.

Elle se sentit accablée par la déception. Mais pourquoi? Après tout, des douzaines de bateaux comme celui-ci passaient chaque jour le long des quais.

— Moi non plus, dit-elle tristement. J'ai cru que...

Gareth l'obligea à s'éloigner de la fenêtre.

— Qu'est-ce que tu as cru, ma chérie?

— Oh, rien, dit-elle avec un pâle sourire.

— Je vais demander à M. Bakely de monter du thé.

— Oui, murmura-t-elle en s'asseyant. Merci. Tu as vu le capitaine Rangle? Il me faut ses feuilles de comptes.

— Tu as vu Rangle hier, Xanthia. Tu as plaisanté avec lui, et il t'a remis cette liste. Tu ne t'en souviens pas?

Xanthia posa la main sur son front.

— Si, si, bien sûr...

Gareth tira une chaise et s'assit à côté de son bureau.

— Zee, que diable t'arrive-t-il? Tu n'es plus toi-même, depuis quelque temps. C'est de pire en pire. Hier, tu as été cassante avec ce pauvre Bakely.

— Je me suis excusée! protesta-t-elle.

— C'est vrai, admit-il d'un ton apaisant. Zee, nous sommes amis, n'est-ce pas? Je suis inquiet pour toi. Pourquoi ne prendrais-tu pas des vacances? Il paraît que Brighton est une ville agréable. Demande à Kieran de t'y emmener. Je m'occuperai de tout, pendant ce temps.

Bon sang. Pourquoi fallait-il que Gareth soit si gentil ? Xanthia poussa un lourd soupir.

— Oh, Zee, chuchota Gareth. Je suis désolé. Je t'en prie, ma chérie, ne pleure pas…

— Je ne pleure pas, balbutia-t-elle, alors que les larmes roulaient sur ses joues. Ne sois pas… si gentil, Gareth.

Il sortit un mouchoir de sa poche et essuya ses larmes.

— C'est ce Nash, n'est-ce pas ? Le type qui est venu ici il y a quelques semaines ?

— Non, répondit-elle en prenant le mouchoir.

Gareth posa le coude sur un coin du bureau.

— Je suis désolé, Zee. Vraiment désolé.

Lord Nash reçut à Park Lane un accueil chaleureux. Vernon lui monta de l'eau chaude pour son bain, Swann passa la tête dans l'entrebâillement pour lui annoncer qu'il avait trié tout le courrier, René lui envoya un plateau avec un steak et une énorme pile de pommes de terre rôties, pendant que Gibbons lui choisissait un costume pour se rendre à Whitehall.

En somme, tout était revenu à la normale. Pour un homme qui aimait le confort et une vie sans histoires, c'était le bonheur parfait. Alors… pourquoi ne ressentait-il rien ?

En un laps de temps assez bref, Nash fut habillé.

— C'est parfait, monsieur, dit Gibbons en arrangeant son nœud de cravate. À vous voir, personne ne pourrait se douter que vous avez passé des semaines dans ce pays de sauvages.

Nash sourit et partit pour Whitehall à pied. Oui, tout rentrait dans l'ordre. D'une certaine façon. Pour le reste… Eh bien, il pourrait s'enivrer afin d'oublier, quand cette affaire avec Vendenheim serait réglée.

Il eut la chance de trouver ce gentleman dans son bureau. Il lui rapporta de façon succincte l'histoire de la comtesse de Montignac, et la complicité de Jenny dans le trafic d'armes.

— Deux femmes se livrant à la contrebande! murmura Vendenheim. Où va le monde?

Nash sourit.

— Les femmes peuvent être aussi froides, compétentes et cruelles que n'importe quel homme.

— Et la comtesse de Montignac... ne vivra pas?

— Aucune chance. La maladie est bien avancée.

Vendenheim sembla se détendre.

— Je ne souhaite pas sa mort, mais nous devons remercier le Ciel que les Français soient nos alliés, et qu'ils aient voulu l'arrêter.

— Les Français sont les alliés des Français, corrigea Nash. Et le navire était ancré dans un de leurs ports... ce qui était difficile à ignorer. D'autre part, ils ont des échanges commerciaux avec la Turquie, n'est-ce pas? Il serait très gênant pour eux que la Russie envahisse la Turquie.

— Vous êtes remarquablement bien informé.

— Je pense que vous n'ignoriez rien de ce que je viens de vous dire.

— En effet, admit Vendenheim. Et je dois maintenant aborder une question plus délicate... celle de l'implication de votre frère dans cette affaire.

— Anthony n'était au courant de rien, assura Nash. Mon frère a des défauts, mais c'est un fervent patriote. Quant à sa femme...

Vendenheim toussota discrètement.

— Je suis désolé, mais... naturellement, elle sera jugée.

— Je ne pourrai le permettre, rétorqua Nash. J'aimerais bien la voir pendue, mais la carrière de mon frère serait anéantie si cette affaire devenait connue.

— Je crains que vous n'ayez pas votre mot à dire, lord Nash. Mme Hayden-Worth sera arrêtée et interrogée par les agents du gouvernement dès son retour. Je suis désolé.

Un sourire fugitif passa sur le visage de Nash.

— Trop tard, Vendenheim. J'ai renvoyé Jenny à Boston, avec le chargement de carabines de son père. Elle ne reviendra *jamais*.

Vendenheim le regarda avec gravité.

— Notre gouvernement dispose de moyens de pression...

— Savez-vous que les militaires américains comptent sur les armes fournies par Carlow? Cette femme aurait pu assassiner le Premier ministre en personne, vous ne pourriez la ramener contre son gré sur le sol britannique.

Un rictus d'amertume s'inscrivit sur les traits de Vendenheim.

— Échec et mat, murmura-t-il. Je poursuivrai discrètement la procédure, bien entendu, mais vous avez raison. Votre frère demandera le divorce, je suppose?

— Impossible, sa carrière en souffrirait trop. Ma belle-mère répand le bruit que Jenny est retournée auprès de son père, qui est sur son lit de mort. Je pense que sa maladie se prolongera quelque temps...

Vendenheim se leva et se mit à arpenter le bureau d'un air préoccupé.

— Reste la question de Mlle Neville, dit-il. Je sais que cela ne me regarde pas, mais...

— En effet, cela ne vous regarde pas.

— Mais j'ai impliqué cette pauvre jeune femme dans cette affaire, comme vous l'avez compris.

— Oui, j'ai compris.

— Je me sens donc obligé, poursuivit le vicomte, de corriger les impressions fausses que vous avez peut-être...

Nash prit son chapeau sur le bureau.

— J'ai une idée assez claire de ce qui s'est passé. Je me conduirai en gentleman. Bon après-midi, Vendenheim. Mes amitiés au ministre de l'Intérieur.

Il avait déjà posé la main sur la poignée de cuivre, lorsque Vendenheim reprit doucement :

— Elle croyait en vous, Nash. Elle était la seule. Et elle s'est battue jusqu'à ce qu'elle nous ait tous convaincus de votre innocence.

— Je ne veux pas le savoir. Mais vous êtes bon d'essayer de dépeindre cette femme sous un jour favorable.

— Oh, je ne suis pas aussi généreux que vous le croyez. Mlle Neville m'a prouvé que vous étiez innocent. C'est elle qui a trouvé la preuve de la culpabilité de Mme Hayden-Worth. Et elle nous affirmait depuis des semaines que vous n'accepteriez jamais de vous livrer à un tel trafic. Il serait injuste d'en vouloir à Mlle Neville et à son frère. Nous les avons contactés à cause de la nature de leur affaire, et ils se sont comportés en patriotes.

— Le coup était bien préparé, je vous l'accorde. Je me suis demandé pourquoi Sharpe m'invitait à ce bal. Quand cette femme m'a suivi sur la terrasse, je ne me suis douté de rien. Nous sommes tous un peu naïfs, j'imagine.

— Il doit y avoir une erreur, répondit le vicomte, intrigué. Je n'ai rendu visite à lord Rothewell qu'après le bal de Sharpe. Quoi qu'il en soit, Mlle Neville est une femme étonnante, et très déterminée.

— Parfaitement étonnante, murmura Nash avec froideur. Eh bien, bonne journée, Vendenheim.

— Une dernière chose, Nash.

Vendenheim ouvrit le tiroir de son bureau. Il en sortit un paquet de lettres attachées par un ruban rouge et le lui tendit.

— Qu'est-ce que c'est ? demanda Nash.

— À vrai dire, je n'en sais rien. C'est M. Kemble qui les a trouvées chez la comtesse de Montignac, dans sa maison de Belgravia. Elles étaient cachées dans la bibliothèque.

Nash feuilleta la liasse. Les lettres étaient adressées au comte de Montignac. Il reconnut l'écriture de Tony.

— Je ne les ai pas lues, précisa vivement Vendenheim. Vous ne devriez pas le faire non plus. M. Kemble m'a assuré qu'elles étaient de nature personnelle. Mais vous pouvez tranquilliser M. Hayden-Worth. Kemble est la discrétion même. Il faudrait le soumettre à la torture pour lui arracher un mot.

— Il est honnête à ce point ?

— Non. Il n'est pas honnête du tout. Mais il obéit à ses propres lois... le code d'honneur entre brigands, ce genre de choses.

— Vraiment ? Il me plaît déjà davantage.

— Vous savez, Nash, nous nous ressemblons, vous et moi, dit Vendenheim de but en blanc.

— Vraiment ? Comment cela ?

— Je pense que nous nous sentons souvent étrangers ici. Malgré votre titre et le nom de votre père, malgré ma position au sein du gouvernement, nous ne serons jamais vraiment anglais. La société nous tiendra toujours à l'écart.

— Ce n'est pas ce qui me trouble le plus, marmonna Nash.

— Mais ce n'est pas tout. Nous sommes aussi arrogants, et trop attachés à nos opinions. J'espère que vous réfléchirez longuement, lord Nash, avant de vous fermer des portes définitivement. Moi-même, j'ai failli le faire il y a quelques années. Je remercie le Ciel chaque jour de ne pas l'avoir fait. Ma vie... aurait été détruite.

Nash ne sut que répondre à cela. Quand il salua Vendenheim et quitta son bureau, il éprouvait pour cet homme un peu plus d'indulgence qu'une heure auparavant. Il se dirigea lentement vers Mayfair, en proie à une sorte de chaos intérieur.

Tony était sauvé. C'était un soulagement. Mais les questions au sujet de Xanthia le tourmentaient encore.

Quelque chose que Vendenheim avait dit lui revint en mémoire. Les agents du ministère n'avaient contacté Xanthia et Rothewell *qu'après* le bal de Sharpe. Donc, le baiser passionné qu'ils avaient échangé ce soir-là sur la terrasse n'avait pas été une mise en scène. Et le désir qui avait surgi entre eux était bien réel.

Cette pensée le réconforta. Mais pourquoi ? Xanthia l'avait tout de même trahi. Nash secoua la tête et traversa, juste devant le haquet d'un brasseur, à l'angle de Cockspur Street. La voiture fit un écart et ne le manqua que de quelques centimètres. Le conducteur, furieux, brandit le poing vers lui.

Nash remonta sur le trottoir en respirant profondément. Seigneur. Avait-il survécu à tant d'épreuves pour mourir sous les roues d'une voiture transportant de la bière ? Il trouva cette idée presque comique. Et la vie pouvait donc s'arrêter aussi brutalement ?

Oui, la vie était courte. Serait-elle douce, pour lui ? Serait-il encore caressé par l'espoir ? Oserait-il aimer de nouveau ?

En réalité, il n'avait jamais cessé. Car en dépit de sa colère, il aimait toujours Xanthia.

Qu'avait-il donc aimé, en réalité ? Un rêve de perfection ? Un fantasme ? Ou bien juste Xanthia, avec ses faiblesses et ses émotions ?

Elle croyait en vous.

Vendenheim avait insisté sur ce point. Et pourtant, que savait-elle de lui, au début ? Deux choses. Qu'il était le genre d'homme à prendre des libertés avec des femmes qu'il ne connaissait pas. Et qu'il était assez arrogant pour croire qu'on voulait le faire tomber dans le piège du mariage.

Tandis qu'il tirait des conclusions hâtives sur elle, elle réservait prudemment son jugement. Malgré les soupçons de Vendenheim, elle avait voulu lui appartenir.

Mais que pensait Xanthia, maintenant ? Elle devait tout regretter, à n'en pas douter. À cette idée, il eut le cœur brisé.

Comme pour le ramener au moment présent, une sonnette tinta dans un magasin voisin. Nash se rendit compte qu'il se tenait toujours à l'angle de Cockspur Street.

Il reprit le chemin de la maison, fatigué, comme vidé de ses forces. Gibbons l'accueillit avec un flacon d'*okhotnichya*.

Nash refusa et se laissa tomber dans un fauteuil.
— Quel jour sommes-nous, Gibbons?
— Mardi, monsieur.
Nash se frotta la joue pensivement.
— Ce qui signifie que demain, ce sera mercredi.
— Oui, monsieur, c'est généralement ainsi.
— Où est Swann? s'enquit Nash sans prêter attention au sarcasme.
— Dans la bibliothèque, monsieur. Dois-je l'appeler?
— Oui, et faites préparer mon cabriolet. Nous allons faire un tour dans la Cité.
— La Cité, monsieur? À cette heure-ci?
— Oui, je désire voir mes hommes de loi. J'ai un nouveau défi à soumettre à Swann. Il faut qu'il me prépare des papiers importants pour demain soir.
— Vraiment, monsieur? Il voudra savoir quels dossiers il doit emporter.
— Si je le savais, Gibbons, je n'aurais pas besoin de Swann. Et maintenant, allez le chercher, vieux curieux. La journée tire à sa fin.
Le valet renifla d'un air offensé.
— Je voulais seulement vous aider, monsieur.
— Si vous voulez m'aider, allez préparer mon plus bel habit pour demain soir. Je veux qu'il soit parfait.
— Vous avez un rendez-vous important, monsieur?
— Oui. En fait, je me rends chez Almack's.
Le valet eut un haut-le-corps horrifié.
— Chez Almack's, monsieur?
— Oui. Et avec un peu de chance, vous aurez des commérages à vous mettre sous la dent à mon retour.

17

Une valse à St. James

Xanthia attendait près de la fenêtre, vêtue de sa robe de bal préférée, une vaporeuse création de satin bleu glacier. La voiture de lord Sharpe apparut enfin dans Berkeley Square. Xanthia descendit vivement les marches du perron, alors que le valet de Sharpe ouvrait la portière. Elle eut la surprise de trouver les deux sièges occupés.

— Oh! s'exclama-t-elle. Tante Olivia.

Sa tante lui lança un regard impérieux derrière son face-à-main.

— Asseyez-vous, mon enfant. Qu'avez-vous donc sur la poitrine? De la crème fouettée?

— Grand-mère, c'est de la dentelle, protesta lady Louisa. Je trouve cela très seyant.

Xanthia les ignora. Elles se chamaillaient depuis un mois, et chaque jour elle espérait voir sa tante repartir. Le fait de passer une grande partie de la saison à Londres n'avait pas amélioré son caractère. Cependant, sa présence avait permis à Xanthia d'éviter plusieurs invitations.

— Je pensais que vous aviez prévu de retourner dans le Suffolk aujourd'hui, ma tante, dit-elle.

Tante Olivia hocha la tête d'un air dédaigneux, faisant tressauter les diamants de ses pendants d'oreilles.

— Cette petite doit trouver un mari. Et la saison sera bientôt finie.

Exaspérée, Xanthia réprima un soupir. Elle aurait préféré rester dans sa chambre, à panser tranquillement ses plaies. Le valet rabattit le marchepied et claqua la portière.

Olivia et Louisa continuèrent de s'envoyer des piques, mais par chance, le trajet jusqu'à St. James était assez court. Dans la salle de bal, l'air était étouffant, et s'il y avait eu de la glace dans le sirop d'orgeat, elle avait fondu depuis longtemps.

Munie de son face-à-main, tante Olivia balaya la salle du regard, tout en marmonnant :

— Mais où est-il ? Montrez-vous donc, espèce d'idiot !

— À qui parlez-vous, ma tante ? s'enquit Xanthia, tandis que Louisa agitait vigoureusement son éventail.

— Au jeune Cartselle. Il plaît à la petite, et donc elle l'aura. Ensuite, je pourrai enfin rentrer chez moi.

— Et comment comptez-vous vous y prendre ?

— En me servant du monstre aux yeux verts. La jalousie. Ah, il est là, près de la fenêtre, Louisa ! Venez, mon enfant. Je veux que vous dansiez avec tous les gentlemen présents, pendant que je vais bavarder avec lady Cartselle.

De toute évidence, sa tante atteindrait son objectif, songea Xanthia. Lady Bledsoe était restée un grand dragon de la bonne société et peu de gens auraient la force, ou le courage, de se mettre en travers de son chemin.

Xanthia haussa les épaules et regarda autour d'elle, cherchant quelque chose pour se changer les idées. Quelque chose qui l'empêcherait de fondre en larmes au moment le plus inopportun… ce qui lui arrivait souvent, ces temps-ci.

Elle aperçut, de l'autre côté de la salle, des voisins de Berkeley Square qui avaient une fille de l'âge de Louisa. Ils semblaient aussi épuisés qu'elle-même.

Posant son verre d'orgeat sur le plateau d'un valet, elle se dirigea vers eux.

Lord Nash se présenta à la porte d'Almack's à onze heures moins le quart – assez tard donc, mais juste à temps pour ne pas encourir la colère des dames patronnesses qui régissaient le lieu. Il entra dans la salle le plus nonchalamment possible, faisant mine de ne pas remarquer les regards curieux et les chuchotements sur son passage.

Il salua d'un signe de tête les quelques gentlemen qu'il connaissait. Puis, prenant place face à l'orchestre, il contempla la salle. Il ne lui fallut pas longtemps pour repérer la fille de lord Sharpe, qui dansait le quadrille avec un jeune rouquin à peine sorti de l'adolescence.

Donc, Xanthia était là aussi. Bien qu'il ne la vît nulle part, il sentait sa présence. Il éprouva une immense gratitude envers Swann, qui avait continué de verser sa cotisation à Almack's bien qu'il n'y mît plus les pieds.

Soudain, il remarqua une femme âgée qui s'appuyait sur une canne à pommeau d'or, près des fenêtres. Son cœur sombra. C'était lady Bledsoe, il en était certain, bien qu'il ne l'ait vue que deux ou trois fois, dans sa jeunesse. Et si elle était là, cela signifiait que Xanthia n'y était pas.

Non. Xanthia était là, il le fallait. Sur une impulsion, il se dirigea d'un pas vif vers lady Bledsoe. La vieille virago leva un face-à-main à hauteur de ses yeux.

— Lord Nash, c'est bien vous ? dit-elle.

— Comment allez-vous, madame ? répliqua Nash en s'inclinant avec raideur.

— Assez bien, fit la vieille dame avec un reniflement hautain. Vous connaissez lady Cartselle, n'est-ce pas ?

— En effet. J'ai assisté à son merveilleux bal masqué, il y a quelques semaines.

— Comment allez-vous, lord Nash ? gazouilla lady Cartselle.

— Quel choc de vous voir ici, poursuivit lady Bledsoe. Dites-moi, mon garçon, comment va votre mère ?

— Vous voulez parler de ma belle-mère, je pense ?

— Oui, oui. Toujours aussi toquée, j'imagine ?

— Edwina est un peu spéciale, reconnut Nash. Mais j'ai une immense affection pour elle.

À cet instant, la fille de Sharpe revint vers sa grand-mère, au bras du jeune rouquin.

— Ah, vous êtes là, mon petit ! s'exclama lady Bledsoe d'une voix un peu forte. Faites la révérence à lady Cartselle et à lord Nash, Louisa.

Lady Louisa s'exécuta, et le jeune rouquin s'éclipsa.

— Qui sera votre prochain partenaire ? demanda lady Bledsoe en prenant le carnet de bal de sa petite-fille. Oh, excellent ! Le marquis de Langtrell ! Quel homme adorable !

Puis, se tournant vers lady Cartselle, elle ajouta :

— Lady Louisa n'a pas raté une seule danse cette saison, vous savez. Elle a très bien réussi son entrée dans la société. On ne peut pas traverser le salon de Sharpe sans tomber sur un vase de fleurs, ou se heurter à un jeune homme attendant d'être reçu.

— Vraiment ? répondit lady Cartselle. Comme ce doit être gênant !

— C'est exactement mon avis, admit lady Bledsoe en souriant. Mais son papa est enchanté.

Lady Cartselle adressa un sourire à la jeune fille.

— Vous êtes ravissante ce soir, ma chère. J'espère que vous avez réservé une danse à Peter ?

Louisa écarquilla les yeux.

— Oh, je ne crois pas ! débita-t-elle, avec autant de naturel qu'un perroquet. J'aurais dû le faire ?

Lady Cartselle ouvrit la bouche pour répliquer, mais à cet instant, selon les prévisions de lady Bledsoe, le partenaire suivant vint inviter la jeune fille.

L'air satisfait, lady Bledsoe reporta son attention sur Nash.

— Qu'est-ce qu'un homme de votre acabit vient faire chez Almack's ?

Nash n'hésita qu'une seconde.

— J'ai décidé de chercher une épouse, lady Bledsoe. N'est-ce pas le lieu idéal ?

— Ne soyez pas ridicule, dit-elle en lui donnant un coup sur les doigts avec son face-à-main. Vous n'êtes pas le genre d'homme qui se marie.

— Un homme peut changer, n'est-ce pas ? murmura-t-il. Dites-moi, lady Bledsoe, qui me recommanderiez-vous, dans cette belle assemblée ?

— Personne ! Si vous devez vous marier, Nash, choisissez une femme d'expérience. Une veuve. Ou bien une femme qui ait du bon sens. Mais surtout pas une débutante !

— Dans ce cas, présentez-moi à votre nièce, Mlle Neville. Elle est ici ?

Lady Bledsoe se figea.

— Xanthia ? Vous devez plaisanter ?

Nash haussa les épaules.

— N'est-elle pas d'une intelligence exceptionnelle ?

— Eh bien, si, mais...

— Madame, vous vous inquiétez pour rien. Une femme intelligente ne peut se laisser prendre au piège par un homme de ma réputation.

La vieille dame rit de bon cœur.

— Vous avez raison. Elle ne vous accordera rien... quoique... elle le devrait peut-être, dans le fond. Il y a si longtemps qu'elle fait partie des laissées-pour-compte.

— Vous seriez tentée par un petit pari, madame ? suggéra-t-il. Vingt livres ? Juste de quoi rendre votre victoire encore plus douce à savourer.

Lady Bledsoe réfléchit.

— Très bien, espèce d'opportuniste. Je parie vingt livres qu'elle ne voudra même pas danser avec vous.

Lord Nash tendit la main.

— Pari tenu, madame.

Lady Bledsoe partit en clopinant dans la salle, avançant d'un pas assez vif malgré sa canne. Cachée derrière quelques palmiers en pots, Xanthia tenait compagnie à un couple à l'air aimable. Quand elle vit sa tante approcher, avec Nash dans son sillage, elle se raidit et son visage s'enflamma.

Lady Bledsoe fit rapidement les présentations.

— Oui, je vous remercie, ma tante, bredouilla Xanthia. Mais j'ai déjà eu le plaisir de faire la connaissance de lord Nash.

— Ah, vraiment ? Donc, vous savez que c'est un gredin ?

— Non. Je veux dire... eh bien, je ne pense pas...

— Alors, mademoiselle Neville, je suppose que vous ne voudrez pas danser avec moi ? lança Nash.

— Oh, non, je ne crois pas, monsieur, dit-elle en écarquillant les yeux.

— Eh bien, mon garçon, vous avez ce que vous cherchiez, triompha lady Bledsoe. Une femme qui a du bon sens et du discernement. Vous pourrez m'envoyer les vingt livres à Grosvenor Street.

— Ah, c'est la vie d'un joueur ! soupira Nash. Parfois vous gagnez, parfois vous perdez.

Xanthia fit mine de s'éloigner.

— Je ne comprends pas de quoi vous parlez, tous les deux.

Nash la retint doucement par le bras.

— Mlle Neville vous donnera directement les vingt livres, lady Bledsoe. Elle me les doit, sur un pari précédent.

Xanthia se dégagea prestement, arquant les sourcils.

— Vous devez être fou.

— Avez-vous oublié, mademoiselle Neville, le jour où je suis venu vous faire la cour à Berkeley Square ?

— Me... faire la cour ?

— Lui faire la cour ? coassa lady Bledsoe en écho.

Nash soutint le regard de Xanthia sans ciller.

— J'étais venu demander la permission à votre frère de vous courtiser, rectifia-t-il. Je crois que j'étais déjà un peu amoureux de vous, voyez-vous. En tout cas, vous avez parié vingt livres avec moi que les dames patronnesses d'Almack's ne laisseraient pas franchir la porte à un homme « de mon acabit ».

— C'est vrai, admit-elle avec froideur. Très bien. Je paierai les vingt livres.

Nash glissa discrètement les doigts dans la poche de sa veste, puis prit les mains de Xanthia dans les siennes.

— Je m'en vais, puisque vous le voulez, dit-il calmement, sans la quitter des yeux. Je suis désolé, mademoiselle Neville... vraiment désolé... pour tous les événements confus qui sont survenus entre nous.

Xanthia le dévisagea avec une certaine méfiance.

— Oui, monsieur, murmura-t-elle. Moi aussi.

Nash lui lâcha les mains.

— Je vous souhaite une bonne soirée. Lady Bledsoe, je suis votre serviteur.

— Mon Dieu, mon petit ! lança la vieille dame derrière lui. Auriez-vous réduit ce démon à votre merci ?

Cinq minutes après le départ de Nash, Xanthia s'excusa et se rendit dans le vestiaire des dames. Par chance, la pièce était vide. Elle ouvrit son réticule et en sortit le mot que Nash avait glissé dans sa main.

Je t'en prie, viens me retrouver ce soir. Je t'attendrai dans le jardin, à Berkeley Square.

Tremblante, elle se laissa tomber sur une chaise. À cet instant, Louisa entra.

— Ah, vous êtes là, cousine Xanthia. Comment vous sentez-vous ?

— Pas... pas très bien.

Louisa hocha la tête d'un air entendu.

— J'ai fait remarquer plusieurs fois à maman cette semaine que vous n'étiez pas dans votre assiette. Avez-vous la migraine ?

Xanthia posa les doigts sur ses tempes.

— Oui, une légère migraine. Je pense, Louisa, que je vais rentrer en fiacre. Vous ne m'en voudrez pas ?

Louisa s'agenouilla et lui prit les mains.

— Je vais faire appeler notre carrosse. Il reviendra nous chercher ensuite, grand-mère et moi.

— Merci, ma chérie. C'est très gentil.

À Berkeley Square, la maison était plongée dans l'obscurité. Kieran était sorti. Le carrosse la déposa devant la porte. À la grande consternation du valet et du cocher, elle refusa d'entrer et leur fit signe de partir.

— Je vous en prie, dit-elle. J'ai la migraine, et je veux prendre l'air.

Le valet finit par se résigner et remonta sur son siège. Xanthia regarda le carrosse s'ébranler et prendre la direction de St. James. Alors, elle fouilla dans son réticule, qui contenait trois clés. Celle de la maison, celle des bureaux de Wapping, et celle du square.

Les mains tremblantes, elle traversa la rue et glissa la clé dans la serrure du portail. Que voulait dire ce message ? Que pouvait-elle espérer ? Bien sûr, il ne devait pas être encore là. Il s'attendait à ce qu'elle arrive beaucoup plus tard. Pourvu qu'il vienne.

Le portail refusa de s'ouvrir.

— Oh, zut ! dit-elle en poussant le battant de toutes ses forces.

— Je vais le faire, déclara une voix profonde, dans l'ombre.

Elle tressaillit et laissa tomber la clé. Nash se trouvait déjà de l'autre côté du portail. D'un geste résolu, il tira le battant à lui et recula.

— Stefan ? Comment es-tu entré ?

Elle entrevit son sourire, à la lumière du bec de gaz.

— J'ai un peu honte de l'avouer. J'avais oublié qu'il fallait une clé, aussi j'ai enjambé la grille en fer forgé.

— Mon Dieu ! s'exclama-t-elle en posant la main sur son bras. Tu ne t'es pas fait mal ?

— J'ai survécu... mais pas mon pantalon. Je vais être obligé de marcher avec mon chapeau sur les reins, pour n'offenser personne.

— Cela ne fait rien, je t'ai déjà vu sans ton pantalon.

— Oui, je m'en souviens, répondit-il en soutenant son regard. Le souvenir est même encore très vif.

Pendant un long moment, il n'y eut que le bruit du vent dans les branches, et celui de la circulation, au loin, dans la rue. Xanthia contempla ses yeux exotiques, ses traits anguleux, les cheveux noirs qui retombaient sur son front. Il était si beau... Encore plus beau que dans son souvenir.

— Je dois te demander pardon, Stefan. Je n'aurai jamais assez de mots pour m'excuser de ce que j'ai fait.

Nash ramassa la clé tombée dans l'herbe et referma le portail.

— Allons dans le square, suggéra-t-il. Il y a des bancs.

Elle le suivit. Ils s'assirent, et Nash lui prit la main.

— Pourquoi, Xanthia ? Peux-tu me dire juste... pourquoi ? Ensuite, nous n'en parlerons plus, si tu veux.

— Je crois que c'était juste une idée un peu folle... Tu m'intriguais tellement. Au début, la requête de Vendenheim m'a fourni une excuse pour passer du temps avec toi. Une excuse pour poursuivre mon rêve, en me disant que c'était... pour une bonne cause ! Et que je protégeais les intérêts de la Neville Shipping. Est-ce que c'est idiot ?

Il baissa la tête et ne dit rien.

— Je suis tellement désolée, répéta-t-elle. Je... je te désirais. Depuis le début. J'aurais dû simplement te le dire. Je n'ai jamais pensé que tu étais coupable, Stefan. Je suis navrée... Et pourtant, je ne renoncerais pour rien au monde au souvenir de ce que nous avons partagé. Peux-tu comprendre cela ?

— Je suis heureux, Xanthia, que tu aies de bons souvenirs, finit-il par répondre. C'était ma belle-sœur qui se livrait à ce trafic, tu sais. Et d'autres, bien sûr. Mais je ne peux reprocher à Vendenheim de m'avoir soupçonné.

— M. Kemble est passé il y a quelques jours pour nous expliquer, sous le sceau du secret, ce qui s'était passé. Je suis triste que ta famille ait été touchée par ce scandale. J'espère que tu as pu étouffer l'affaire ?

— Je le crois, dit-il avec un pâle sourire. Mais cela n'a plus d'importance pour moi.

Xanthia se pencha et posa la joue contre la sienne.

— Alors, qu'est-ce qui en a, Stefan ? chuchota-t-elle. Je sais que je ne le mérite pas, mais je t'en prie, dis que c'est moi.

— C'est toi, Zee. Cela a toujours été toi. Je t'aime de toute mon âme. Je ne pourrai jamais cesser de t'aimer.

Elle fit glisser sa main sur son torse.

— J'espère que tu ne cesseras jamais. Car je t'aime. Je sais que ce n'est pas très raisonnable, mais je ne peux pas lutter contre ce sentiment. Je suis incapable de vivre sans toi. Je t'en prie, Stefan, dis-moi que nous pouvons tout recommencer. Reprendre les choses là où elles en sont restées.

— Quoi ? Avoir une liaison torride et illicite ? Non, mon amour. C'est fini, je veux tirer un trait là-dessus.

La main toujours posée sur lui, elle recula.

— Quoi ? Tirer un trait ? Comment ?

— Un trait ferme et définitif. Xanthia, je ne recommencerai pas, je ne peux pas. Mon amour, je pense que... qu'il faut que tu m'épouses.

— Je... je te demande pardon ?

— Oui, Zee, je suis partant pour le mariage.

— Le... mariage ?

Il pencha la tête de côté et l'observa, l'air anxieux.

— Je pense que nous n'avons pas d'autre choix, dit-il posément. Qu'en penses-tu ? Est-ce que j'en vaux la peine ?

— Oui !

Elle se jeta à son cou et pressa les lèvres sur sa joue.

— Oui, oh oui, Stefan. Oui, mille fois oui.

Il rit, et la repoussa un peu pour la regarder. Son expression était grave.

— Tu en es sûre, mon amour ? Nous n'avons même pas parlé de la Neville Shipping Company.

— Oui, je sais, répondit-elle en baissant les yeux. Je t'aime, Stefan. Je sais qu'il n'est pas raisonnable... qu'il est même scandaleux de continuer à vivre comme je l'ai fait jusqu'ici, mais je ne veux pas y renoncer. Je t'en prie. Pas complètement. Tu m'aideras à trouver une solution ?

— Eh bien... j'avoue que j'espérais te persuader de diriger Brierwood à ma place, mais...

— Brierwood ?

Il lui lança un regard prudent.

— Oui, tu n'avais donc pas deviné ? C'est la raison pour laquelle je t'avais invitée là-bas. J'espérais... Mais non, ça n'ira pas. Je le vois bien, maintenant. Tu es une Neville, et cette affaire t'appartient.

— Elle t'appartiendra si tu m'épouses, murmura-t-elle.

Il secoua la tête.

— Je n'en veux pas.

Il sortit une liasse de documents de sa poche et les lui tendit, d'un air un peu solennel.

Elle le dévisagea sans comprendre.

— Qu'est-ce que c'est ?

— Des papiers officiels. Dans lesquels je m'engage à renoncer à tes biens si nous nous marions.

Stupéfaite, elle déplia les feuillets.

— Est-ce que... c'est possible ?

— Mon notaire n'en est pas totalement certain, admit-il. C'est une démarche rare, mais je suppose qu'il y a des moyens de le faire. Je pense que tu devrais en discuter avec ton frère, et peut-être même montrer ces papiers à votre notaire. Il pourra les modifier, s'il estime que c'est nécessaire. Si tu te maries avec moi, Zee, je signerai tous les documents que tu me présenteras. Et je crois que je serais déçu si tu décidais de renoncer à diriger ton affaire.

Les yeux brouillés de larmes, Xanthia contempla les documents posés sur ses genoux.

— Tu m'épouseras, et... tu me laisseras continuer de vivre comme avant ?

Il passa un bras sur ses épaules, et elle fut enveloppée par son odeur délicieusement familière.

— Je suis tombé amoureux de toi telle que tu es, Zee. Pourquoi voudrais-je te faire changer ?

— Mais les gens trouveront cela scandaleux, protesta-t-elle avec un petit rire étouffé. Et les enfants ? Tu veux avoir des enfants, n'est-ce pas ? Moi je le souhaite... désespérément.

— Oh, j'ai l'habitude du scandale. Quant aux enfants, Zee, oui. J'en veux autant que Dieu acceptera de nous en donner. Mais nous pourrons engager des domestiques pour...

— Non. Mes enfants ne seront pas élevés par des domestiques.

Il posa les lèvres sur son front.

— La plupart des enfants le sont, dit-il doucement. Personne ne pourra te reprocher cela.

— Ce sont mes frères qui m'ont élevée, moi. Ils géraient leurs affaires, la plantation, et ils étaient eux-mêmes presque des enfants. Mais ils sont arrivés à tout faire.

— Nous y arriverons aussi. Nous trouverons une solution, Zee.

Elle s'essuya les yeux du revers de la main.

— Très bien. Tu te condamnes à vivre avec une femme au style de vie scandaleux, et une maisonnée pleine d'enfants élevés comme des sauvages ! J'ai bien compris ?

— Absolument, mademoiselle Neville. Et je ne veux pas qu'il en soit autrement.

Xanthia leva le menton et captura ses lèvres. Pendant un moment, le silence régna dans le square.

— Quand, Stefan ? demanda-t-elle lorsqu'ils se séparèrent.

Il plissa les yeux, amusé.

— Que fais-tu demain, ma chérie ?
— Tu plaisantes ?
— J'ai la licence de mariage dans ma poche. Demain, ou la semaine prochaine. Mais pas plus tard que le mois d'août, ma chérie, je t'en prie. Et puis, le *Pari Dangereux* nous attend.
— Vraiment ? Où irons-nous ?
— En voyage de noces, si tu en as le temps ? Nous contournerons l'Italie en bateau, puis nous remonterons l'Adriatique jusqu'au Monténégro.

Xanthia l'embrassa de nouveau.

— Pour toi, Stefan, j'aurai toujours le temps.

*Découvrez les prochaines nouveautés
de nos différentes collections J'ai lu pour elle*

AVENTURES
& PASSIONS

Le 19 août :
Les sœurs Merridew —1. Le plus doux des malentendus
Anne Gracie (n°8095)

Se présenter tôt le matin chez un personnage aussi important que le duc de Dinstable est fort inconvenant. Mais Prudence n'a pas le choix : l'avenir de ses sœurs est en jeu. Un homme apparaît dans le hall. Il serait plutôt séduisant si sa tenue débraillée ne laissait supposer une vie dissolue. En outre, Prudence n'aime pas du tout la façon dont il la regarde. Dire qu'elle a jeté son dévolu sur le duc en raison de sa réputation d'ermite et de célibataire endurci !

Les chevaliers de l'ordre du Temple. Le Templier déchu
Mary Reed McCall (n°9024)

Ancien Templier, Alex de Ashby maudit le sort qui l'a jeté entre les mains des Anglais et qui a voulu qu'il ressemble trait pour trait à feu Robert Kincaid. Maintenant, il est forcé d'usurper l'identité de Kincaid et de s'introduire dans son château afin de collecter des informations qui permettront aux Anglais de prendre la forteresse. Il lui faudra aussi duper la veuve de Kincaid, mais Alex n'est pas du genre à s'embarrasser de scrupules jusqu'à ce qu'il croise le regard gris de Beth persuadée que son mari est de retour après de longues années d'absence.

Le club des débutantes —2. La passion en héritage
Julia London (n°9023)

Greta Fairchild a laissé ses cousines Ava et Phoebe à Londres. Au terme d'un interminable périple qui l'a conduite au pays de Galles afin de retrouver son héritage, elle arrive enfin chez lord Rhodrick Glendover, comte de Rhador, dit le prince de Powys. C'est lui qui possède l'argent qui revient de droit à Greta et elle ne l'aura que lorsqu'elle lui prouvera son identité. En attendant les documents qu'il exige, la jeune fille se retrouve coincée dans le lugubre palais de Llanmair, en compagnie de ce seigneur hautain au visage balafré, que certains soupçonnent même de meurtre, un homme impitoyable capable de la faire trembler d'un seul regard et dont elle se surprend pourtant à désirer les baisers...

*Nouveau ! **2** rendez-vous mensuels
aux alentours du 1ᵉʳ et du 15 de chaque mois.*

Le 26 août :

Violences et passions ∽ Patricia Hagan (n° 3201)

1861. Le Sud des Etats-Unis est déchiré par la guerre de Sécession. Luke Tate et sa bande en profitent pour piller, violer, tuer. En chemin, ils enlèvent Kitty. Enfin, quand la bande de Tate est décimée par les Yankees, Kitty se croit sauvée. Mais ce ne sont pas les intentions du capitaine Travis Coltrane. Elle est désormais sa prisonnière.

Pionnière au Montana ∽ Rosanne Bittner (n° 3970)

Clint Reeves est revenu à Lawrence pour annoncer à son beau-père une terrible nouvelle : Millie, sa jeune épouse, et leur fils de trois ans ont été massacrés par les Indiens. Désormais, seul le whisky parvient à chasser les souvenirs qui le hantent. Clint décide de partir pour le Montana. Lorsqu'il monte dans sa chambre pour rassembler ses affaires, une jeune inconnue le supplie de l'emmener avec lui. Hors de question de s'encombrer d'une femme si jolie, mais la belle a plus d'un tour dans son sac...

Si vous aimez Aventures & Passions,
laissez-vous tenter par :

Passion
intense

Quand l'amour vous plonge dans un monde de sensualité

Le 26 août :

Belle à croquer ∽ Emma Holly (n° 9025)

Frankie tient un restaurant en front de mer, dans une petite ville touristique de Californie. Après cinq ans de vie commune avec Troy, il la quitte du jour au lendemain pour Karen qui attend un bébé de lui.
Un soir, le corps d'une jeune fille assassinée est retrouvé, juste derrière le restaurant de Frankie. Le commissaire Jack West mène l'enquête et soupçonne Frankie, malgré leur attirance mutuelle...

Nouveau ! 1 rendez-vous mensuel
aux alentours du 15 de chaque mois.

Et toujours la reine du roman sentimental :

Barbara Cartland

Le 19 août :
L'énigmatique marquis (n° 1469)

Le 26 août :
Fiançailles forcées (n° 3862)

---

*Nouveau ! **2** rendez-vous mensuels aux alentours du 1ᵉʳ et du 15 de chaque mois.*

Composition
CHESTEROC LTD

*Achevé d'imprimer en Italie
par GRAFICA VENETA
le 8 juin 2009.*

Dépôt légal juin 2009.
EAN 9782290017302

ÉDITIONS J'AI LU
87, quai Panhard-et-Levassor, 75013 Paris
Diffusion France et étranger : Flammarion